The Complete Sherlock Holmes

The Memoirs of Sherlock Holmes

by Arthur Conan Doyle

福爾摩斯探案全集 3

回憶錄【收錄原著插畫】

柯南・道爾／著
王程祥／譯

好讀出版

目次
CONTENTS

第一篇　銀色馬

有一天早上，吃早餐的時候，福爾摩斯對我說道：

「華生，恐怕我必須走一趟了。」

「走一趟？到哪兒去？」

「到達特姆爾，去金斯皮蘭。」

我聽了並不感到驚訝。說實話，我感到奇怪的是，在英國各地，現在到處都在談論一件詭異古怪的案件，但福爾摩斯竟一點也不關注。他每天總是眉頭緊皺，低著頭思考，在屋裡四處徘徊，一斗接一斗地抽著烈性菸葉，完全不理我提出的問題。報刊零售商每天爲我們送來的各種報紙，他也只是瀏覽一下就扔到一旁。但是，儘管他默不作聲，我卻完全明白，福爾摩斯正在仔細思考著什麼。當前，人們所關注的只有一個問題，這個問題迫切需要福爾摩斯的分析推理去解決，那就是韋塞克斯盃錦標賽的名駒離奇失蹤和馴馬師的慘死。因此，當他突然宣布要去調查這件充滿戲劇性的奇案，既不出我所料，也正合我意。

「如果不妨礙你的話，我非常願意和你一起去。」

「親愛的華生，我很高興你能和我一起去。我想你一定會不虛此行的，因爲這件案子很有特色，看上去有些與眾不同。我想，我們現在動身去帕丁頓正好能趕上火車，在路上我再和你詳談這件案子的情況。你最好能帶上你那個雙筒望遠鏡。」

一小時之後，我們已坐在前往埃克塞特的頭等車廂裡，護耳的旅行帽遮住了福爾摩斯那張稜角分明的面孔，他匆匆翻看著在帕丁頓車站買到的當日報紙。當他把最後看完的那張報紙塞在座位下，並掏出香菸盒讓我抽菸時，我們早已經過雷丁站很久了。

「我們走得不慢，」福爾摩斯看看窗外，又看了看錶說，「現在每小時的車速是五十三．五英里。」

「我沒用心數四分之一英里的路標。」我答道。

「我也沒注意。但這條鐵路線附近電線桿的間距是六十碼，所以很容易就算得出來。我想你對於約翰．斯特雷克遇害和銀色白額馬失蹤的事，已經瞭解了吧。」

「我已經看了電訊和新聞報導。」

「在這案件中，推理方法應當是仔細查明案情的細節，而不是去找新的證據。這案子極不尋常，相當令人費解，而且與多人的切身利益相關，需要我們做出許多的推測、猜想和假設。難就難在把那些確鑿的事實——無可爭辯的事實與那些理論家、記者虛構粉飾之詞區別開來。我們

的責任是根據可靠的證據來得出結論，並確定案中哪些問題是關鍵的。我在星期二晚上接到了馬主人羅斯上校和警長葛列高里兩人的電報，葛列高里請我與他一起偵查這件案子。」

「星期二晚上！」我叫出聲來，「現在已經是星期四上午了。你爲什麼不昨天就動身呢？」

「這是我的錯，親愛的華生，恐怕我時常在犯錯，而不像那些只從你的記錄瞭解我的人所想像的那樣。事實上，我並不相信這匹英國名駒會藏匿這麼長的時間，尤其是在達特姆爾北部這種杳無人煙的地方。昨天，我一直希望能聽到馬找到了的消息，而那個拐馬的人就是殺害約翰·斯特雷克的凶手。哪知直到今天才發現，除了捉住年輕人費茲羅依·辛普森以外，其他一無所獲。我想該是行動的時候了。不過，我並沒有白白浪費昨天的時間。」

「也就是說，你已經有了一套理論？」

「至少我瞭解了這件案子的一些主要事實。現在我可以一一列舉出來。我覺得，要查清一件案子，最好的辦法就是能把它的情況對另一個人講清楚。此外，如果我不告訴你我們現在掌握了哪些情況，你就幫不了我。」

我向後仰靠在椅背上，抽了一口雪茄。福爾摩斯傾身向前，瘦長的食指在他左手掌上比劃著，向我談起促使我們這次旅行的事件重點。

「銀色白額馬是索摩米種，」福爾摩斯說道，「就像牠馳名的祖先一樣，始終保持著優秀的記錄。牠已經五歲了，每次在賽馬場上都為牠幸運的主人羅斯上校贏得頭獎。在這次案件之前，牠是韋塞克斯盃錦標賽的冠軍，人們押在牠身上的賭注是三比一。牠是賽馬迷最愛的名駒，而且從未讓牠的擁護者失望過，因此，即使是這種懸殊的賭注，也還是有鉅款押在牠身上。所以，設法阻止銀色白額馬參加下星期二的比賽，顯然與許多人的切身利益緊密相關。

「當然，在上校馴馬廄所在地金斯皮蘭，人們都瞭解這種情況，所以採取了各種預防措施來保護這匹名駒。馴馬人約翰·斯特雷克原本是羅斯上校的賽馬騎師，後來因體重增加才更換他人。斯特雷克在上校家做了五年騎師，七年馴馬師，平時他給人的印象是一個熱誠的僕人。斯特雷克手下有三個小馬倌。馬廄不大，一共只有四匹馬。一個小馬倌每天晚上都住在馬廄裡，另外兩個睡在草料棚中，三個小夥子的品行都不錯。約翰·斯特雷克結婚以後，住在一座小別墅裡，離馬廄有二百碼遠。他沒有孩子，有一個女僕，經濟狀況還算可以。那個地方很荒涼，在北邊半英里外，塔韋恩托克鎮的承包商建造了幾座別墅，專供病人療養以及其他想來享受達特姆爾新鮮空氣的人居住。往西兩英里以外就是塔韋恩托克鎮，穿過荒野約兩英里左右，有一個梅普里通馬廄，它屬於巴克沃特勳爵，管理人名叫賽拉斯·布朗。荒野其他方向則異常荒涼，只散居著少數流浪的吉普賽人。案件發生的星期一晚上，基本情況就是這樣。

「和平時一樣，在這天晚上，馬匹經過訓練、刷洗後，馬廄在九點鐘上了鎖。兩個小馬倌回到斯特雷克家，在廚房裡用晚飯。另一個小馬倌內德·亨特留下來看守。九點多鐘，女僕依蒂斯·巴克斯特到馬廄來給內德送晚飯，這是一盤咖哩羊肉。她沒有帶飲料，因爲馬廄裡有自來水，按規定，看馬房的人在值班時，不能喝別的飲料。由於天很黑，這條小路又必須穿過荒野，所以女僕隨身帶著一盞提燈。

「依蒂斯·巴克斯特走到離馬廄三十碼左右時，從暗處走出一個男人，叫住了她。借著提燈的黃色燈光，她看到這個人的穿著像上流社會，身穿一套灰色花呢衣服，頭戴一頂呢帽，腳蹬一雙帶綁腿的高統靴，手拿一根頗顯沉重的圓頭手杖。然而她印象最深的是，他過於蒼白的臉色和侷促不定的神情。她估計這個人大約有三十多歲。

『妳能告訴我這是什麼地方嗎？』他問道，『幸好看到妳的燈光，不然我恐怕眞要露宿在這荒野裡了。』

『你走到金斯皮蘭馬廄旁邊了。』女僕說。

『是嗎？我運氣眞好！』他叫道，『我知道，每天晚上有一個小馬倌獨自睡在這裡。我猜

這就是妳要送給他的晚飯吧。我相信妳應該不會如此高傲，連買一件新衣服的錢都不想賺吧？』這個人從背心口袋裡掏出一張折疊的白紙片，『請務必在今晚交給那個孩子，那妳就可以賺到買一件漂亮上衣的錢。』

「看他一副認眞的樣子，依蒂斯感到相當害怕，連忙從他身旁繞過去，奔到窗下，因爲她習慣從窗口遞飯給小馬倌。此時，窗戶已經打開了，亨特正坐在小桌旁。依蒂斯剛要告訴他所發生的事，陌生人卻又走了過來。

「『晚安，』陌生人隔著窗向裡面探頭說道，『我有話跟你說。』這位姑娘十分肯定地說，她發現陌生人說話時，手裡拿著一張小紙片，並且露出一角來。

「『你到這裡有什麼事嗎？』小馬倌問道。

「『這件事可以使你的口袋裡多出些東西，』陌生人說道，『你們有兩匹馬參加韋塞克斯盃錦標賽，一匹是銀色白額馬，另一匹是貝阿德。你如果能透露可靠的消息給我，我不會讓你吃虧的。聽說在五弗隆距離賽馬中，貝阿德能超過銀色白額馬一百碼，你們自己都把賭注押到貝阿德這匹馬上，是眞的嗎？』

『這麼說，你是個該死的賽馬探子了！』這個小馬倌叫喊道，『現在我要讓你明白，在金斯皮蘭我們是怎樣對付你們這些傢伙的。』他跑去把狗放了出來。姑娘趕緊向家裡奔去，她一面跑，一面向後張望，看到那個陌生人仍俯身向窗內探望。不過一分鐘後，當亨特帶著獵狗一同跑出來時，那人已經消失了，儘管亨特牽著狗繞著馬廄轉了一圈，卻也沒找到那人的蹤跡。」

「等一等，」我問道，「小馬倌帶著狗跑出去時，門有沒有上鎖？」

「很好，華生，太好了！」我的夥伴低聲對我說，「我認爲這一點非常重要，所以昨天專程往達特姆爾發了一封電報查問此事。小馬倌在離開前把門鎖上了。順便補充一點，窗戶小得人根本鑽不進去。

「亨特等另外兩個小馬倌回來後，便派人去向馴馬師報告了所發生的事情。斯特雷克聽到報告以後，雖不知道這裡面有什麼名堂，卻感到非常不安。這件事使他心亂如麻，所以，斯特雷克太太在半夜一點鐘醒來時，發現他正在穿衣服。對妻子的詢問，斯特雷克回答說，因爲他心裡惦念著幾匹馬，所以一直不能入睡，打算到馬廄去看看是否一切正常。斯特雷克的妻子聽到雨點滴滴答答地撲打在窗上，便央求他留在家裡，可是他不顧妻子的請求，披上雨衣就走了。

「早晨七點鐘，斯特雷克太太一覺醒來，發覺丈夫還沒回來，急忙穿好衣服，叫醒女僕一起趕到馬廄。只見馬廄門大開，亨特坐在椅子上，身子縮在一起，完全不省人事，馬廄內的名駒和馴馬師也全無蹤跡。

「她們趕快叫醒睡在草料棚裡的兩個小馬倌，他們兩個人睡得非常熟，所以對晚上發生的事一無所知。顯然，亨特受到強烈麻醉劑的影響，無論如何也叫不醒他，兩個小馬倌和兩位女性只好任亨特睡在那裡，跑出去尋找失蹤的馴馬師和名駒。他們原以爲馴馬師把馬拉出去進行晨間訓練，於是登上附近的小山丘向周圍的荒野放眼望去，他們沒有發現失蹤名駒的一絲蹤跡，卻發現了一件東西，使他們預感到發生了不幸。

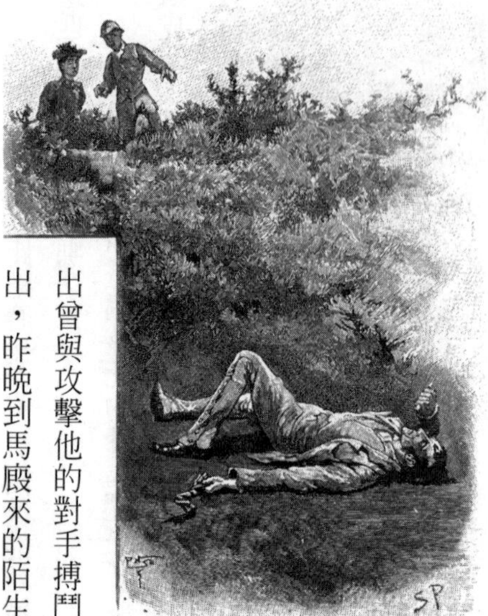

「在距馬廄四分之一英里遠的地方，金雀花叢露出斯特雷克的大衣一角。在附近荒野的一塊凹地中，他們找到了已遇害的馴馬師屍體。他的頭顱被砸得粉碎，顯然是遭到某種沉重凶器的攻擊。他的大腿也受了傷，那是一道很整齊的長傷痕，分明是遭到一種銳利凶器的攻擊。斯特雷克右手握著一把小刀，血塊一直凝到刀把上，看得出曾與攻擊他的對手搏鬥過。他左手緊握一條黑紅相間的絲質領帶，女僕認出，昨晚到馬廄來的陌生人就打著同樣的領帶。亨特恢復知覺以後，也證明領帶就是那個陌生人的。他確信這個陌生人從窗戶在他的咖哩羊肉下了麻藥，使得馬廄失去了看守人。至於那不知去向的名駒，在發生不幸的山谷底部泥地上留有充足的證明，說明搏鬥時名駒還在場。可是牠在那天早晨就失蹤了，儘管重金懸賞，卻沒有任何消息。還有一點，經過化驗證明，在這個小馬倌吃剩的晚飯裡含有大量麻醉劑，而在當天晚上斯特雷克家裡的人也吃了同樣的菜，卻沒有發生任何問題。

「這就是整個案件的主要事實。我講述時沒有任何推測的成分，盡可能不多加想像。現在我來告訴你警署處理這件案子所採取的措施。

「受命調查該案的警長葛列高里是個能力很強的官員。如果在他的天賦裡再加上一點兒想像力，肯定會在這行業中步步高升。他趕到出事地點，立刻找到了那個嫌疑犯，並拘捕了他。找到那個人並不難，因爲他就住在我剛才提到的別墅裡。他好像叫費茲羅依．辛普森。他出身高貴，受過良好的教育，在賽馬場上曾大肆揮霍錢財，是倫敦體育俱樂部的馬票銷售員。檢查他的賭注記錄本，發現他用全數五千鎊的賭注押銀色白額馬輸掉比賽。被捕以後，辛普森主動供出，他到達特姆爾是希望探聽出關於金斯皮蘭名駒的情況，同時瞭解有關第二名駒德斯巴勒的消息。德斯巴勒是由梅普里通馬廄的賽拉斯．布朗看管的。他不否認那天晚上發生的事，卻說他並沒有惡意，只不過想得到第一手情報而已。在給他看了那條領帶後，他馬上面無血色，一點也沒辦法解釋他的領帶怎會落到被害人手中。濕漉漉的衣服說明他當晚曾冒雨外出，而他的手杖上端鑲有鉛頭，完全可以當作武器攻擊，讓馴馬師遭到可怕的致命傷。另一方面，辛普森身上卻沒有任何受傷跡象，而斯特雷克刀上的血跡可以證明，至少有一名襲擊他的凶手身上帶有刀傷。總而言之，案情就是這樣。華生，如果你能給我一些啓發，我將非常感激你。」

福爾摩斯用他獨特的分析能力把情況講述得非常清楚，使我聽得入了神。儘管我已經瞭解了大部分情況，但我依然摸不透這些事情之間的關係，或這些關係代表著什麼重要的意義。

「會不會是在搏鬥期間，斯特雷克大腦受了傷，隨後自己割傷了自己呢？」我提出了看法。

「很有可能，十之八九是如此，」福爾摩斯說道，「如果眞是這樣，唯一有利於被告的證據就不存在了。」

「另外，」我說道，「我現在還不清楚警察對此事的看法。」

「我擔心我們的推理和他們的意見正好相反，」我的朋友回到正題說，「據我所知，警察們認爲，費茲羅依·辛普森先迷昏看守馬房的人，用預先打好的鑰匙打開馬廄大門，把銀色白額馬牽出來。顯然，他是打算把馬偷走。由於沒有馬轡頭，辛普森必須把領帶套在馬嘴上，然後連門也沒關，就把馬牽到荒野上，卻在半路遇見了馴馬師，也可能是被馴馬師追上，這樣一來雙方便引發了衝突。儘管斯特雷克曾用那把小刀自衛，辛普森卻沒有受到任何傷害，反倒用他那沉重的手杖打碎了馴馬師的頭。隨後，這個偷馬賊把馬藏在隱密處，也可能在他們互相搏鬥時，那匹馬脫韁逃走了，仍然漂泊在荒野之中。這就是警察們對此案的意見。儘管這種解釋不大可靠，其他的說法卻更不可能成立。無論如何，我到達現場後隨即會查清案情，在此以前，我實在看不出我們能有何進展。」

我們傍晚時分才到達塔韋思托克小鎮。它看起來就像盾牌上的浮雕一樣，坐落在達特姆爾遼闊原野的中心地帶。在車站等候我們的是兩位紳士，一位身材高大，面貌英俊，有著捲曲的頭髮和鬍鬚，一雙淡藍色的眼睛炯炯有神。另一個人身材矮小，看起來非常機警俐落，身穿禮服大衣，腳蹬一雙有綁腿的高統靴子，一臉修剪整齊的絡腮鬍，戴著一隻單眼鏡，這個人就是著名的運動家羅斯上校。前一個人則是譽滿英國偵探界的警長葛列高里。

「福爾摩斯先生，我爲你的到來感到由衷高興，」上校說道，「警長已全力爲我們探查此案，我願盡我所能設法爲斯特雷克報仇，並重新找回我的名駒。」

「有什麼新發現嗎？」福爾摩斯問道。

「很抱歉，沒有什麼收穫，」警長說道，「外面準備了一輛敞篷馬車，相信你一定願意在天黑以前去現場看看，我們可以在路上交換一下意見。」

一分鐘以後，我們已經坐在舒適的馬車裡，輕快地穿過德文郡這個古雅的城市。警長葛列高里滿腦子都是案情，滔滔不絕地講個沒完。福爾摩斯偶爾發問一下，或打斷、插上兩句話。我聚精會神地聽著兩位偵探間的對話，羅斯上校則用帽子斜遮雙眼，抱臂向後倚靠著。葛列高里完整發表了他自己的意見，幾乎完全符合福爾摩斯在火車上的預言。

「法網已把費茲羅依．辛普森緊緊抓住了，」葛列高里說道，「我相信他就是凶手；但也知道證據還不確鑿，如果案情有什麼新進展，很可能會推翻現有的證據。」

「那麼斯特雷克的刀傷如何解釋呢？」

「我們認為是他倒下去時自己劃到的。」

「在我們來這裡的路上，華生也做出了同樣的推論。這樣的話，情況就對辛普森不利了。」

「這點毫無疑問。辛普森既沒有刀，又沒有傷痕。可是，對他不利的證據卻非常確鑿。他格外留意那匹失蹤的名駒，又涉嫌迷昏小馬倌，案發當晚他還冒雨外出，攜帶一根沉重的手杖，他的領帶也在被害人手中。我認為我們完全可以對他提起訴訟。」

福爾摩斯搖了搖頭。

「一個聰明的律師可以完全駁倒它，」福爾摩斯說道，「他為什麼要把馬從馬廄中偷走呢？如果只是想殺害牠，為什麼不在馬廄內動手呢？他身上帶著打好的鑰匙嗎？是哪家藥品商賣給他烈性麻醉劑的？最主要的是，他一個外鄉人能把馬藏到哪裡去？何況是這樣一匹名駒？對他要女僕轉交給小馬倌的那張紙，他自己又是怎麼解釋的？」

「他說那是一張十鎊的鈔票，我們在他的錢包裡找到了。不過你提出的其他問題看來並沒有想像中那麼難解決。他對這個地區並不陌生，每年夏季他都要來塔韋思托克鎮住上兩次。麻醉劑可能是從倫敦帶來的。那把鑰匙在用完之後，可能早就扔掉了。而名駒可能留在荒野中的某個洞穴或廢舊的礦坑裡了。」

「至於那條領帶，他做何解釋呢？」

「他承認那是他的領帶，並且宣稱領帶已經遺失了。不過本案出現了一個新情況，可以證明是他把馬牽出了馬廄。」

福爾摩斯豎起耳朵，仔細傾聽著。

「我們發現了一些足跡，可以證明有一夥吉普賽人，在星期一夜晚於距離案發地點不到一英里的地方紮營。星期二他們就離開了。現在，如果我們假定辛普森和吉普賽人之間有某種關係，當辛普森被追上時，他不是可以把馬交給吉普賽人嗎？如果是這樣，那匹名駒是不是仍在那些吉普賽人手中呢？」

「當然有這種可能。」

「我們正在荒原上搜尋這些吉普賽人。我也檢查了塔韋思托克鎮方圓十英里以內的每一家馬廄和小屋。」

「我聽說附近有另一家馴馬廄?」

「對!我們當然不能忽視這一情況。因爲他們的馬,德斯巴勒,在賭賽中排名第二,他們對銀色白額馬的失蹤一定很感興趣。據說馴馬師賽拉斯.布朗在這場賽事裡投入了很大的賭注,而且他和可憐的斯特雷克並不友好。不過,我們已經搜查了馬廄,沒發現他與案件有何關聯。」

「這個辛普森和梅普里通馬廄也沒有任何利益上的關係嗎?」

「什麼關係也沒有。」

福爾摩斯向後靠在車座的靠背上,沒有再說下去。幾分鐘以後,我們的馬車在路旁一座整潔的紅磚長簷小別墅前停了下來,穿過馴馬場,不遠處是一幢長長的灰瓦房。四周全是平緩起伏的荒原,布滿了枯萎的古銅色鳳尾草,一直向天邊延伸,只有塔韋思托克鎮的幾座尖塔偶爾遮斷了荒原。再往西去,還有一些房屋,它們是梅普里通的馬廄。除了福爾摩斯以外,我們都下了馬車。福爾摩斯背靠車座,雙目凝視著前方的天空,完全沉浸在思緒當中。直到我過去拉了拉他的胳臂,他才猛然起身跳下車來。

「對不起,」福爾摩斯轉向羅斯上校,羅斯上校也驚訝地望著他,福爾摩斯說道,「我正在思考一些事。」他雙眼炯炯有神,盡量抑制著自己興奮的心情。根據我對他的瞭解,我確信他已經掌握了什麼線索,但我想不出他是從哪裡找到那個線索的。

「也許你願意馬上就去案發現場，福爾摩斯先生？」葛列高里說道。

「我想我還是先在這裡待一會兒，再深入研究一些細節。我想，斯特雷克的屍體已經運回來了吧？」

「是的，就放在樓上。準備明天驗屍。」

「他已經在這裡為你服務很多年了吧，羅斯上校？」

「是的，我一直認為他是個非常優秀的僕人。」

「警長，我想你已經清點過他口袋裡的東西了吧？」

「我把它們都放在起居室裡了，如果你願意，就去看看吧。」

「我非常願意。」

我們逐次走入前廳，圍坐在屋子中間的一張桌子旁，警長打開一個方形的錫盒，把一小堆東西擺放在我們面前。其中有一盒火柴，一根兩英寸長的蠟燭，一支用歐石楠根製成的ADP牌菸斗，一個海豹皮菸草袋，裡面還有半盎司切得長長的板菸絲、一個帶金鏈的銀製懷錶、五個一英鎊金幣、一個鋁製鉛筆盒、幾張紙、一把象牙柄的小刀，刀刃製作得非常精緻、堅硬，上面印著倫敦韋斯公司的字樣。

「這把刀子挺別緻的，」福爾摩斯說道，拿起刀子仔細地檢查了一番，「刀上沾有血跡，我想這就是死者手裡握著的那把刀吧？華生，你一定很瞭解這種刀吧？」

「我們醫生稱它爲眼翳刀。」我說道。

「我也這麼想。刀刃非常精緻，是專爲非常精密的手術而設計的。一個人把這種刀子帶在身上，冒著暴風雨外出，而且又不把它放在衣袋裡，還眞是奇怪。」

「在他的屍體旁邊，我們發現了這把小刀的軟木圓鞘，」警長說道，「他的妻子告訴我們，這把刀原本放在梳妝檯上，他在離開家門時把它拿走了，這是一件很不順手的武器，但在當時或許是他手邊可以拿到最好的武器了。」

「非常有可能。這幾張紙是怎麼回事？」

「其中有三張是草料商的收據。一張是羅斯上校給他的指示信，另外一張是婦女服飾商萊蘇麗爾太太開給威廉・德比希爾先生的三十七鎊十五先令發票，她住在邦德街。斯特雷克太太告訴我們，德比希爾先生是她丈夫的一位朋友，有時候他的信件會寄到這兒來。」

「看來德比希爾太太還挺闊綽的，」福爾摩斯掃了一眼發票說道，「一件衣服就花了二十二幾尼，這算是夠貴重的了。不過，這裡似乎沒有更多可察看的東西了，我們現在可以去案發現場看看了。」

我們從起居室出來，看見一個女人正在通道等著，看我們出來，她走上前來，用手拉住了警長的衣袖。這個女人的面容憔悴瘦削，可見近來一定受到了驚嚇。

「你抓住他們了嗎？找到他們了嗎？」她氣喘吁吁地說道。

「還沒有，斯特雷克太太。不過福爾摩斯先生已經從倫敦前來幫助我們，我們會全力以赴的。」

「斯特雷克太太，我肯定不久以前在普利茅斯的一座公園裡見過妳。」福爾摩斯說道。

「不，先生，你認錯人了。」

「不會的！我可以發誓。妳當時穿著一件淡灰色鑲鴕鳥毛的外套。」

「我從沒有這樣一件衣服，先生。」這個女人答道。

「啊，這就完全清楚了。」福爾摩斯說道，他向那位女士道了歉，跟著警長走了出來。穿過荒原沒走多遠，就來到了發現死屍的地方，當時大衣就掛在坑旁的金雀花叢上。

「我聽說那天晚上並沒有風，」福爾摩斯說道。

「是的，但下著大雨。」

「如果是那樣的話，大衣肯定不是被風吹到金雀花叢上，而是被人放到上面去的。」

「對，是有人把大衣放到花叢上去的。」

「這一點很值得注意。我發現地面上有許多足跡，毫無疑問，從星期一晚上到現在，已經有好多人來過這裡。」

「屍體旁邊放了一張草蓆，我們所有人都是站在蓆子上面的。」

「好極了。」

「這個袋子裡裝有斯特雷克穿的一隻靴子、費茲羅依·辛普森的一隻皮鞋，和銀色白額馬的一塊蹄鐵。」

「我親愛的警長，你做得很好！」福爾摩斯拿過袋子，走到坑裡，把草蓆拉到坑的正中間，然後伸長脖子趴在蓆上，雙手撐著下巴，仔細檢查著面前被踩壞的泥土。

「哈！這是什麼？」福爾摩斯突然說道。那是一根已經燒了一半的蠟火柴，上面還裹著一層泥土，乍看之下就像是一根小小的木棍。

「眞不敢相信，我怎麼沒有注意到它。」警長一臉懊惱地說道。

「它埋在泥土裡，是看不見的，我之所以看到它，是因爲我一直在尋找它。」

「你說什麼！你本來就料想會找到它嗎？」

「我想這並非不可能。」

福爾摩斯從袋子裡拿出長統靴，把它與地上的腳印逐一比較，然後沿著坑邊，慢慢地在羊齒草和金雀花叢中爬行。

「恐怕這裡不會有太多線索了，」警長說道，「我已經仔細檢查了周圍一百碼內的所有地方。」

「當然！」福爾摩斯站起身來說道，「既然你這麼說，我就不必再多此一舉了。可是在天黑以前，我還想在荒原上隨意走走，明天就可以對這裡的地形更熟悉一些。我想，爲了討個吉利，還是把這塊馬蹄鐵放在我的衣袋裡吧。」

羅斯上校看到我的同伴如此從容和系統的工作方法，臉上露出不耐煩的神情，他看了看錶。

「我希望你能跟我一起回去，警長，」羅斯上校說道，「有幾件事，我想徵求一下你的意見，特別是，我們是否需要向公眾聲明，把我們那匹馬的名字從參賽名單中去除。」

「大可不必，」福爾摩斯堅定地大聲說道，「我一定會讓牠出現在賽場上的。」

上校點了點頭。

「很高興聽到你的這番話，先生，」羅斯上校說道，「你在這裡散完步後，請到可憐的斯特雷克家裡和我們會面，然後我們一起乘車去塔韋思托克鎮。」

羅斯上校轉身和警長一起回去了，福爾摩斯和我慢慢地在荒原上散步。夕陽開始緩緩落在梅普里通馬廄後面，在我們面前，廣闊無垠的平原鋪上了一層金光，晚霞映射在羊齒草和黑莓上。可是福爾摩斯卻無暇顧及這絢麗的風景，完全沉浸在自己的深思之中。

「這樣吧，華生，」他終於說道，「我們暫時把是誰殺害約翰·斯特雷克的問題放一旁，目前集中精神先查出馬的下落。現在，假定案發當時或在案發後，這匹馬脫韁而逃，牠能跑到哪裡去呢？馬是群居動物，就牠的本性考量，牠要不就是回到金斯皮蘭馬廄，要不就是跑到梅普里通馬廄去了。牠怎會在荒原上亂跑呢？如果是這樣，人們一定會看見牠的。而吉普賽人更沒有理由拐走牠。這些人平時一聽到有麻煩，總是遠遠躲開，他們不希望和警察發生糾葛，也不會想到要賣掉這樣一匹名駒。要是帶著牠，他們得冒很大的風險，而且一無所得，這點倒是非常清楚。」

「那麼，這匹馬會跑到什麼地方去呢？」

「我已經說過，牠一定是跑到金斯皮蘭或者梅普里通去了。現在牠既然不在金斯皮蘭，那一定是在梅普里通了。假設我們照此辦理，看看會有什麼結果。警長曾經說過，這一片荒原的土質又乾又硬，但通往梅普里通的地勢卻是逐漸低緩，從這裡望去，你會發現那邊有一個長長的低窪地帶，在星期一夜晚，那邊的地面一定非常潮濕。如果我們沒有猜錯，當時這匹名駒必然會路過那裡，由此看來，我們應該到那裡找牠的蹄印了。」

我們興致勃勃地邊談邊走，幾分鐘後，我們來到了剛才所說的低窪地。按福爾摩斯的要求，我向右邊走去，福爾摩斯則走向左方。我才走不到五十步遠，就聽到他大喊起來，而且看到他揮手叫我過去。原來，在他面前鬆軟的土地上有一些清晰的馬蹄印，福爾摩斯從口袋裡取出馬蹄鐵與地上的馬蹄印對比了一下，竟然絲毫不差。

「你可以看出推理是多麼重要，」福爾摩斯說道，「葛列高里就缺乏這種素質。我們設想了事情可能發生的過程，並根據這種設想去行動，結果證明我們是對的。我們繼續進行吧。」

我們穿過濕軟的地面，又走過了四分之一英里的乾硬草地，地面開始出現傾斜，我們再次找到了馬蹄印，後來馬蹄印又消失了半英里左右，但在梅普里通附近，我們重新發現了馬蹄印。是福爾摩斯先看到的，他站在那裡指點著，臉上露出勝利的神情。在馬蹄印旁邊，可以明顯看出還有一個男人的腳印。

「這匹馬原本是獨行的。」我大聲說道。

「完全正確。牠一開始是獨行的。嘿，這是怎麼回事？」

原來，這兩種足跡突然轉向金斯皮蘭的方向。福爾摩斯吹起口哨，我們兩人沿著足跡追了下去。福爾摩斯兩眼緊盯著足跡，而我不經意間往旁邊一瞧，驚奇地發現有同樣的足跡從相反的方向折了回來。

「華生，眞有你的，」在我把足跡指給福爾摩斯看時，他說道，「你讓我們少跑了好多路，否則我們就要走回頭路了。我們跟著返回的足跡走吧。」

我們沒走多遠，就發現足跡在通往梅普里通馬廄大門的瀝青路上消失了。我們剛向馬廄靠近，一個馬夫就從裡面跑了出來。

「我們不允許外人到這裡閒逛。」那個人說道。

「我只想請問你一件事，」福爾摩斯把拇指和食指插到背心口袋裡說道，「如果我明天清晨五點鐘來拜訪你的主人賽拉斯·布朗先生，會不會有點太早了？」

「你很幸運，先生，那時間他會接見客人的，因爲他總是第一個起床。不過現在他來了，先生，讓他自己回答你吧。不，先生，不行，如果讓他看見我拿你的錢，我的工作就不保了，假如你不介意的話，請過一會兒再給。」

福爾摩斯正想從口袋裡掏出一塊半克朗的金幣，聽他這樣說，又把錢放回了原處，一個凶巴巴的老人大踏步從門裡走出來，手中揮舞著一支獵鞭。

「你在幹什麼，道森？」他叫喊道，「不許在那裡閒聊！做你的事去！還有你們，眞是見鬼，你們來這裡幹什麼？」

「我們想和你談十分鐘，我的好先生。」福爾摩斯親切地說道。

「我沒空和遊手好閒的人談話，我們這裡不接待陌生人。快走開，不然我就放狗咬你們。」

福爾摩斯俯身走上前去，在他耳邊低聲說了些什麼。他猛然跳起來，有點面紅耳赤。

「胡說！」他高聲喊道，「無恥謊言！」

「很好。那麼我們就在這裡公開辯論好了，還是到你的客廳裡詳細商量一下？」

「啊，要是你願意，請進來吧。」

福爾摩斯微微一笑。

「我不會讓你久等的，華生，只要幾分鐘就行了，」福爾摩斯說道，「布朗先生，現在完全由你來安排吧。」

二十分鐘以後，福爾摩斯和他再次走出來時，天色已經漸漸暗下來了。我從未見過有誰會在這麼短的時間裡像賽拉斯·布朗那樣出現如此大的轉變。他的臉色蒼白，額頭上滿是汗珠，他雙手顫抖著，手中的獵鞭宛如風中的樹枝一樣不停地擺動。他那種欺小凌弱的傲慢神情已全然不見，畏縮地跟在我同伴的身邊，就像狗跟著牠的主人一樣。

「一定按你所說的去辦。」他說道。

「絕不能出任何差錯，」福爾摩斯回頭看著他說道。他嚇得退縮了幾步，好像看到了福爾摩斯眼中顯露的可怕威力。

「啊，是的，肯定不會出錯，保證讓牠出場。我要不要改變牠？」

福爾摩斯想了一下，然後縱聲大笑，「不，不用了，」福爾摩斯說道，「我會寫信通知你的。不要欺騙我，否則……」

「啊，請相信我，請相信我！」

「好吧，我信得過你。嗯，明天你會收到我的信。」布朗顫抖著朝他伸出手來，福爾摩斯對此卻毫不理睬，轉身就走，於是我們轉向金斯皮蘭走去。

「我很少見過像賽拉斯．布朗這樣的傢伙，一會兒盛氣凌人，一會兒又膽小得像卑躬的奴才。」我們步履沉重地走在回去的路上。

「那麼說，是他藏了那匹馬？」

「他原本想虛張聲勢，把事情瞞過去。但是我把他那天早晨的行動分毫不差地說給他聽，他還以爲我當時一直盯著他呢。你當然也注意到了，足跡中那個特殊的方頭鞋印，布朗的長統靴正好與之相符。還有，這種事情下人們當然是不敢做的。因爲他習慣第一個起床，我向他描述了他是如何察覺有一匹奇怪的馬在荒野上徘徊，又是如何截住牠的；當他辨認出那匹馬是大名鼎鼎的白額馬時，又是如何地驚訝不已，他知道機會難得，因爲只有這匹馬才能打敗他下注的那一匹。後來我又對他說，起初他也有過把馬送回金斯皮蘭的念頭，後來起了歹念，想把馬藏起來，一直到比賽結束，因而把馬牽了回來，藏在梅普里通。我把每一個細節都說給他聽，他不得不屈服，只能考慮著如何保全自己的性命了。」

「他的馬廄不是已經檢查過了嗎？」

「啊，他這樣的老騙子總是詭計多端的。」

「你現在把馬留在他手裡，難道就不擔心他爲了自身的利益傷害那匹名駒嗎？」

「我親愛的伙計，他會像守護自己的眼珠一樣守護牠的。因爲他知道得到寬恕的唯一希望就是確保那匹馬的安全。」

「根據羅斯上校給我的印象，他絕不像是個肯寬恕別人的人。」

「這件事並不取決於羅斯上校，我會按自己的方法行事，根據自己的選擇或多或少地透露一些所掌握的情況，這就是非官方調查的優勢所在。華生，我不知道你是否能看出，羅斯上校對我的態度有些傲慢。現在我想尋他開心，所以不會對他透露任何關於馬的事情。」

「沒有你的許可，我肯定不會說的。」

「這件事與是誰殺害約翰．斯特雷克的問題相較起來，當然不值一提了。」

「你打算入手調查此案了嗎？」

「正好相反，我們兩人乘今晚的火車回倫敦。」

聽了我朋友的話，我十分震驚。我們在德文郡只待了幾個小時，案件的調查一開始就幹得這麼漂亮，現在他卻要回去，這實在讓我無法理解。在我們返回馴馬師寓所的途中，我始終無法從他那裡探出一點口風。上校和警長一直在客廳等著我們。

「我的朋友和我打算乘夜車返回城裡，」福爾摩斯說道，「我們已經呼吸過你們達特姆爾的新鮮空氣了，景色真讓人著迷啊！」

警長聽完後瞪大了眼睛，上校卻輕蔑地撇了撇嘴。

「這麼說來，你對捉拿殺害可憐的斯特雷克的凶手不抱任何希望了？」上校說道。

福爾摩斯聳了聳肩。

「確實有很大的困難，」福爾摩斯說道，「不過我確信，你的馬會參加星期二的比賽，你還是讓你的賽馬師準備就緒吧。我可以要一張約翰．斯特雷克的照片嗎？」

警長從一個信封中拿出一張照片遞給福爾摩斯。

「親愛的葛列高里，你把我所要的東西都事先準備好了。請你在這裡稍等一會兒，有個問題我想問一下女僕。」

「我必須承認，我對我們這位倫敦來的顧問感到相當失望，」我的朋友剛走出房間，羅斯上校便坦率地說，「我不覺得他來了以後我們有任何進展。」

「至少他已經向你保證，你的馬將會參加比賽。」我說道。

「是的，他向我保證了，」上校聳了聳肩說道，「我更希望他已經找到那匹馬了。」

爲了替我的朋友辯護，我正準備回他幾句話，可是福爾摩斯重新回到了房間。

「先生們，」福爾摩斯說道，「現在我已經完全準備好去塔韋思托克鎮了。」

在我們登上馬車時，一個小馬倌幫我們打開了車門。福爾摩斯好像突然想到什麼，俯身向前，拉住了小馬倌的衣袖。

「你們的小牧場裡有一些綿羊，」福爾摩斯問道，「誰負責照料牠們？」

「是我，先生。」

「近來你曾發現牠們有什麼不對勁的地方嗎？」

「啊，先生，沒什麼大問題，只不過有三隻跛腳了。」

我看到福爾摩斯顯得相當滿意，因爲他搓著雙手，吃吃地笑了起來。

「大膽的推測，華生，推測得可眞準啊，」福爾摩斯捏了一下我的手臂，說道，「葛列高里，我提醒你注意一下羊群裡的奇怪病症。可以啓程了！車夫。」

羅斯上校臉上仍然是那種表情，表現出他並不相信我朋友的才能，但我可以從警長臉上的表情看出，福爾摩斯的話已引起了他的注意。

「你認爲這很重要嗎？」葛列高里問道。

「非常重要。」

「你還希望我注意哪些問題嗎？」

「那天晚上，狗的反應也是很奇怪的。」

「但是狗在那天晚上並沒有什麼反應啊。」

「這正是讓人感到奇怪的地方。」福爾摩斯提醒道。

四天後，我和福爾摩斯再次搭乘火車前往溫徹斯特市，去看韋塞克斯盃錦標賽。按約定，羅斯上校在車站外和我們會合，我們乘坐他的馬車前往城外的賽馬場。羅斯上校面色陰沉，態度冷淡。

「我的馬到現在還沒有任何消息。」上校說道。

「我想你看到牠應該認得出來吧？」福爾摩斯問道。

上校大爲光火。

「我在賽馬場已經二十年了，從沒聽別人問過這樣的問題，」他說道，「連小孩子也知道銀色白額馬的白額頭和牠雜色的右前腿。」

「現在所下的賭注怎麼樣？」

「這才是讓人感到奇怪的地方呢。昨天是十五比一，但現在投注的差額卻越來越小了，幾乎跌到了三比一。」

「哈！」福爾摩斯說道，「看來是有人得到了什麼消息。」

馬車停靠在正面看臺的圍牆邊，我瞄了一眼賽馬牌上參加賽馬的名單。

韋塞克斯金盃賽

賽馬年齡：以四、五歲爲限。賽程：一英里五弗隆。每匹馬交款五十鎊。第一名除金盃外，還有獎金一千鎊。第二名獎金三百鎊。第三名獎金二百鎊。

一、希恩．牛頓先生的賽馬尼格羅。紅帽騎師，著棕黃色上衣。

二、沃德洛上校的賽馬帕吉利特。桃紅帽騎師，著黑藍色上衣。

三、巴克沃特勳爵的賽馬德斯巴勒。黃帽騎師，爲黃色衣袖。

四、羅斯上校的賽馬銀色白額馬。黑帽騎師，著紅色上衣。

五、巴莫拉爾公爵的賽馬艾里斯。黃帽騎師，著黃黑條紋上衣。

六、辛格利福特勳爵的賽馬拉斯波爾。紫帽騎師，黑色衣袖。

「我們把另一匹準備參賽的馬也撤出比賽了，將一切希望都寄託在你說的話上，」上校說道，「嘿，那是什麼？名駒——銀色白額馬？」

「銀色白額馬，五比四！」賽馬主持人吼叫著，「銀色白額馬，五比四！德斯巴勒，五比十五！場上的其他賽馬，五比四！」

「所有的賽馬都有標號，」我大聲說道，「總共有六匹馬出場。」

「六匹馬都出場了？這麼說，我的馬也來了，」上校異常激動地喊道，「可是我沒看到牠，我那匹馬沒有來。」

「剛剛跑過了五匹，那匹一定是你的。」

我正說著，有一匹強健的栗色馬從馬欄裡衝了出來，從我們面前慢跑而過，坐在馬背上的正是上校那位眾所皆知的黑帽紅衣騎師。

「那不是我的馬，」上校高聲喊道，「這匹馬身上一根白毛也沒有。你到底做了些什麼，福爾摩斯先生？」

「喂，喂，讓我們看看牠跑得如何，」我的朋友泰然自若地說道，他用我的野外望遠鏡注意觀看了幾分鐘，「太好了！起步非常好！」他又突然喊道，「牠們過來了，跑到轉彎處了！」

我們從馬車上看去，賽馬直直跑了過來，情景非常壯觀。六匹馬剛開始靠得非常近，甚至一條地毯就可以把牠們全部蓋上，跑到中途，梅普里通馬廄的黃帽騎師處於領先。可是，牠們還沒有跑到我們面前，德斯巴勒已經耗盡了力氣，而羅斯上校的名駒卻一衝而上，最後在衝過終點時，比牠的對手領先了六個馬身長，巴莫拉爾公爵的艾里斯則排在第三位。

「這樣看來，牠確實是我那匹馬了，」上校抬手放到雙眼上望著，氣喘吁吁地說道，「我承認，我實在沒有一點頭緒。但是，你不覺得你把祕密保守得太久了嗎？福爾摩斯先生。」

「當然了，上校，你馬上會明白一切的。我們現在一起過去看看這匹馬。牠在這裡，」福爾摩斯繼續說道，這時我們已經走進了關馬的圍欄，這裡只允許馬的主人和他們的朋友進去，「你只需用酒精把馬臉和馬腿洗一洗，你便會發現牠就是原來的那匹銀色白額馬。」

「你差點讓我喘不過氣來！」

「我在盜馬者手中找到了牠，就自作主張把牠弄成這個樣子來參加馬賽了。」

「我親愛的先生，你做得太妙了。這匹馬看起來非常強健，狀況良好。牠從沒有跑得像今天這麼好。我過去一直對你的能力表示懷疑，實在是非常抱歉。你讓我重新找回了馬，幫了我一個大忙，如果你能再親手抓到殺害約翰·斯特雷克的凶手，我就更感激不盡了。」

「我也已經抓到凶手了。」福爾摩斯心

平氣和地說道。

上校和我都吃驚地盯著福爾摩斯，上校問道：「你已經抓到他了？那麼，凶手在哪裡？」

「他就在這裡。」

「這裡！在哪兒？」

「就在我們之中。」

上校氣得滿臉通紅。

「我完全承認我欠你人情，福爾摩斯先生，」上校說道，「可是我認為你剛才所說的話，不是惡作劇就是對我的侮辱！」

福爾摩斯笑了起來。

「我向你保證，我並沒有把你和本案犯罪扯在一起，上校，」福爾摩斯說道，「真正的凶手就在你背後。」他走過去，把手放在這匹良駒光滑的馬頸上。

「凶手是這匹馬！」上校和我兩個人驚叫道。

「是的，正是這匹馬。如果我說牠是為了自衛才殺人，牠的罪行就可減輕了。而約翰·斯特雷克完全是一個不值得你信任的人。現在鈴響了，我在下一場比賽中一定會贏。我會再找個更合適的時間為你詳細解釋一下。」

那天晚上，我們返回倫敦，聆聽我們的朋友詳細敘述了星期一夜晚達特姆爾馴馬廄裡發生的事情，以及他破案的方法，我想……羅斯上校和我本人一樣，都覺得這段旅程太短了。

「我承認，」福爾摩斯說，「我根據報紙所做的推測是完全錯誤的。但這裡面仍有一些跡象很重要，只不過被其他細節掩蓋了。我去德文郡的時候，也深信費茲羅依·辛普森就是凶手，當然，那時我並沒有確鑿的證據證明他有罪。而當我坐在馬車中，剛剛到達馴馬師房前的時候，我突然發覺咖哩羊肉所具有的重大意義。你們可能還記得，在你們從車上下來時，我卻還呆坐在車上動也不動。其實我極爲訝異，自己怎麼忽略了這樣明顯的線索。」

「我承認，」上校說道，「甚至到現在爲止，我還看不出羊肉咖哩對我們有什麼幫助。」

「它是我推理過程中的第一個環節。粉末狀的麻醉劑不是沒有氣味的，這種氣味雖然並不難聞，但還是感覺得出來。如果把它混在普通的菜裡面，吃的人毫無疑問會察覺出來，可能就不會再繼續吃下去了，而咖哩正是能夠掩蓋這種氣味的東西。我們不能假設，陌生人費茲羅依·辛普森那天晚上會帶著咖哩到馴馬人家中去用。另一種怪異的設想是，假如那天晚上他碰巧帶著粉末狀的麻醉劑前來，而且正好遇上了可以掩蓋這種氣味的菜餚，這種巧合實在是太不可思議了。因此，應當排除辛普森在本案中的嫌疑。於是，我的注意力就集中在斯特雷克夫婦身上，只有這兩個人能選擇咖哩羊肉做爲當天的晚餐。菜做好以後，在專門給小馬倌的菜裡加入了麻藥，因爲其他人也吃了同樣晚餐，但沒有產生不良反應。那麼在他們兩人中，又是誰能夠接近這份菜餚而不被女僕發現呢？

「在澄清這個問題之前，我掌握了爲什麼狗不出聲的重要意義，因爲一個正確的推理總是能夠讓人聯想出其他相關的問題。我從辛普森這件事中瞭解到，當時馬廄中有一隻狗在，然而，有人進來把馬牽走，牠並沒有吠叫，沒有驚醒睡在草料棚裡的兩個看守馬房的人。顯然，這位午夜來客一定是這隻狗熟悉的人物。

「我已經確信約翰．斯特雷克在深夜來到馬廄，把銀色白額馬牽走了。他是出於什麼目的呢？很明顯是不懷好意，否則爲什麼要麻醉自己的小馬倌呢？可是，我仍然想不出這是爲什麼。以前有過一些案例，馴馬師透過代理人押注自己的馬落敗，然後用欺騙的手段阻止馬在比賽中獲勝。有時是讓賽馬師在比賽中故意放慢速度而輸掉，有時他們用一些更陰險的手段。但這個案件中用的是什麼手法呢？我希望透過檢查死者衣袋裡的東西而得到結論。

「他確實是這樣做的，你們還沒忘記在死者手中發現的那把奇特的小刀吧，一個神智正常的人絕不會把它當作武器來使用。華生醫生曾說過，這種小刀是外科手術室用來做最精密手術用的手術刀。那天晚上，他也是準備用來做一次精密的手術。羅斯上校，你有豐富的賽馬經驗，你肯定知道，在賽馬的後踝骨腱子肉上從皮下輕輕地劃一道傷痕，是不會留下任何痕跡的。這樣處理過的馬將會慢慢變得輕微跛足，這當然會被人歸咎於賽馬訓練過度或是有一點風濕痛，而人們不會認爲這是一場不公平的比賽。」

「惡棍！壞蛋！」上校大聲嚷道。

「我已經解釋清楚約翰・斯特雷克爲什麼要把馬牽到荒野去了。這匹馬性子太烈，受到刀刺之後一定會高聲嘶叫，這樣當然會驚醒在草料棚睡覺的人，所以必須到野外去做這件事。」

「我眞是瞎了眼！」上校高喊道，「這就是他爲什麼要用蠟燭和火柴的原因了。」

「這是毋庸置疑的。檢查過他的東西以後，我感到非常幸運，因爲我不僅發現了他作案的方法，而且也發現了他的犯罪動機。上校，你是個精明的人，你應該知道一個人不會把別人的帳單放在自己口袋裡，我們絕大多數人都是自己解決自己的帳務。所以我馬上推斷出，斯特雷克過著重婚生活，並且另有一所住宅。那份帳單可以向我們表明，本案涉及一個愛揮霍的女人。即使像你這樣對僕人慷慨大方的人，也很難想到他能花二十畿尼爲女人買一件衣服。我曾裝作不經意地向斯特雷克夫人詢問過這件衣服的事，但讓我感到滿意的是，這件事和她沒有關係。我記下了服飾商的地址，本能地感覺到，只要我帶著斯特雷克的照片，一定可以很容易地弄清楚那位神祕的德比希爾先生的問題。

「從那時起，一切就都變得一目了然。斯特雷克把馬牽到一處坑穴，在那裡就算他點起蠟燭，也不怕被別人看到。辛普森逃走時掉了他的領帶，斯特雷克把它撿了起來，或許是想到可以用它來綁馬腿。走進坑穴後，他在馬的後面點亮了蠟燭，但這匹馬由於突然的亮光而受驚，出於動物本能，牠預感到有人要傷害牠，便猛烈踢起蹄子來，鐵蹄子正好踢到斯特雷克的額頭。而斯特雷克爲了完成他那精密的手術陰謀，顧不得下雨，早就脫掉了他的大衣，所以在他倒下時，小刀就劃破了自己的大腿。我解釋得夠清楚嗎?」

「妙極了!」上校喊道,「眞是妙極了!就像你親眼看到了一樣。」

「我承認,我最後的推理是非常大膽的。我認爲斯特雷克是個機敏狡猾的傢伙,他不經過練習是不會輕易在馬踝骨腱肉上做這種細緻手術的。他用什麼東西來做實驗呢?那就是爲什麼我詢問了綿羊的狀況,而讓我感到驚奇的是,得到的回答竟證明我的推測是正確的。

「回到倫敦後,我拜訪了那位服飾商,她認出斯特雷克就是那個化名德比希爾的有錢顧客,他的妻子非常愛趕時髦,尤其偏愛豪華的服飾。毫無疑問,就是這個女人讓斯特雷克負債累累,最終走上犯罪的道路。」

「除了還有一件事情外,其他的你都解釋清楚了,」上校大聲說道,「馬究竟到哪裡去了?」

「啊,牠脫韁逃跑了,你的一位鄰居看管了牠。在這方面我們必須寬容一些。我想,如果我沒有弄錯的話,這裡是克拉彭站了,還有十分鐘我們就能趕到維多利亞車站了。上校,如果你願意到我們那裡抽根菸,我很樂意爲你講一些其他的細節,我想你一定會很有興趣的。」

第二篇　黃面人

我根據大量的案件編寫了這些短篇小說，我的搭檔——福爾摩斯在這些離奇案情中展現出的非凡才能，讓我們從普通讀者，變成參與其中的演員，融入到了這些故事中。所以在小說中，我很自然地就著重於描寫他成功的一面，失敗之處則甚少提及。我這樣寫的目的不是出於對他聲望的考慮——事實上，他在困境之中表現出的精力和過人之處同樣讓人讚不絕口——而是因爲沒有人能在福爾摩斯遭到失敗時還取得成功，案件也往往成爲永久之謎。然而，有一種狀況經常會發生，也就是當他犯了錯，最後案情還是眞相大白。我曾見證過五六件這類案子，其中最讓人著迷的有兩件：一件是馬斯格雷夫典禮案，另一件就是我現在要講的故事。

夏洛克．福爾摩斯是個極少爲強健身體而進行鍛鍊的人。一般來說，沒有多少人懂得好好運用自己的肌力，但是在同一體重級別中，福爾摩斯毫無疑問是我見過最好的拳擊手；只不過他認爲盲目的身體鍛鍊是在浪費體能，所以除了職業需要外，他並不熱中其他活動。而且他總是精力充沛，不知疲倦。他這樣的養身之道看起來的確與眾不同。他平時食量很少，生活簡單，有點像苦行僧。除了偶爾使用古柯鹼以外，福爾摩斯沒有其他不良嗜好。而且只有在既無案件可查，又無報紙可看時，他才會借助藥物來解除生活的單調。

早春的某天，福爾摩斯難得清閒，陪我到公園散步。這個季節，榆樹剛發出綠色的嫩芽，栗樹梢頭開始長出五瓣形新葉。兩個小時中，我們默默無語的漫步，這很適合兩個親密無間的朋友。等返回貝克街時，已經快五點了。

「對不起，先生！」，我們的小僕人打開門說道，「有一位紳士來找過您。」

福爾摩斯用抱怨的眼神看了我一眼。

「不該午後散步的！」福爾摩斯說道，「那麼，那位紳士已經走了嗎？」

「是的，先生。」

「你沒有請他進來嗎？」

「請了，先生！他進來過。」

「他等了多久時間？」

「半個小時，先生。他焦慮異常、跺著腳，不停地在屋裡走來走去。我待在門外，先生，但我能聽到他的動靜。最後他走到走廊大聲叫喊說：『是不是他再也不回來了？』這是他的留話，先生。我說：『請您再稍等一會兒。』他又說：『那我到外面去等好了，我都快悶死了，我過一會兒就回來。』說完他就走了，我說什麼也留不住他。」

「好了，好了，你做得很對。」我們走進屋內，福爾摩斯說道，「眞讓人生氣，華生。我急需接一件案子。這個人如此急躁不安，看起來是件挺重要的案子。嘿！這桌上的菸斗可不是你的，一定是那個人丟下的。這菸斗是不錯的歐石楠根菸斗，帶有一根長長的斗柄，是用一種菸草商稱作琥珀的材料做成的。我不清楚倫敦城裡能有幾支眞正的琥珀菸嘴，有人認爲裡面嵌著蒼蠅的那種才是眞品。嗯，他肯定是心亂如麻，竟把這麼珍貴的菸斗遺忘在這裡。」

「你怎麼知道他視這支菸斗爲珍寶呢？」我有些不解。

「依我看，這菸斗的原價也不過七先令六便士，可現在已經修補過兩次，你看，一次在木柄上，另一次是在琥珀菸嘴上。這兩次修補用的都是銀箍，你看得出，這早就超過了菸斗的原價。這個人寧願掏錢修理菸斗，也不願用同樣價格買支新的，足以說明他一定非常喜愛這菸斗。」

「還有什麼發現嗎？」我問道，看著福爾摩斯轉動菸斗，用他那獨特的沉思神情盯著它。

福爾摩斯拿起菸斗，用他那細長的食指彈了彈，如同一個在講授動物骨骼課的教授。

「有時候菸斗是非常重要的，」福爾摩斯說道，「也許除了錶和鞋帶外，再也沒有什麼東西比菸斗更能顯示出一個人的性格。不過，就這支菸斗來講，跡象既不是十分明顯，也不是非常重要。菸斗的主人很明顯是一個強壯之人——左撇子、一口好牙，習慣上粗心大意，但不缺錢花。」

我的朋友非常隨意地做出了這些分析，我看到他用斜眼看我，確認我是否清楚他的推理。

「僅憑他用了一支七先令的菸斗，你就能認定他是一個有錢人嗎？」我問道。

「這是格羅夫納板菸，八便士才一英兩，」福爾摩斯說著，一邊拿出一點菸絲放到手掌上，「只要用這一半的價錢，他就能抽到上等菸，足以證明他在經濟上滿寬裕的。」

「那麼，其他推理作何解釋呢？」

「他習慣在油燈和煤氣噴燈上點菸斗。可以看出，菸斗一側全燒焦了，如果用火柴肯定不會出現這種情況，誰用火柴點菸會燒焦菸斗邊呢？但如果你用油燈點菸，就肯定會燒焦菸斗。而燒焦的部分又正好全在菸斗右側，由此我推斷他是一個左撇子。如果你用菸斗在燈上點菸，會發現你很自然地把菸斗左側靠向火焰，這是因爲你慣用右手。你可能偶爾會換一種方式點菸，但絕不是習慣。就此看來他已習慣使用左手。他咬穿了琥珀菸嘴，這種情況只會發生在一個身強力壯且擁有健康牙齒的人身上。如果我沒猜錯的話，我聽到他正在上樓的聲音，這樣我們就能研究一些比這支菸斗更有趣的問題了。」

一會兒功夫，門打開了，走進一個身材高大的年輕人。他身穿一套深灰色衣服，講究而乾淨，手中拿著一頂褐色寬沿呢帽。我想他大概三十歲上下，可是實際上他的年齡還要大一些。

「很抱歉，」他顯得有些侷促不安，「我想我應當先敲門的。是的，我當然應該先敲門。可實際上我心裡有點亂，所以請務必原諒我。」他摸著額頭，顯得頭昏眼花，癱倒在椅子上。

「我看你好像一兩夜沒睡了。」福爾摩斯用輕鬆親切的口吻說道，「這比工作還要傷腦筋，甚至比享樂還要傷神。我能幫你什麼忙呢？」

「先生，我要向你請教。我不知道該怎樣辦，我所有的生活都要瓦解了。」

「你想雇我做諮詢偵探嗎？」

「不只是這樣。你見多識廣，飽經世故，我想聽聽你的見解，想知道接下來我該怎麼辦。我期望得到你的賜教。」

他說得支離破碎，語調急促而顫抖，在我看來，他連說話都感到非常痛苦，並且始終用盡意志力去控制自己的情感。

「這件事眞的很不好辦，」他說道，「誰都不願意對陌生人提及自己的家務事。尤其是對兩個素未謀面的人議論自己妻子的行爲，這更讓人覺得難以忍受。這樣做簡直太恐怖了。可是，我已經無計可施，只能求助於他人了。」

「我親愛的格蘭特．芒羅先生……」福爾摩斯開口說道。

客人從椅子上驚跳起來。

「什麼？」他大聲說道，「你知道我是誰？」

「假如你想隱姓埋名的話，」福爾摩斯笑著說道，「我建議你不要再把自己的名字寫在帽襯裡，或者在拜訪別人時，別把帽子裡邊向著人家。我正想告訴你，我和我的朋友在這間屋子裡已經聽過太多奇異詭祕的事情，如果我們有幸能夠把安寧帶給惶惑不安的人。我相信我們也能爲你提供同樣的幫助。時間寶貴，不能再耽擱了，趕快告訴我事情的經過吧。」

我們的客人再次把手放在額上，似乎覺得非常痛苦。從他的姿勢和臉部表情可以看出，他是一個寡言自持之人，個性有些驕傲，寧願把自己的創傷隱藏起來，也不願對外張揚。接著，他忽然間握緊拳頭，顯示出堅定的姿態，彷彿不願再保留什麼祕密，開始說道：

「事情是這樣的，福爾摩斯先生，我已婚，而且結婚有三年了。在這期間，我和我的妻子互敬互愛，生活幸福，就像其他夫妻一樣。無論在思想、言論還是行動上，我們都沒有任何分歧。可是現在卻不一樣了，從上週一開始，我們之間突然出現了障礙。我發現她的生活和思想存在一些我根本不瞭解的東西，就像街上一個與我擦身而過的女人一樣。我們之間變得疏遠了。但我想知道爲什麼會這樣？

「不過，在我講下去之前，我一定要讓你瞭解一件事，福爾摩斯先生。艾菲是愛我的，希望你不要有任何誤解。她全心地愛著我，現在更是這樣。我心裡明白，也感覺得到這一點，這方面我不想再討論，一個男人完全可以感受得到一個女人的愛。不過，我們之間存在著一個祕密，在弄清楚它以前，我們無法再回到從前。」

「芒羅先生，我只想知道事實是什麼。」福爾摩斯顯得有些急躁。

「我先告訴你艾菲過去的一些事情。我剛認識她的時候，她很年輕，僅僅二十五歲，卻是個寡婦，那時人們叫她赫伯龍夫人。她很小的時候就去了美國，住在亞特蘭大，在那裡嫁給了一個叫赫伯龍的律師，律師生意還不錯。他們有一個孩子，但當地橫行的黃熱病奪走了她丈夫和孩子的生命，我還見到了赫伯龍的死亡證明。這件事讓她厭惡起美國的生活，便回國和她未出嫁的姑母一起住在米德爾塞克斯的平納爾。還有一點我要提及，她的丈夫留給她大約四千五百鎊的遺產，算是相當豐厚。她丈夫生前用這筆錢投資得到了回報，平均有百分之七的年利率。她在平納爾才待六個月就遇見了我，我們相愛幾個星期後就成家了。

「我自己是個蛇麻商人，每年收入七、八百鎊。我們生活還算寬裕，就在諾伯里租了一間小別墅，年付八十鎊的租金。儘管我們住的小地方離市區很近，卻別有一番鄉村氣息。離我們不遠的地方有一家鄉村旅館和兩間房屋，正對著我們的田野那邊還矗立著一間獨棟小別墅；除此之外就沒有別的房子了，一直要到往車站的路上才看得到。因業務關係，我會在特定季節到城裡辦事，但夏天就沒什麼事可做了。於是我和妻子就住在鄉村的家裡，隨心所欲地盡情歡樂。我跟你說，直到發生這件不幸的事情之前，我倆之間從未存在任何陰影。

「在講下去之前，我應該先告訴你一件事。我們結婚時，妻子就把她所有的財產都交給了我。我並不想這樣，因爲我擔心一旦生意出現問題，事情會非常棘手。但她堅持這樣做，我也就沒有反對了。對了！她六個星期前來找過我。

「『傑克，』她對我說，『我把錢交給你的時候，你說過無論我什麼時候需要用錢，都可以找你要。』

「『沒錯，』我說道，『怎麼說那都是妳自己的錢。』

「『那好，』她說道，『我現在需要一百鎊。』

「聽到她這樣說，我有些吃驚，我原以爲她不過是想買一件新衣服或其他諸如此類的東西。

「『究竟怎麼了？』我問道。

「『噢，』她頑皮地說道，『你說過你只是我的保管銀行，而保管銀行從不隨便發問的，你清楚這一點。』

『如果妳眞的需要，當然可以得到這筆錢。』我說道。

「『啊，是的，我確實需要它。』

「『妳能告訴我這筆錢有何用處嗎？』

「『傑克，我也許在幾天後會告訴你，但現在不行。』

「於是我答應了她。但那是我們夫婦之間破天荒出現了某種祕密。我給了她一張支票，就再也沒想起這件事。也許這與後來發生的事沒有任何關係，但我最好還是說出來。

「好，我剛才對你們說過，在我們的住所不遠處有間小別墅，而住所和小別墅之間剛好有一塊田野，如果你想到小別墅去，只有先沿著大道走，然後再拐到一條小路上。小別墅那邊正好有片茂密的蘇格蘭樅樹林，我很喜歡在那裡散步，無論如何，林中散步總是一件讓人輕鬆愉快的事。這八個月來，小別墅一直空著沒住人，挺可惜的。它畢竟是座很漂亮的兩層樓房，帶有一道老式的走廊，四周長滿了金銀花。我經常在那裡散步，想說這可眞是座整潔小巧的家園啊！

「可是，上週一傍晚我走在這條路上時，遇到一輛敞篷車從小路上駛過來，我還看見走廊邊的草地上放著一堆地毯和其他物品。很明顯，小別墅最終還是租出去了。我從旁邊穿過的時候，就像一個無所事事的人那樣停下來看了看，想知道是什麼人會住得離我們這麼近。當我正在思量著，突然感覺到有一張臉正從樓上窗戶裡盯著我看。

「福爾摩斯先生，我當時不知道這是怎樣的一張臉孔，只覺得背上直冒冷汗。我離得有點遠，所以分辨不出那張臉孔的具體特徵，但總覺得它有點不自然，而且冷酷無情。我當時的感覺就是這樣。我快步向前走，想近距離觀察一下窺伺我的那個人，但我走近以後，那張臉忽然消失了，彷彿被什麼東西拉到屋內的黑暗之中。我就這麼站在那裡足足五分鐘，仔細思考著這件事，試圖分析我得到的印象。我無法解釋那究竟是一張男人的面孔，還是女人的，它畢竟離我太遠。但那張臉深深印在我心中。它如同青灰色的白堊土，而且有點僵硬呆板，顯得非常不自然。我心煩意亂，決定再去看看這棟別墅的新住戶。我走過去敲了敲門，門突然打開，走出一位身材高大、模樣憔悴的女人，生著一副醜陋可怕的面孔。

『你有什麼事？』她操著北方口音問道。

『我是你那邊的遠鄰，』我說著，一邊朝著我的住所點了點頭，『我知道你們剛搬進來，我想我應該能爲你們提供什麼幫助……』

『喔，我們有需要的時候，自然會去找你。』說完，她竟然甩上了門。對這種無禮的回

絕，我非常惱火，轉身朝家裡走去。雖然我整晚都盡量轉移注意力，腦海卻一直被窗裡的怪人和那女人的蠻橫無禮所困擾。這件事我決定對妻子守口如瓶，因爲她既膽小又容易衝動，我可不想讓她知道我剛才遭遇的不快。但在臨睡以前，我告訴她那間小別墅已經有人住了，她卻毫無反應。

「我通常睡得很沉，夜裡沒有什麼可以吵醒我，這使我常受到家人的嘲笑。但那天晚上有點奇怪，可能是受到那件事情帶來的輕微刺激，或是我說不上來的其他原因，我不像平常睡得那麼死。半夢半醒間，我隱約感到屋裡有什麼人在走動，並逐漸意識到我妻子已經把衣服穿好，還披上了斗篷，戴上了帽子。我嘴唇微動，低語了幾句，對她這種不適時的舉動表示驚訝和不滿。藉著燭光映照，當我半睜的雙眼落到我妻子臉上時，竟使我訝異得說不出話來。她的表情是我前所未見，也絕不可能是裝扮出來的。她臉色蒼白，呼吸急促，當她扣緊斗篷時，還悄悄往床上看了看，惟恐把我吵醒。接著，她以爲我還在睡，便無聲無息地走出房間，過了一會兒，我聽到前門合葉發出一陣尖銳的響聲。我從床上坐起來，用手敲了敲床欄，確認我眞的是醒著，然後從枕頭下取出手錶，已經是凌晨三點鐘了。我妻子在這個時候到外面去，到底要幹什麼呢？

「我就這樣坐了近二十分鐘，翻來覆去地想這件事，努力想找到一些可能的解釋。我想得越多，就越覺得稀奇古怪、不可思議。我正爲這件事困惑不解時，聽到門又輕輕關上了，還有我妻子上樓的腳步聲。

「『艾菲，妳剛才跑到哪兒去了？』她一進來，我便問道。

「聽到我的問話，她嚇了一跳，猛然發出一聲尖叫。這樣一來比其他事情更讓我心煩，這一聲驚叫裡，隱含著一些難以描述的心虛之情。我妻子是個天性坦率的女人，看到她悄悄溜回自己的房間，而且在自己的丈夫問話時還大聲驚呼、畏縮不安，我心裡感到一陣發冷。

「『你醒了，傑克！』她勉強笑著大聲說道，『怪了，我還以爲什麼也吵不醒你呢。』

「『妳跑到哪裡去了？』我更加嚴厲地問道。

「『難怪你大驚小怪呢。』她說道，在解斗篷上的鈕扣時，我看到她的手指在顫抖。『很奇怪，我從不記得以前有過這種事。事情是這樣的，我覺得好像有些喘不過氣來，想出去呼吸一下新鮮空氣。如果再不出去，我眞以爲自己要暈倒了。我在門外站了幾分鐘，現在已經完全恢復了。』

「她對我說這番話的時候，從沒正眼看我，聲音也不同於平常的那種語調，很明顯她在撒謊。我沒有回答，只是傷心地把臉對著牆，心中裝滿了千百個惡意的猜測和疑問。我妻子會向我隱瞞什麼呢？她這次奇怪的外出，會到哪裡去呢？我覺得在解開這個謎團之前，是無法安心過日的，然而我沒有再問下去。這一夜我一直輾轉反側，翻來覆去也想不出一個道理來。

「第二天我本來要進城裡去的，但我心中煩亂異常，根本無法專心於生意。看來我的妻子和我一樣煩躁不安，從她一直不敢正眼看我的神情就能看得出，她也明白我不相信她所說的，但她也是六神無主，不知該怎麼辦才好。吃早餐時我們沒有任何對話，然後我出外散步，希望能在清晨的新鮮空氣中仔細思考這件事。

「我一直走到克里斯特爾宮，在那裡待了一個小時，一點鐘的時候回到諾伯里，碰巧又路過那間小別墅。我停下來向窗戶瞭望，看看是否能找到昨天從裡面看我的那張臉。我正站在那裡，福爾摩斯先生，讓我吃驚的是，小別墅的門突然打開了，我的妻子走了出來。

「我一看見她就呆在那裡，說不出話來，可是當我們目光相遇時，我妻子更是驚訝異常。她看起來好像要重新退回屋裡。然後，看到無法再隱藏下去，便走上前來，她強扯出一絲微笑，卻難以掩飾她異常蒼白的臉色和驚恐的眼神。

「『啊，傑克，』她說道，『我剛才來看一下是否能爲我們的新鄰居幫點忙。你怎麼用那種眼神看著我？傑克，你不會怪我吧？』

「『這麼說來，』我說道，『妳昨晚就是來這裡了。』

「『你說什麼呀？』她喊道。

「『我敢打賭，妳來過這裡。裡面是些什麼人？妳怎會深更半夜來看他們？』

「『我以前沒來過這裡。』

「『妳怎麼能對我說謊？』我大聲喊道，『妳說話的聲音都變了。我什麼時候瞞過妳？我要到裡面去，看看究竟是怎麼一回事。』

「『不，不，傑克，看在上帝的份上！千萬不要。』她激動得無法控制自己的情緒，氣喘吁吁說道。我走到門口時，她抓住了我的袖子，竭力把我拉了回去。

「『我求求你不要這樣，傑克，』她喊道，『我發誓我會告訴你所有的一切，如果你闖進別墅，只是自找苦吃，什麼也得不到。』我試圖甩掉她，她卻緊緊纏著我不放，苦苦哀求著。

「『相信我，傑克！』她叫喊著，『就相信我這一次。你絕不會因此而感到後悔的。你知道，要不是爲你好的話，我絕不會隱瞞你什麼的。這關係到我們的生活。如果你跟我回去，一切都會沒事，如果你非要進別墅不可，我們之間就全完了。』

「她的話語中充滿眞誠，又顯得如此絕望，我被她的話阻止了，站在門前不知如何是好。

「『我可以相信妳，但是有一個條件，而且只有一個條件，』最後我說道，『就是從現在起這個祕密到此爲止。妳有保留自己隱私的權利和自由，但妳必須答應我晚上

不能再來，不能再發生什麼事。如果妳答應我以後不會再發生這樣的事情，我會忘掉過去的一切。』

「『我知道你會相信我的，』她如釋負重地嘆了口氣，大聲說道，『我一切聽你的。走吧，快回家去吧。』

「她依然抓著我的衣袖，把我從小別墅拉走。我離開時往後看了看，發現那張鉛灰色的臉正從窗戶裡望著我們。我妻子和這個怪物之間有什麼關聯呢？前一天我看到的那個既粗暴又難看的女人怎麼會認識她呢？這是一個不解之謎。我知道，在弄清眞相之前，我的心情絕不會平靜下來。

「之後的兩天，我一直待在家裡，我妻子看起來也很遵守諾言，因爲就我所知，她從未離開過家裡。但是到了第三天，我有足夠的證據證明，她莊嚴的諾言不足以使她擺脫那種神祕的影響力，並再次使她遠離了丈夫，放棄了責任。

「那一天我到城裡去了，平常我都會乘坐三點三十六分的火車回來，但那次我則是乘坐兩點四十分的火車回家。我一進門就看見女僕神色慌張地跑進廳房。

「『太太在家嗎？』我問道。

「『我想她可能出去散步了。』她答道。

「我心裡頓時充滿了疑問，我跑到樓上去看看她在不在屋裡。就在這時，我不經意地向窗外望去，發現剛才和我說話的女僕正穿過田野，跑向那座小別墅。當時我自然就明白是怎麼一回事了。我妻子又到那裡去了，而且還告訴女僕，如果我回來就通知她。我氣得發抖，快速從樓上衝到外面，決定把這件事做個徹底的了斷。我看到妻子和女僕正慌忙地沿著小路走，但我並沒有停下來和她們搭腔。別墅裡隱藏的祕密讓我的生活蒙上了一層陰影，我發誓，無論如何也要解開這個祕密。我走到屋前，甚至連門也沒敲就轉開門把，直接衝進走廊裡。

「樓下寂靜無聲。在廚房的爐灶上，燒開的水壺響個不停，一隻大黑貓蜷臥在籃子裡，但沒有看到上次那個女人的任何蹤影。我跑進另一間房間，也同樣是空無一人。然後我又跑上樓去，也只發現另外兩間空空如也的房間。整座別墅裡竟沒有一個人。房間裡的傢俱和圖畫都極爲平常，而且粗俗不堪，只有一間臥室顯得比較舒適和雅致，我就是在這裡的窗戶裡看到那張奇怪的面孔。當我看到壁爐上懸掛著一張我妻子的全身照時，我全部的疑問頓時化成了強烈而痛苦的怒火，那張照片還是她在三個月前應我的要求而拍的。

「我在屋裡停了好一會兒，確定空無一人才走出去，心中感到前所未有的沉重。我回到家後，妻子正好來到前廳，但我極度傷心和生氣，不願和她說話，從她身旁繞過，鑽進我的書房。在我關門前，她隨後跟了進來。

「『對不起，傑克，我沒有遵守諾言，』她說道，『但如果你知道這所有的一切，我相信你會原諒我的。』

「『那妳就把這一切告訴我吧。』我說道。

『我不能，傑克，我不能，』她高聲喊道。

『如果妳不告訴我是誰住在那間別墅裡，妳又把照片送給了誰，我們之間就沒有任何信任可言。』說完我就從她身旁走開，離開了家。這是昨天發生的事，福爾摩斯先生，從那時起我就再也沒看見她，對這件怪事也沒有更多的瞭解了。這是我們感情第一次產生陰影，它使我如此的震驚，不知該怎麼辦才好。早晨我忽然想起，也許你可以對我提供一些建議，所以才急急忙忙跑到你這裡來，我把一切全交給你了。假如有哪一點我沒說清楚的話，請你直接問我好了。不過，首先請你告訴我該怎麼辦，因爲這種痛苦我眞的無法再忍受了。」

福爾摩斯和我全神貫注地聆聽著這段離奇的故事。這個人由於情緒過於激動，敘述得斷斷續續。我的夥伴手托著下巴，靜靜坐在那裡、陷入沉思。

「請告訴我，」他終於說道，「你能確信在窗戶上看到的是一張男人的臉嗎？」

「因爲我每次看到它的時候都距離得很遠，所以不能肯定。」

「但看來那張臉孔讓你留下了不好的印象。」

「臉色很不自然，而且面貌僵硬。待我走近時，它突然就消失了。」

「你妻子向你要一百鎊是多久以前的事情？」

「兩個月左右吧。」

「你見過她前夫的照片嗎？」

「沒有，他死後不久，亞特蘭大發生了一場大火，她所有的資料都被燒掉了。」

「可是她有一張死亡證明，你說你曾見過。」

「是的，大火後她找到了一份副本。」

「你可曾遇過那些在美國認識她的人？」

「沒有。」

「她是否提過想重回美國去？」

「沒有。」

「或者收到過那邊的來信嗎？」

「沒有。」

「謝謝你。我現在要仔細思考整件事情。如果那間別墅現在還是空著的，我們就不太好辦事了。另一方面，我覺得很有可能是昨天你進去以前，屋裡的人已經先接到通知而躲開了，現在這時候他們可能回去了。這樣我們就可以徹底查清事情的眞相。那麼，我建議你返回諾伯里，重新察看一下別墅的窗戶。如果你確信裡面有住人，可不要硬闖進去，只要給我和我的朋友發通電報就可以了。我們收到電報後一小時之內就和你會合，然後把這件事查個水落石出。」

「如果別墅還是空著的該怎麼辦呢？」

「如果是這樣的話，我明天會去和你詳談這件事。再見！不過首先要記住，在確實查清這件事之前不要再自尋煩惱了。」

「我擔心這件事不好辦，華生，」福爾摩斯送走芒羅先生後，回來對我說，「你看如何？」

「這件事聽起來很難辦。」我回答道。

「對了，如果我沒弄錯的話，這其中必定有詐啊。」

「那麼是誰在騙人呢？」

「啊，當然是住在那唯一一間舒適的房間裡，並把她的照片掛在壁爐牆上的那個傢伙。的確，華生，要非常注意窗戶裡那張呆板的面孔，我無論如何也不想放棄這件案子。」

「難道你已經有什麼推論了嗎？」

「是啊，但僅僅是一個暫時的推論。可是如果這推論與事實不符，我會很驚訝的。我想——這個女人的前夫就住在小別墅裡面。」

「你爲什麼這樣想呢？」

「否則要如何解釋她狂躁焦慮、堅決不讓現任丈夫進到別墅裡呢？依我看，事實應該是這樣的：這個女人在美國結了婚，她前夫有一些不良的惡習，或者說，他得了什麼令人討厭的疾病，變成了大家躲避的人，或者他是弱智者。她最後離棄了他，返回英國更名改姓後開始了她的新生活。她已經結婚三年，相信自己的處境非常安全，何況她已經用假冒別人名字的死亡證明給丈夫看過。但她的行蹤突然被她的前夫發現，或者，我們可以假設，被某個與她前夫勾搭上的不道德女人發現了。他們寫信給這個妻子，恐嚇說要來揭穿她，於是她要了一百鎊想要收買他們。但他們仍然追來了。當丈夫不經意間向妻子提到別墅來了新住戶時，她就知道那是追蹤她的人，於是等丈夫熟睡以後，她就跑出去想說服他們還她一個平靜的生活。由於沒有成功，她第二天早晨又去了，但正如她丈夫告訴我們的那樣，她出去的時候被丈夫碰見了。她向他許諾不會再到那裡去。但兩天以後，她強烈希望擺脫這些可怕的鄰居，於是又嘗試了一次。這一次她帶了照片，八成是他們向她索取的。就在會面期間，女僕跑進來說主人已經回家。當時她知道，丈夫一定會直奔別墅而來，便催促室內的人快從後門跑走，躲進剛剛提到、位於附近的樅樹林。這樣一來，他自然會發現別墅是空的。但如果他今晚再去看，房子會空著才怪呢。你覺得我的推論怎麼樣？」

「完全是猜測。」

「可是至少符合所有的事實。如果我們再發現與推測不符的情況，也有足夠的時間重新來考慮。在我們收到那位諾伯里的朋友發來的電報之前，我們什麼事也做不了。」

不過我們沒有等多久，剛剛吃完茶點，電報就來了。

電報上寫道：

別墅仍然有人居住。又看到窗户裡的那張臉。七點鐘在火車站前見，在你來之前，我不會採取任何行動。

我們下火車時，他正在月臺上等候。藉著車站的燈光，我們看到他的臉色蒼白，情緒不安，渾身顫抖。

「他們還在那裡，福爾摩斯先生，」他用手緊緊拉住我朋友的衣袖說道，「我來的時候，看見別墅裡還亮著燈。現在我們要徹底解決這件事。」

「那麼，你打算怎麼辦？」我們走在幽暗的林蔭道上，福爾摩斯問道。

「我打算闖進去，看看到底是什麼人在屋裡。我希望你們兩位做個見證人。」

「你妻子警告過你最好不要揭開這個謎，你眞的決定不顧一切也要做嗎？」

「是的，我一定要這樣做。」

「好，我認爲你是對的。無論眞相如何，總比不斷懷疑要好得多。我們最好馬上行動。當然，就法律而言，我們這樣做絕對有錯。不過我想這也值得。」

那晚天色異常漆黑，當我們從公路轉到一條兩旁全是樹籬的小路時，天空開始下起毛毛雨，格蘭特·芒羅先生不耐煩地急速往前跑，我們也全力跟在他後面走著。

「那是我家的燈光，」他指著樹叢後閃爍的燈光，低聲說道，「而這就是我們要去的那間別墅。」

正說著，我們已在小路上轉了個彎，來到了那間房子的門前。漆黑的地上映著一縷黃色的燈光，表示門沒有全關上，樓上的一扇窗戶也閃耀著異常明亮的燈光。我們望過去的時候，正看見一個黑影從窗簾上掠過。

「就是那個怪物！」格蘭特·芒羅喊道，「你們可以親眼看到這房子裡有人。現在跟我來就能知道所有的事情了。」

我們走近門口，突然從暗處閃出一個婦人，站在金黃色光影中。我在黑暗中看不清她的臉，但她高舉著雙臂，一副懇求的姿態。

「看在上帝的份上，不要這樣！傑克，」她高喊道，「我知道你們今晚會來。好好考慮一下，親愛的！再相信我一次，你絕不會後悔的。」

「艾菲，我已經相信妳太久了，」他高聲喊道，「不要擋我！我一定要進去。我的朋友和我要徹底了斷這件事！」他把妻子往旁邊一推，我們緊跟過去。他剛打開門，一個老婦人衝到了他面前，想攔住他的去路，可是他一把將她推開，傾刻間我們都到了樓上。格蘭特·芒羅闖進亮著燈光的房間，我們隨後也趕了進去。

這是一間溫暖舒適、裝潢得很好的臥室，桌上點著兩支蠟燭，壁爐臺上也點著兩支。房間一角的桌子邊，好像坐著個小女孩。我們進來時，她把臉轉到一邊去，不過我們仍可看到她穿著一件紅色上衣，戴著一副長長的白手套。突然間，她轉向我們，我驚恐得叫出聲來。她轉向我們的臉孔呈現奇怪的鉛灰色，臉上完全沒有任何表情。一瞬間，這個謎就揭開了。福爾摩斯笑著把手伸到這孩子耳後，從她臉上扯下一個假面具來，原來她是個像小黑炭般的黑人小女孩。看到我們吃驚的臉，她高興得露出了白牙齒。看到她興高采烈的樣子，我也不禁哈哈大笑。可是格蘭特·芒羅卻用手按著自己的喉嚨，站在那裡呆呆發愣。

「我的天哪！」他大聲喊道，「這到底怎麼回事？」

「我來告訴你這是怎麼一回事，」他妻子面容堅定而自豪地掃了一下屋內的人說道，「都是你逼我的，我自己也不想這樣做，現在我們一起來妥善處理這件事吧。我的丈夫死在亞特蘭大，可是孩子還活著。」

「妳的孩子？」

她從懷裡取出一個大銀盒說道：「你從未見它打開過吧。」

「我原以爲它打不開呢。」

她按了一下彈簧，打開了盒蓋。裡面是一張男人的肖像，非常英俊瀟灑，溫文爾雅，但相貌中卻明顯帶有非洲血統的特徵。

「這是亞特蘭大的約翰·赫伯龍，」夫人說道，「世上再也沒有比他更高尙的人了。爲了能嫁給他，我脫離了我的族人，而他在世的時候我從未後悔過。不幸的是，我們唯一的孩子卻繼承了他祖先的血統，而不是我的。白人和黑人通婚往往會產生這樣的結果，小露西比她的父親還要黑。無論如何，她畢竟是我的女兒，是母親的心肝寶貝。」聽到這些話，小傢伙跑了過去，依偎在女人身旁。「我把她留在美國，」女人繼續說道，「因爲她的身體虛弱，跟我回來可能會水土不服，我才把她交給我們從前的僕人，一位可靠的蘇格蘭女士撫養，我從未想過要遺棄我的孩子。可是自從遇見了你，傑克！我就愛上你了，所以不敢告訴你我已有了小孩，上帝原諒我吧！因爲我怕會因此失去你，所以才沒有勇氣告訴你。我只好在你們二人之中做出選擇，我太懦弱，放棄了我的小女孩。三年來我一直對你隱瞞孩子的事，可是我經常從保姆那裡得到消息，知道她一切都很好，然而，我還是壓抑不住想見孩子的渴望。我試圖抑制這份感情，卻徒勞無功。明知這樣有危險，我還是決定把孩子接過來，那怕只有幾個星期也好。於是我寄一百鎊給保姆，告訴她這裡有間小別墅，她可以過來當我的鄰居，而我不需要出面和她接觸。我甚至囑咐她白天讓孩子待在屋裡，並且遮住孩子的臉和手，即使有人從窗外看到她，也不會造謠說鄰宅住了一個小黑人。要不是我太過於小心，也不會做得這麼蠢。因爲我怕你看出實情，反而有點昏了頭。

「是你先告訴我小別墅有了新住戶。我本應等到早晨，但由於太過興奮，無法入睡，而我知道你不會輕易被吵醒，所以最終還是溜了出去。沒想到還是被你瞧見，我的麻煩也就開始了。第二天你察覺了我的祕密，可是你本性仁慈，並沒有因此追究。三天以後，你從前門闖進去時，保姆和孩子已經從後門逃走了。但今天晚上你終於知道了一切，我想知道你會如何處置我和孩子呢？」她雙手緊握，等待著丈夫的回答。

經過了漫長的十分鐘，格蘭特．芒羅打破沉默，他的回答讓我留下了美好的回憶。他抱起孩子，吻吻她，然後，一手抱著孩子，一手挽著妻子，轉身往外走。

「我們可以回家再好好商量嘛，」他說道，「我雖然不是一個完美的人，艾菲，可是我想，我應該比妳所想像的要好一些。」

福爾摩斯和我跟著他們走出那條小路，出來的時候，我的朋友拉了拉我的衣袖。

「我想，」他說道，「我們還是回倫敦去吧，會比我們在諾伯里更有用些。」

之後他沒有再談及本案，一直到那天深夜，當他拿著點燃的蠟燭走回臥室時才說：

「華生，如果以後你覺得我對我的能力過於自信，或在辦一件案子沒有全力以赴時，你最好輕輕在我耳旁說一聲『諾伯里』，我會對你感激不盡的。」

第三篇　證券經紀人的書記員

我婚後不久，從老法考爾先生手中買下帕丁頓的一家診所。曾有一個時期，老法考爾先生的診所生意非常興旺，可是由於他上了年紀，又受到一種小腦症的折磨，診療業務也就逐漸變少了。因爲，人們自然地會認同這樣的道理：醫生首先必須自身健康，才能來醫治別人；如果連自己都不能醫治，那人們對他的醫術就另當別論了。所以，我這位老前輩的身體越虛弱，收入也就越少。從他手中買下這個診所時，他的年收入已經由一千二百鎊減少爲三百多鎊了。然而，我年輕氣盛，對自己充滿了信心，認爲在幾年之內，這個診所一定會像原來一樣興盛。

開業後的三個月內，我一心注重在工作上，很少見到我的朋友夏洛克．福爾摩斯。因爲我太忙，沒空逛到貝克街去，而福爾摩斯除了專業的偵探業務需要，自己也很少到外面走動。但讓我驚訝的是，六月的一天早上，早餐後，我正坐著閱讀《英國醫學雜誌》，忽然聽見一陣鈴聲，緊接著就聽到我那老夥伴高亢又略帶尖銳的聲音，這真令我十分驚喜。

「啊，我親愛的華生，」福爾摩斯大步邁進房內說道，「很高興見到你！我相信，尊夫人由於『四簽名』案件而驚怕，想必現在已經完全恢復了。」

「謝謝你，我們兩個人都很好。」我非常熱情地握著他的手說。

「當然，我也希望，」他坐到搖椅上，繼續說道，「你對醫務的關心，不會讓你完全忘掉過去參與我那小小推理法的興趣。」

「完全不會，」我回答道，「就在昨天夜晚，我仔細翻閱了過去的筆記，還把我們的破案成果整理了一番。」

「我相信，你不會認爲你的資料蒐集已經結束了吧。」

「一點也不會的。我希望有更多這樣的經歷！」

「譬如說，今天就去怎麼樣？」

「可以，如果你願意，今天就去吧。」

「如果是去伯明罕那麼遠的地方呢？」

「當然可以，如果你願意的話。」

「你的醫務怎麼辦？」

「我鄰居外出時，我幫他照顧醫務。他一直想找機會回

報我的這份情。」

「哈！這就再好不過了！」福爾摩斯仰靠在椅子上，用半睜的雙眼銳利地望著我，「我覺得你最近身體不是很好，夏天感冒總是讓人有點厭煩的。」

「上星期由於患了重感冒，在家裡待了三天。但我想我現在已經痊癒了。」

「想來也是，你看起來很健壯。」

「那你是怎麼知道我生病的？」

「我親愛的伙計，你知道我的方法的。」

「那麼是你推理出來的？」

「正是如此。」

「從什麼方面看出來的？」

「從你的拖鞋。」

我低頭望了一眼腳上穿的那雙新漆皮拖鞋，「你究竟是怎樣……」我剛開始問，可是福爾摩斯沒等我問完就先開口了。

「你穿的是新拖鞋，」他說道，「你也才買幾個星期，可是現在面向我這邊的鞋底已經有點兒燒焦了。剛開始我還以爲是鞋子濕了之後放在火上烘乾時燒焦的，可是鞋面上還附著一個寫有店員代碼的小紙圈。鞋弄濕之後，這紙片肯定會掉的。那麼你一定是把腳伸向壁爐烤火時烤焦了鞋底。一個人除非生了什麼病，否則即使是在潮濕的六月份，他也不會去烤火的。」

就像福爾摩斯所有的推理一樣，事情一經解釋，看起來就非常簡單。他從我臉上猜透了我的想法，略帶嘲諷地笑了起來。

「恐怕這麼一解釋，我就洩露了祕密，」他說道，「只講結果而不說原因，可以讓人留下更深的印象。那麼，你準備好到伯明罕去了嗎？」

「當然了。這是一件什麼樣的案子？」

「等會兒在火車上再詳細告訴你。我的委託人在外面馬車上等著，你能馬上出發嗎？」

「稍等一會兒。」我隨便寫了張便條給我的鄰居，跑上樓去向我的妻子解釋，然後在門外石階趕上了福爾摩斯。

「你的鄰居是一個醫生，」福爾摩斯向隔壁門上的黃銅門牌點了點頭說。

「對，他也跟我一樣，購置了一間診所。」

「這間診所已經有很長時間了吧！」

「和我那間一樣，房子建成後，這兩間診所就成立了。」

「啊！那麼，你的業務較好一些。」

「我想是這樣，但你是怎麼知道的？」

「從臺階就看得出來，我的朋友，你家的臺階厚度比他家的少了三英寸。容我向你介紹，馬車上這位先生就是我的委託人，霍爾．派克羅夫特先生。喂！車夫，速度加快點，我們的時間剛好能趕上火車。」

我對面的派克羅夫特先生是一個身材魁偉、氣質不凡的年輕人，表情顯得坦率而誠實，留著稍微捲曲的小黃鬍子，戴著一頂閃亮的大禮帽，身穿一套整潔樸素的黑衣服，讓人很容易就能看出他是那種精明的都市青年。他們這一類人被稱爲「倫敦佬」，是英國最負盛名的外籍軍團的中堅力量；在英倫三島的這類人中，有很多優秀的體育家和運動員。他那紅潤的圓臉充滿著歡樂的表情，可是他的嘴角下垂，感覺有種異樣的憂傷。但是，直到我們坐在頭等車廂裡，開始前往伯明罕的旅程後，我才知道他是因爲有了麻煩，才來求助福爾摩斯的。

「我們足足要坐七十分鐘的火車，」福爾摩斯說道，「霍爾．派克羅夫特先生，請詳實地告訴我的朋友你的有趣經歷，可能的話，請你說得詳盡一些，再聽一遍對我也有幫助。華生，這件案子可能會有些名堂，也可能什麼也沒有。不過，它至少存在一些超乎尋常的特徵，現在，派克羅夫特先生，我不會再打斷你了。」

我們的年輕旅伴望著我，雙眼閃光。

「整件事裡頭最糟糕的是，」他說道，「我發現自己完全被騙了。當然，一切看起來好像都很正常，我也沒發覺自己上當了。不過，如果我眞的丟掉了工作，而且什麼也得不到，那我眞的是很傻。華生醫生，我不太善於講故事，我遇到的事情是這樣的：

「我過去在德雷珀廣場旁邊的考克森和伍德豪斯商行工作，可是今年年初，商行由於受委內瑞拉公債券案的牽連，業務一敗塗地，這不用說你也知道。商行破產時，我已在那裡工作了五年，我們二十七名職員當然全被辭退了。老考克森給了我一份評價很高的推薦信，我到處試著求職，但和我相同處境的人有很多，所以很長一段時間都沒有結果。我在考克森商行時，每星期有三鎊的薪水，我存了七十鎊左右，可是單靠這點錢來維持生活，很快就花得精光了。最後，我窮困潦倒，幾乎連回覆徵人廣告的信封和郵票都買不起。我到處求職，可是仍然找不到工作。

「我終於聽說龍巴德街的一家大證券商行——莫森和威廉斯商行有一個職缺。你可能對東倫敦中央郵政區的情況不太熟悉，但我可以告訴你，這是倫敦最富有的一家商行。那家公司要求只能以信函應徵。我把我的推薦信和申請表寄了出去，對是否能得到該職位並不抱多大希望，但沒想到竟然收到了回函。信中說，如果我下星期一去那裡，只要我的相貌符合要求，就可以馬上到任。誰也不知道這到底是怎麼一回事，有人說，可能是經理把手伸到一堆應徵信裡隨便抽出了一份，但無論如何，這次該我走運了，而我從來沒有那麼高興過。這裡一開始的薪水是一星期一鎊，工作性質與我在考克森商行時差不多。

「現在我要講到這件事的奇怪之處了。我住在漢普斯特德附近的波特巷十七號的一間寓所。嗯，就在收到錄取通知的那天晚上，我正坐在那裡抽菸，房東太太拿著一張名片走了進來，名片上面印著『財政經紀人亞瑟·平納』。我以前從未聽過這個人的名字，更想不出他找我有何貴事，可是我還是請他進來。那個人身材中等，黑髮，黑眼，黑鬍鬚，鼻子有些發亮。他步伐輕快、說話急促，是那種很注重時間的人。

『我想，你是霍爾．派克羅夫特先生吧？』他問道。

『是的，先生，』我回答道，同時爲他拉來一把椅子。

『以前在考克森和伍德豪斯商行工作嗎？』

『是的，先生。』

『現在是莫森商行新錄用的書記員嗎？』

『一點也不錯。』

『啊，』他說道，『情況是這樣的，我聽說一些你在理財方面不凡的業績。你記得曾在考克森任經理的派克吧，他對你總是讚賞有加。』

聽到這些話，我自然感到很高興。我在業務上還算在行，可從未想到城裡竟有人這樣誇我。

『你記性好嗎？』他說道。

『還算不錯。』我謙虛地回答。

『你失業以後，還有持續接觸市場嗎？』他問道。

『是的，我每天早上都要查看證券交易所的牌價表。』

『多麼認真！』他大聲喊道，『這才是成功之路呢！你不介意我考你一下吧？讓我想想，你知道埃爾郡股票的牌價如何嗎？』

『一百零五鎊十七先令半至一百零六鎊五先令。』

『紐西蘭統一公債呢？』

『一百零四鎊。』

『英國布羅肯．希爾恩股份呢？』

『七鎊至七鎊六先令。』

『太棒了！』他舉起雙手喊道，『這與我所瞭解的行情完全相符。我的朋友，我覺得你在莫森商行當書記員實在太可惜了！』

「你可以想像，他這種狂喜讓我感到多麼驚訝。『啊！』我說道，『別人可不像你這樣看待我，平納先生。我好不容易才找到這份工作，我可是非常高興能擁有它呢。』

『瞧你說的，先生，你應當有更高的要求，不應該在這種圈子裡混。我告訴你，我是多麼重視你的才能。就你的能力而言，我提供給你的條件算是夠低的了，但和莫森商行比起來，那可說是天壤之別。請你告訴我，你什麼時候要去莫森商行上班？』

「『下星期一。』

「『哈，哈！我想我願意冒險打個賭，你根本不用去那裡上班。』

「『不用到莫森商行去？』

「『你說對了，先生。到那天你就要擔任法國中部五金有限公司的業務經理，這家公司在法國城鄉有一百三十四家分公司，這還不包括布魯塞爾和聖雷莫的分公司。』

「這可讓我吃了一大驚。『我從未聽說過這家公司。』我說道。

「『這很有可能。公司一直在悄悄地運作，因為它的資金都是向私人籌募的，生意興隆，根本沒必要對外宣揚。我的弟弟哈里．平納是創辦人，被任命為總經理，並且進了董事會。他知道我在這裡交遊很廣，要我替他物色一個有才幹而薪水不高的人，一個年輕有為又聽使喚的小夥子。派克談到了你，所以我今晚來這兒找你。剛開始我們只能給你很少的薪水，只有五百鎊。』

「『一年有五百鎊！』我驚叫起來。

「『這是剛開始；另外，你還可以從你所有的經銷商總營業額中提取百分之一的佣金。相信這收入會比你的薪水還要多。』

「『可是我對五金一竅不通啊。』

「『沒關係，我的朋友，可你懂會計啊。』

「我感到腦袋裡嗡嗡作響，幾乎無法在椅子上坐穩。突然心裡又產生了一點疑問。

「『我必須坦率地告訴你，』我說道，『莫森商行確實一年只給我二百鎊，可是莫森商行對我來說是安全可靠的。而實際上，現在的問題是我對貴公司瞭解甚少……』

「『啊，聰明！』他欣喜若狂地喊道，『你正是我們需要的那種人。你不會輕易被人說服，就是應該如此。瞧，這裡有一百鎊，如果你認爲我們可以合作的話，就請你先收起來，做爲預付給你的薪水。』

「『你太慷慨了，』我說道，『那我何時開始上班？』

「『明天一點鐘在伯明罕，』他說道，『我這裡有一張便條，你可以拿著去見我的弟弟。你會在科波萊森街一百二十六號之B找到他，那是公司的臨時辦公室。你的任用必須由他批准，但在我們之間絕對沒問題的。』

「『說實在的，我眞不知道該怎樣感謝你才好，平納先生。』我說道。

「『沒關係，我的朋友，這一切本來就是你的。但有一兩件小事，雖然只是形式，但我還是要和你說清楚。你手邊有一張紙，請在上面寫上：我完全願意擔任法國中部五金有限公司的業務經理，年薪最少五百鎊。』

「我按照他的要求寫了，他把這張紙放進口袋裡。

「『還有一件小事，』他說道，『你準備如何對莫森商行做解釋呢？』

「我很樂意忘掉所有關於莫森商行的事。『我會寫辭呈給他們的。』我說道。

「『我可不希望你這樣做。爲了你的事，我曾和莫森商行的經理爭吵過。我去和他商量關於你的事，他極爲無禮，指責我哄騙你離開他們的商行。最後，我終於沉不住氣說：「如果你要用有才幹的人，那你就該支付他們優渥的薪水。」他說：「他寧可接受我們的低薪，也不願拿你們的高薪。」我說：「我用五個金鎊跟你打賭，如果他接受我的條件，你就再也不會聽到他的回音。」他說：「好！我們把他從貧民窟裡解救出來，他不會輕易離開我們的。」他當時是這麼說的。』

「『這個無恥的傢伙！』我喊道，『我從未見過他，爲什麼非得要考慮他？如果你不願意我寫辭呈給他，我當然不會寫。』

「『好！就這樣說定了，』他從椅子上站起來說道，『好，我能爲弟弟找到你這樣有才幹的人，眞是太高興了。這一百鎊是你的預付薪水，這是那封信。請把地址寫下來，科波萊森街一百二十六號之B，記住你約定的時間是明天下午一點鐘。晚安，祝你一切順利！』

「我們兩人之間談話的全部內容，我能記起的就這些了。華生醫生，你可以想像，能有如此好運，我該是多麼的興奮。我欣喜不已，大半夜了都還無法入睡。第二天我搭火車去伯明罕，因而有足夠的時間赴約，我把行李放在新大街的一家旅館，然後依那位先生給我的地址找去。

「這時間比我約定的要早十五分鐘，但我認爲沒什麼關係。一百二十六號之B是位於兩家大商店之間的一個通道，延伸到一條彎曲的石梯，石梯上去有許多間用作辦公室的套房，租給一些公司或自由業者。牆上寫有租戶的名牌，卻沒有法國中部五金有限公司這樣的公司。我站了一會兒，心裡很不安，思考著整件事會不會只是一個精心策劃的騙局。這時有一個人向我打招呼，他很像昨晚見到的那個人，有同樣的身材和嗓音，但他沒留鬍子，髮色也淺一些。

「『你是霍爾・派克羅夫特先生嗎？』他問道。

「『是的。』我說道。

「『啊！我正在等你呢，但你比約定的時間早到了一些。今天早晨我接到我哥哥的來信了，信中他對你可眞是推崇備至。』

「『你過來的時候，我正在找你們的辦公室。』

「『上星期我們才臨時租了這幾間房間當辦公室，都還沒來得及掛上我們公司的名牌。請跟我來，我們詳細談一下這件事。』

「我跟著他到最頂樓，就在樓頂石板瓦下面，有兩間布滿灰塵的空房間，沒鋪地毯，也沒有窗簾，他帶我進去。我原以爲會是一間寬敞的辦公室，閃亮的桌子坐著一排排的職員，就像我常見的辦公室那樣。可是我看到屋裡只有兩把松木椅和一張小桌子，桌上放著一本帳本，還有一個廢紙簍，這就是所有的辦公用具。

『請不要感到失望，派克羅夫特先生，』見我面露不悅之色，我這位新相識連忙說道，『羅馬也不是一天建成的，我們有充足的資本，但我們不會在辦公室裡花費太多。請坐，把那封信給我。』

「我把信交給他，他認眞的看了一遍。

『看來你留給我哥哥亞瑟很深的印象，』他說道，『我知道他有很強的判斷力。你知道，他對倫敦人深信不疑，而我信賴伯明罕人，可是這回我決定採納他的建議，你被正式錄用了。』

『我能做些什麼呢？』我問道。

『將來你會管理巴黎的大倉庫，大量引進英國製造的陶器，運給法國的一百三十四家經銷商。一星期內就可以完成採購任務，這期間你會留在伯明罕做些有益的事。』

『什麼事呢？』

「他沒有回答，從抽屜裡取出一本大紅冊子來。

『這是巴黎工商行的人名地址目錄，』他說道，『人名後面是商行的名稱。我想請你把它帶回家去，把五金商連同他們的地址全抄下來。這對我們有很大的用處。』

「『好吧，但不是已經有分類表了嗎？』我提議。

「『那些表並不可靠，他們和我們的分類系統不同。請盡快處理，下星期一的十二點我要這份單子。再見，派克羅夫特先生。如果你投入熱情在工作上，你會發現這間公司非常好。』

「我把那本大書夾在腋下，回到旅館，心裡感到非常矛盾。一方面，我已被正式錄用了，而且口袋裡已有一百鎊收入；另一方面，辦公室裡的情形、牆上缺少的公司名稱，以及其他一些業務員心知肚明的事情，使我對雇主的經濟狀況留下了不好的印象。然而，無論如何，我還是拿到了錢，於是便坐下來開始抄寫。整個星期日我都在努力工作，可是到星期一我才抄到字母H。於是我去找我的老闆，還是在一間像被洗劫過的房間裡才找到他。他告訴我要一直抄到星期三再去找他。可是到星期三我還沒有抄完，於是又埋頭苦幹到星期五，也就是昨天。然後我帶著抄好的東西去找哈里．平納先生。

「『非常感謝你，』他說道，『恐怕是我低估了這項任務的困難程度。這份單子對我有很大的實質幫助。』

「『花費了我不少時間。』我說道。

「『現在，』他說道，『你需要再抄一份傢俱店的單子，它們都是賣瓷器的。』

「『好的。』

「『你明天晚上七點鐘到這裡來一趟，我要知道你的進展。請不要過度勞累，辛苦一天了，晚上到戴斯音樂廳去聽上兩小時音樂，對你會有好處的。』他笑著說道，我一看，頓時嚇得渾身發抖，因爲我看到他左上排第二個牙齒上鑲著金牙。」

福爾摩斯興奮地搓著雙手，我卻驚奇地望著我們的委託人。

「你看起來很吃驚，華生醫生。但事情是這樣的，」他說道，「我在倫敦和那個傢伙說話時，他聽我說不去莫森商行了，便笑顏逐開，我碰巧發現他也同樣在第二個牙齒上鑲著金牙。要知道，這兩次我都看到了閃爍的金光，再考慮到這兩人一模一樣的聲音和體型，只有那些可以用剃刀或假髮僞裝之處才顯得不同，所以，我覺得他倆就是同一個人。當然你會想到可能是長得很相像的兩兄弟，但他們絕不可能在同一顆牙上鑲同樣的金牙。他很恭敬地送我出去，我走在街上，不知如何是好。我回到旅館洗了個頭，仔細考慮著這件事。他爲什麼把我從倫敦調到伯明罕來？爲什麼比我先來這裡？又爲什麼寫一封信給自己呢？總之所有的問題對我來說已夠麻煩了，無論怎樣也搞不清楚。後來我突然想到，對我來說這些不清楚的事，在夏洛克．福爾摩斯先生看來可能會很清楚。我正好趕夜間的火車回城裡，今天一早就來拜訪福爾摩斯先生，並請你們二位與我一起回伯明罕去。」

這位證券經紀人的書記員講完他的離奇遭遇之後，我們都沉默不語。福爾摩斯看了我一眼，向後仰靠在坐墊上，表情顯得既滿足又想評論，好像一位剛品嘗了一口美酒的鑑賞家。

「相當不錯，對不對？華生，」他說道，「我對這裡面的許多事情都感到興趣。我想你一定同意我的建議，我們到法國中部五金有限公司的臨時辦公室去拜訪一下這位亞瑟．哈里．平納先生，對我們倆來說這必定是非常有趣的經歷。」

「可是我們要怎麼做呢？」我問道。

「啊，事情很簡單，」霍爾．派克羅夫特高興地說道，「我就說你們是我的朋友，想找份工作，如此一來，我帶你們兩個人去找總經理不就很正常了嗎？」

「當然好，」福爾摩斯說道，「我很想見見這位先生，看看我是否能從他那個小把戲中看出點端倪來。我的朋友，你到底有什麼本領讓他如此重用你？也許能夠……」他說到這裡，開始咬他的指甲，面無表情地望著窗外，直到我們來到新大街，幾乎沒有聽他再說一句話。

晚上七點鐘，我們三個人徒步來到位於科波萊森街的辦公室。

「我們太早到也沒用，」我們的委託人說道，「很明顯，他只會在指定的時間到這裡來見我，除此之外這個房間是空無一人的。」

「這一點應該納入考慮。」福爾摩斯說。

「啊，聽我說！」這位書記員叫喊道，「走在我們前面的就是他。」

他指著一個身材矮小、皮膚黝黑、衣著整齊的人說，我們看過去時，這個人正在街道那頭匆忙趕路。然後，他看到對街上叫賣最新一期晚報的小孩，向那個孩子買了一份晚報後，拿在手中從門口閃了進去。

「他到那裡去了！」霍爾・派克羅夫特喊道，「他進去的那間就是公司的辦公室。跟我來，我盡量把事情安排得容易些。」

我們跟在他身後爬到五樓，來到一間虛掩著門的房間前，我們的委託人輕輕敲了敲門，裡面傳來叫我們進去的聲音。我們走進一個空蕩蕩、毫無裝飾的房間，就和霍爾・派克羅夫特描述的一樣。在僅有的一張桌子旁邊，坐著我們在街上見到的那個人，面前攤開著那張晚報。當他抬頭看我們時，我似乎覺得，我從未見過如此悲痛的一張臉，簡直就像面臨生死關頭那種極端恐怖的樣子。他的額頭直冒汗珠，臉頰像魚肚般死白，雙眼圓睜，緊盯著他的書記員，就像認不出他似的，從我們嚮導臉上顯露的吃驚神情，我能看出這絕不是他平時的表情。

「你臉色不太好！平納先生。」霍爾說道。

「是的，我有點不舒服，」平納答道，很顯然，他盡

力想使自己鎮定下來，舔了舔發乾的嘴唇，這才說道，「你帶來的這兩位先生是什麼人？」

「一位是伯蒙奇的哈里斯先生，另一位是本鎮的普賴斯先生，」我們的委託人隨機應變地說道，「他們是我的朋友，並且有豐富的經驗，不過他們失業有一段時間了，他們想，或許你可以在公司裡找點事給他們做。」

「沒問題！沒問題！」平納先生笑得很僵硬，大聲說道，「我一定盡力幫你們的忙。對了，哈里斯先生，你有什麼專長嗎？」

「我是一個會計師，」福爾摩斯說道。

「啊，好，我們正需要這樣的人材。普賴斯先生，那麼你呢？」

「我是一個書記員。」我說道。

「我希望公司可以安排你們工作，我們決定後馬上就通知你們。現在請你們先走吧，看在上帝份上，讓我獨處一下！」

最後幾句他幾乎是大聲喊出來的，他明顯克制不住的情緒突然間迸發出來。福爾摩斯和我對看了一眼，霍爾．派克羅夫特向桌前走近一步。

「平納先生，你忘了，我是應約到這兒來聽取你的指示的。」他說道。

「你說得對，派克羅夫特先生，當然了，」對方恢復了較爲沉著的腔調說道，「你在這裡稍等一會兒，你的朋友也可以陪你等候，如果你們有耐心的話，三分鐘後我一定爲你們提供服務。」他很有禮貌地站起來，向我們點了點頭，從房間另一端的門走出去，並隨手關上了門。

「現在怎麼辦？」福爾摩斯低語道，「他會溜走嗎？」

「不可能。」派克羅夫特答道。

「爲什麼不可能呢？」

「那扇門是通往裡面的。」

「沒有出口嗎？」

「沒有。」

「裡面布置傢俱了嗎？」

「昨天還沒有。」

「那麼他到底要幹什麼呢？這件事眞叫我摸不透，平納先生好像被什麼可怕的事情嚇壞了，有什麼事能把他嚇得全身發抖呢？」

「他肯定懷疑我們是偵探。」我提醒說。

「那就對了。」派克羅夫特大聲說道。

福爾摩斯搖了搖頭。「他並非被我們嚇呆的，我們走進房間時他的臉色已經很蒼白了，」福爾摩斯說道，「只可能是……」從套房傳來了響亮的敲門聲，打斷了福爾摩斯的話。

「他在裡面敲自己的門幹什麼？」書記員喊道。

敲門聲再次響了起來，而且聲音更大。我們翹首盼望，緊盯著那扇關閉的門。我掃了一眼福爾摩斯，發現他臉色冷峻，激動異常地俯身向前。隨後，突然傳來一陣低沉的喉頭咕嚕聲，伴隨著一陣快速敲打木器的聲音，福爾摩斯發瘋似地穿過房間，推著那扇門，可是門已從裡面扣緊了。我們跟著他用盡力氣撞門，一個門合頁突然間被撞斷，接著另一個也斷了，門砰地一聲掉在地上。我們衝了進去，發現套房裡除了我們以外，空無一人。

一時間，我們感到手足無措，但沒多久就發現房間角落還有一個小門。福爾摩斯衝過去把門打開，發現地板上有一件外衣和背心，在門後的一個掛鉤上，法國中部五金有限公司的總經理把褲子的吊帶繞在自己的脖子上，自縊了。他的雙膝彎曲，頭掛在上面，和他的身體形成一個可怕的角度，兩個腳後跟咚咚地撞著門板，我們談話時聽到的就是這個聲音。我一下子抱住他的腰，把他舉起，福爾摩斯和派克羅夫特解開那條有彈性的褲子吊帶，發現它早已深深地勒進了他發青的皮膚中。隨後我們把他移到外面，他躺在那裡，面如土色，發紫的嘴唇顫動著發出微弱的呼吸，與五分鐘前的樣子相比，現在的慘狀更是可怕。

「你覺得他還有救嗎，華生？」福爾摩斯問道。

我俯身對他進行檢查。他的脈搏很微弱且時斷時續，但呼吸變得越來越長，眼瞼出現微微的顫動，眼瞼下開始露出白白的眼球。

「他本來很危險，」我說道，「但現在已經逐漸恢復了。請打開窗戶，把冷水瓶給我，」我解開他的衣領，往他臉上倒些冷水，爲他進行心肺復甦，直到他長長地發出一次自然的呼吸。

「現在只是時間問題了。」我從他身旁走開，說道。

福爾摩斯站在桌旁，雙手插在褲袋裡，低著頭。

「我想我們應當找警察過來，」他說道，「等他們來後，我們就可以把一個完整的案件交給他們。」

「我眞是搞不懂，」派克羅夫特撓著頭，叫喊道，「他們特地把我引到這裡來，肯定要做些什麼，可……」

「哼！這一切夠清楚了！」福爾摩斯有些不耐煩地說道，「就是爲了這最後的突然行動。」

「那麼，你搞懂其他事情了嗎？」

「我想這一切都很清楚了，華生，你怎麼看？」

我聳了聳肩。「我必須承認我完全不能理解。」我說道。

「啊，如果你們先仔細想一想這些事情，就能得出一個結論。」

「那你怎麼解釋這些事情呢？」

「好，事情的關鍵有兩點。第一點是他讓派克羅夫特寫一份聲明，然後到這家荒誕的公司裡服務，你難道看不出這充滿疑點嗎？」

「恐怕我忽略了這一點。」

「好吧，他們爲什麼要他這樣做呢？這並不符合常理，因爲通常這類安排都是口頭約定的，並沒有什麼特別的商業理由可以讓這次成爲例外。我年輕的朋友，你難道看不出，他們急切地想得到你的筆跡樣本，但又沒有其他的方法嗎？」

「要我的筆跡做什麼呢？」

「很好，爲什麼呢？在回答這個問題後，我們的案子就會獲得很大進展了。爲什麼呢？只有一個合理的理由，那就是有人要模仿你的筆跡，不得不先得到你的筆跡樣本。現在我們如果再看看第二點，就會發現這兩點是相關的。第二點就是平納要你先別辭職，就是要讓那家大企業的經理滿懷希望，認爲有一位他從未謀面的霍爾．派克羅夫特先生星期一就要去上班了。」

「我的天哪！」我們的委託人喊道，「我眞是瞎了眼了！」

「現在說說他要你筆跡的目的吧。假設有人假冒你的名義去上班，但他的字跡和你遞交的申請書上的完全不同，這齣把戲自然就會被揭穿，但假如這幾天內那個無賴已經學會模仿你的筆跡，那他的職位就高枕無憂了。當然，這要先假設這家公司沒有人見過你。」

「確實沒有任何人見過我。」霍爾·派克羅夫特唉聲歎氣地說道。

「非常好。當然，最重要的一點就是設法阻止你重新考慮這件事，並且不讓你和任何知道的人接觸，以免有人告訴你那個假冒的人已經在莫森商行上班了。所以他們預支你一筆可觀的薪水，把你騙到中部地區，他們在那裡給你繁多的工作，阻止你返回倫敦，要不你就會拆穿他們的小把戲。這一切非常清楚了。」

「可是爲什麼這個人要假扮成他自己的哥哥呢？」

「啊，這再明顯不過了。顯然他們只有兩個人，另一個人既已頂替你在莫森商行上班，他們又不想讓第三者參與他們的計畫，又要有人當你的老闆，所以他就裝扮成兩兄弟，這樣一來，即使你發現他們長得很相似，也只會認爲他們是兄弟而已。幸虧你無意中發現他的金牙，否則你就不會起疑心了。」

霍爾·派克羅夫特在空中揮舞著雙拳。「天啊！」他叫喊道，「我這樣被人愚弄，那個假霍爾·派克羅夫特在莫森商行裡都做了些什麼？我們該怎麼辦？福爾摩斯先生。告訴我該怎麼辦？」

「我們必須發電報給莫森商行。」

「他們星期六中午十二點就關門了。」

「不用擔心，會有一些看門人或警衛……」

「啊，對了，由於他們保存著很多貴重的證券，所以設有一支常備警衛隊。我記得在城裡聽人講過這件事。」

「很好，我們發個電報給他們，看看是否一切正常，應該會有一個冒名頂替的書記員在那裡工作；但我有點不明白的是，爲何其中的一個無賴一看到我們就立刻去上吊自殺？」

「報紙！」我們身後傳來了一陣嘶啞的聲音，那個人已坐起身來，臉色像死人般蒼白，雙眼已經復原了，雙手不安地撫摸著咽喉四周寬寬的紅色勒痕。

「報紙！這就對了！」福爾摩斯突然興奮地叫喊道，「我眞是個白癡！只顧思考調查的事，一點兒都沒有想到報紙。毫無疑問，祕密就在報紙上。」他在桌上攤開報紙，欣喜若狂地喊叫起來。

「請看這一條，華生，」他大聲說道，「這是倫敦的報紙，一份早版的《旗幟晚報》。這正是我們所需要的，請看大字標題：『城區搶劫案。莫森和威廉斯商行發生凶殺案。有預謀的大搶劫。罪犯落網。』華生，這全是我們想知道的，請大聲讀給我們聽聽。」

從這項報導在報紙上占的位置，可以看出這是城裡的一件重要案子，內容記載如下：

今日下午在倫敦發生一件重大的搶案，一人死亡，凶犯已落網。不久以前，莫森和威廉斯這家知名的證券行存有相當於百萬鎊以上的巨額證券，並設立了警衛人員。經理意識到自己承擔的責任重大，便添購了一些最新式的保險櫃，並在樓上安排了一名武裝警衛日夜看守。上週公司錄用了一名新職員霍爾·派克羅夫特。原來此人是惡名昭彰的僞幣製造犯及大盜伯丁頓。該犯和他的弟弟最近服滿五年刑期，剛剛獲釋。現在還不知道他們如何利用假名成功地取得這家公司的職位，並藉機獲取了各種鑰匙的模型，和徹底瞭解保險庫和保險櫃的位置。

按照慣例，莫林商行的職員星期六中午放假。因此，在下午一點二十分，蘇格蘭場的警官圖森看到一個人拿著毛氈製的手提包走出來時，感到有些驚奇。這個人引起了他的懷疑，便尾隨而行。在員警波洛克的協助下，罪犯雖然拚命抵抗，但圖森警官終於將其擒獲，當即查明發生了一起驚人的搶案。在手提包中發現了價值近十萬英鎊的美國鐵路公債券，及大量的礦業和其他公司的巨額股票。檢查房屋之後，發現不幸遇害的警衛，屍體被彎曲塞進一個大保險櫃裡，若不是警官圖森果斷採取了行動，恐怕在星期一早晨之前人們都不會發現屍體。該警衛被人從身後用火鉗砸碎了顱骨，毫無疑問，一定是伯丁頓假裝忘記了什麼東西，進入樓內，殺死了警衛，迅速把大保險櫃內的東西劫掠一空，然後帶著贓物逃走。他的弟弟經常協助他犯案，但這次似乎未曾參與此案，但警方仍在盡力查訪其下落。

「好了，我們可以讓警察省下不少力氣，」福爾摩斯望了那蜷縮在窗旁的人一眼，說道，「人類天生是一種奇怪的混合物，華生，你看，即使是惡棍和凶手，也能有這樣的感情：弟弟一聽說哥哥要沒命了，便自尋短見。不過我們別無選擇，要開始行動了。醫生和我留下來看守，派克羅夫特先生，勞駕你去把警察找來吧。」

第四篇 「格羅里亞斯科特」號三桅帆船

一個冬天的晚上，我和福爾摩斯分坐在壁爐兩旁，福爾摩斯說道：「華生，我這裡有些資料，我認爲很値得你一讀。是一些關於『格羅里亞斯科特』號三桅帆船奇案的文件。治安官特雷弗在察看這些資料時，因受到驚嚇而死。」

福爾摩斯從抽屜取出一個顏色暗淡的小圓紙筒，解開繩帶後，拿出一張不完整的石青色紙，上面寫著字跡潦草的短箋：

The supply of game for London is going steadily up [it ran]. Head keeper Hudson, we believe, has been now told to receive all orders for fly-paper and for preservation of your hen-pheasant's life.

（倫敦野味的供應量正穩定增加。我們相信總保管哈德遜現已奉命接受所有黏蠅紙的訂貨單，並保存你的雌雉的生命。）

讀完這封像天書一般的短信，我發現福爾摩斯正在觀察我臉上的表情，還抿嘴發笑。

「你看起來有點不解？」他說道。

「我看不出這樣的一封短信怎會讓人產生恐懼。對我來說它只不過是有些怪誕而已。」

「不錯。可事實上讀這封短信的那位健壯老人，就像被手槍射中的靶子一樣，應聲而倒。」

「你倒喚起了我的好奇心，」我說道，「可是你剛才爲什麼說，由於一些特殊的原因，我一定要研究這件案子呢？」

「因爲這是我參與辦理的第一樁案件啊。」

一直以來，我都在盡力試探我的同伴，想知道當初是什麼原因促使他決定轉向研究犯罪活動的，可是他從來沒有談過此事。這時，他傾身坐在扶手椅上，在膝蓋上攤開文件，接著點起菸斗抽了一會兒，一邊不停翻閱著文件。

「你從未聽我談起維克托．特雷弗吧？」他問道，「他是我大學兩年中結識的唯一一位好友。我一向不善交際，華生，總是悶悶不樂地待在自己的房間裡，訓練自己的思維方式，所以很少與同齡人交往。除了擊劍和拳擊以外，我也沒有多少體育愛好，而那時我的學習方法與其他人也大不相同，因此根本沒有必要與人接觸。特雷弗是我唯一來往的人，這是因爲有一天早晨，我在去小教堂的路上被他的猛犬咬了踝骨，因爲這次意外，我們相識了。

「雖然開始只是一般的交往，但他留給我很深的印象。我在床上躺了十天，特雷弗常來探問我的病情。

「最初他只是閒聊幾分鐘就走，可是不久，他來探望的時間開始延長。到那學期結束以前，我們已成了知己。他精神飽滿、血氣方剛、精力充沛，在許多方面正好和我相反，但在某些方面我們也有共同的地方。當我得知他也和我一樣沒有多少朋友時，我們變得更加親密。後來他邀我到諾福克郡頓尼梭普村他父親那裡去，我接受了他的熱情相邀，到那裡度過一個月的假期。

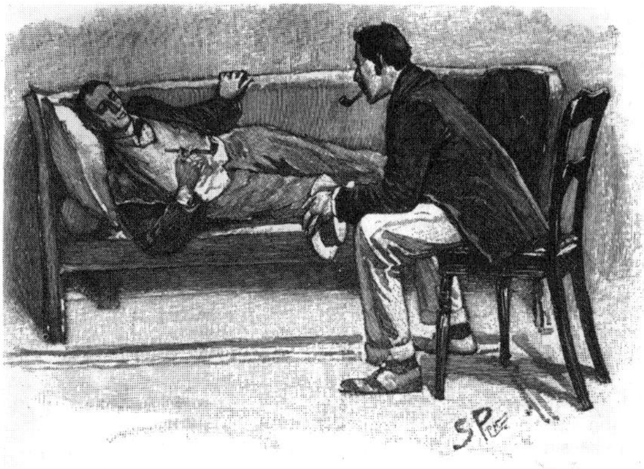

「老特雷弗是治安官，又是地主，顯然是有錢有勢的人。頓尼梭普村是朗邁爾北部的一個小村落，坐落於布羅德市郊之外。特雷弗的宅邸是舊式風格的、占地很大的櫟木梁磚瓦房，一條通道在門前穿過，路兩旁是枝繁葉茂的菩提樹。附近有許多沼澤地，那是狩獵野鴨的最佳場所，也是垂釣的好去處。屋內有個小而精緻的藏書室，據說是從前任屋主手中一起買來的。此外，還有一位廚子。所以一個人如果不能滿意地在這裡度一個月假，那只能說他是個過分挑剔的人了。

「老特雷弗的妻子已經過世，我朋友是他的獨生子。我聽說，他原本還有一個女兒，但在去伯明罕的途中，因感染白喉死去。我對老特雷弗非常感興趣。他文化程度不高，可是體力和腦力都相當好。他幾乎沒看過什麼書，但曾經出外遠遊，見過很多世面，而且所見所聞都牢記在心裡。從外貌上看，他身材不高，體格卻結實強壯，一頭蓬亂的灰白頭髮，一張飽經風霜的褐色面孔，一雙藍色的眼睛顯得非常敏銳，簡直是有點凶殘。不過，他在這座鄉間卻有著和藹、慈善的好名聲，人們都說他在法院判案時也以慈悲爲懷。

「我來後不久的一天傍晚，我們飯後坐在一起喝葡萄酒，小特雷弗忽然談起我平時的觀察和推理習慣。當時我已經把它匯整成一個系統，雖然還不知道它會在我的生活中產生什麼樣的作用。這位老人顯然認爲他的兒子把我使用的某些小技巧誇大其辭了。

「『這樣吧，福爾摩斯先生，』他興致勃勃地笑道，『我正是一個極佳的對象，看你能否從我身上推理出什麼東西來。』

「『恐怕我推斷不出什麼，』我回答道，『我推測你在過去的一年中，擔心有人會襲擊你。』

「這位老人嘴角的笑意立刻化爲烏有，用非常吃驚的表情盯著我。

「『對，的確如此，』他說道，『維克托，你知道，』老人轉身向他兒子說道，『當我們趕走到沼澤地偷獵那夥人之後，他們發誓要殺死我們，而實際上愛德華·霍利先生已經被攻擊了。從那之後我總是非常警惕，但想不透你是如何知道這件事的。』

「『你有一根非常漂亮的手杖，』我答道，『從杖上的題字可以看出，你買它不超過一年。可是你卻煞費苦心地在手杖頭上鑿了個洞，並在裡面灌上鉛，這樣它就成了一件可怕的武器。我猜想除非你害怕遇到什麼危險，否則絕不會採取這種預防措施的。』

「『還有呢？』他微笑著問道。

「『你年輕時常常參加拳擊。』

「『這也說對了。你是怎麼知道的？是不是我的鼻子有點被打歪了？』

「『不是，』我說道，『是你的耳朵告訴我的。你的耳朵顯得特別扁平寬厚，那是拳擊手的標誌。』

「『還有呢？』

「『從你手上的老繭看來，你曾做過許多挖掘的工作。』

「『我確實是靠金礦發達的。』

「『你曾經到過紐西蘭。』

「『這也不錯。』

「『你去過日本。』

「『非常正確。』

「『你曾經和一個人交往甚密，那個人姓名的縮寫字母是J．A，可是後來，你卻竭力想徹底忘掉他。』

「這時老特雷弗慢慢站起身來，用那雙藍色的大眼睛死盯著我，眼神顯得奇怪而瘋狂，然後一頭向前栽去，臉部撞在桌上的硬果殼堆裡，頓時不省人事。

「華生，你可以想像，當時我和他兒子是多麼的震驚。可是，他昏迷的時間並不長，因爲正當我們解開他的衣領，把杯中的冷水澆到他臉上時，他喘息一兩聲就坐起來了。

『啊，孩子們，』他強裝笑臉說道，『希望我沒有嚇著你們。我外表看起來很強壯，心臟卻有點虛弱，毫不費力就可以讓我昏倒。福爾摩斯先生，我不知道你是怎麼推斷出來的，在我看來，所有實際的或虛構的偵探，在你手裡只不過是些小孩子而已。先生，它應該成爲你一生的職業，你可以記住我這個飽經世事的人所說的話。』

「當時，推理僅僅是我喜愛的一項業餘活動，而他的勸告以及對我言過其實的能力評價，第一次讓我意識到，這種愛好可以成爲一種職業。但當時我太擔心老特雷弗突如其來的病，所以沒有去想多餘的事。

「『我希望我沒有說什麼讓你感到痛苦的話。』我說道。

「『啊，你確實觸到了我的痛點。但我想問一下，你是怎麼知道的，你又知道多少？』現在他半開玩笑地說道，可是雙眼後面依然隱藏著驚恐的表情。

「『這很簡單，』我說道，『那次你在小艇裡捲起袖子捉魚，我看到你的肘彎處有J．A兩字的刺青，字形清晰可見，但筆跡已經模糊不清了。從字周圍皮膚上染著的墨漬來看，說明你曾設法要抹去這些字跡。很明顯，你曾經非常熟悉這兩個縮寫字母，但後來卻希望能忘掉它。』

『好眼力啊！』他如釋重負地鬆了一口氣，說道：『這事你說得很對，不過我們別談論它了。我們到撞球室去靜靜地抽根菸吧。』

「從那天以後，雖然老特雷弗對我的態度仍很誠懇，但親切中總帶著一些猜疑。甚至他的兒子也看出了這一點。『你可把爸爸嚇著了，』小特雷弗說，『他再也搞不清楚什麼事你知道，什麼事你不知道了。』我敢肯定，老特雷弗雖然不願表現出他的疑慮，但他的一舉一動都隱約流露出心中強烈的疑慮。我終於確信是我引起了他的不安，於是決定結束我在那裡的度假。但就在我離開的前一天，發生了一件小事，後來證明事關重要。

「當時我們三個人坐在花園草坪的椅子上曬太陽，欣賞布羅德的景色，一個女僕走過來說，門外有一個人求見老特雷弗先生。

『他叫什麼名字？』我的東道主問道。

『他不說。』

『那麼，他有什麼事嗎？』

『他說你認識他，他只要和你談一會兒。』

『領他到這裡來吧。』過了一會兒，走進來一個身材瘦小的人，此人長相猥瑣，步履緩慢，穿著一件夾克，袖口上有一塊瀝青汙痕，裡面是一件紅花格襯衫，棉布褲子，一雙長統靴已磨損得破舊不堪了。他那棕色的臉龐顯得瘦削而狡猾，一直帶著笑容，露出參差不齊的黃牙。他滿布皺紋的雙手半握著，這是水手常有的姿態。當他懶散地穿過草坪向我們走過來時，老特雷弗喉嚨發出一種類似打嗝的聲音，從椅子上跳起來，奔向屋裡，沒過片刻又跑了回來，他經過我面前時，我聞到一股濃重的白蘭地酒味。

「『喂，朋友，』他說道，『你找我有什麼事？』

「那個水手站在那裡，用困惑的眼神打量著老特雷弗，依然咧嘴微笑。

「『你不認識我了嗎？』水手問道。

「『啊，哎呀，這一定是哈德遜了。』老特雷弗驚訝地說道。

「『我正是哈德遜，先生，』水手說道，『唉，從我最後一次看見你到現在，已有三十多年了。你現在已安居立業，而我仍過著貧窮困苦的生活啊。』

「『唉，你應該知道我從未忘記過去的日子，』老特雷弗大聲說著，並向水手走去，低語了幾句，然後又提高嗓門說道，『請到廚房裡，先吃點東西，我會安排一個位置給你的。』

「『謝謝你，先生，』水手摸了一下額頭說道，

『我剛剛從八海里航速的不定期貨輪下來，我在上面做了兩年，偏偏人手又少，所以我需要休息。我想我只有找貝多斯先生或你了。』

『啊，』老特雷弗大聲喊道，『你知道貝多斯先生在那裡嗎？』

『托你的福，先生，我知道所有老朋友的去處，』這個人奸笑著，懶散地跟在女僕身後往廚房走去。老特雷弗含糊地向我們解釋，他去採礦時曾與此人同船而行。說罷，他就把我們留在草坪上不管，自己走進屋裡去。一小時後我們回到屋裡，發現老特雷弗直挺挺地躺在餐廳的沙發上，爛醉如泥。這整件事在我心中留下了惡劣的印象。因此，第二天我離開頓尼梭普村時，絲毫不覺得可惜。因為我覺得，我的存在一定是讓我的朋友難堪的原因。

「所有這一切發生在漫長假期的頭一個月。我回到倫敦的住所，在那裡我用了七個星期的時間完成一些化學實驗。然而，深秋的某一天，假期即將結束，我接到朋友的一封電報，懇請我返回頓尼梭普村，並說他非常需要我的建議和幫助。當然，我丟下別的事情，再次向北方出發。

「他坐一輛雙輪單馬車來車站接我，我一眼就能看出，過去兩個月裡的他備受煩惱折磨，消瘦了許多，而且異常憂慮，失去了平常特有的高聲談笑，與興高采烈的性格。

『爸爸已經奄奄一息了。』他第一句話便說道。

『不可能！』我叫喊道，『發生什麼事了？』

『他中風了，精神受到了嚴重刺激。整天都處在危險邊緣，我懷疑他現在是否還活著。』

「華生，你能想像得出，聽到這個意外消息時，我有多麼的詫異。

「『是什麼原因引起的呢？』我問道。

「『啊，這正是關鍵所在。請你先上車，我們路上再詳談這件事。你還記得你走之前那天晚上來的那個傢伙嗎？』

「『當然記得。』

「『你知道那天我們請進屋裡的是什麼人嗎？』

「『不知道。』

「『福爾摩斯，那是一個魔鬼，』他大聲喊道。

「我驚訝地注視著他。

「『正是，他就是魔鬼本人，自從他來了以後，我們再也沒有片刻安寧。從那晚起，爸爸就再也沒有抬起頭，現在他的生命危在旦夕，他的心也碎了。都是因為那個該死的哈德遜。』

「『那麼，那個傢伙有什麼能耐呢？』

「『啊，這正是我想設法知道的。像爸爸這樣寬厚、仁慈的善良老人，怎會落入那種惡棍的魔爪呢？不過，福爾摩斯，我很高興你能前來，我非常相信你的判斷和處事能力，我知道你能給我好建議。』

「我們的馬車疾馳在潔淨而平坦的鄉村大道上，前方是布羅德的大片平原，隱約出現在落日紅霞之中。在左手邊的一片小樹林後面，我已經看見那位治安官住宅的高煙囪和旗杆了。

「『爸爸安排了這傢伙一個園丁的工作，』我的同伴說道，『後來，由於那人不滿意，便把他擢升爲管家，全家似乎完全被他所支配。他整日閒逛，爲所欲爲。女僕們向我父親抱怨他酗酒成性，言語粗俗。爸爸只好不斷幫她們加薪，以補償她們遇到的麻煩。這傢伙經常划著小船，帶著我爸爸最好的獵槍去打獵。每當這些時候，他臉上總是帶著輕蔑嘲笑、傲慢無禮的神情，旁若無人，假使他是一個和我年紀相當的人，我早就把他打暈了。福爾摩斯，我告訴你，這段時間裡我努力克制自己，現在我自問，假如我放得開一點的話，可能情況反而會好些。

「『唉，後來情況變得越來越糟糕。哈德遜越來越囂張。終於有一天，他竟當著我的面，傲慢無禮地回答我父親，我抓住他的肩膀把他扔出了房間。他鐵青著臉，凶狠的雙眼露出恐嚇的神情，一聲不響地溜走了。事後，我不知道可憐的父親和這個人又做了什麼交涉，但第二天父親來找我，問我是否介意向哈德遜道歉。正如你想像的那樣，我當然拒絕了，並且問父親爲什麼要允許這樣一個無恥的傢伙對他，和對我們全家如此無禮。

「『我父親說：「啊，孩子，你說的對，可是你不明白我的處境。不過你一定會知道的，維克托，無論發生什麼事，我都會讓你知道的。但你現在總不想傷害你可憐的老爸吧？孩子。」

「『爸爸的心情非常激動，整天把自己關在書房裡，從窗戶裡我看見他正在忙碌地寫東西。

「『那天晚上，發生了一件對我來說如釋重負的事，因爲哈德遜對我們說，他打算離開我們家。午飯過後，我們在餐廳坐著，他走了進來，用沙啞的聲音說出他的打算。

「『他說道：「我已經受夠了，我要到漢普郡的貝多斯先生那裡去。我猜想，他會像你見到我那般高興。」

「『哈德遜，我希望你不是懷著惡意離開這兒的。』我父親表情溫順地說，這使我的血液開始沸騰起來。

「『我要他向我賠禮道歉。』他向我瞟了一眼，繃著臉說道。

「『爸爸轉過身對我說道：「維克托，你應該承認，你對這位可敬的朋友確實有些失禮。」

「『我回答道：「正好相反，我認爲我們父子對他太過容忍了。」

「『哈德遜咆哮道：「啊，你這樣認爲是不是？好極了，伙計，這件事我們走著瞧！」

「『他懶洋洋地走出去，半小時以後離開了我家，這使爸爸處在一個可憐、惴惴不安

的狀態，我聽到爸爸整夜不停地在室內踱來踱去。就在他好不容易恢復信心時，災禍卻降到了他頭上。』

「『究竟發生什麼事？』我急忙問道。

「『非常奇怪。昨天晚上爸爸收到一封信，信封上蓋著福丁漢姆的郵戳。爸爸看過信之後，雙手輕拍著頭部，就像失魂落魄一樣，開始在屋內兜圈子。後來我扶他躺在沙發上，他的嘴巴和眼皮都歪向一側。我知道他中風了，立即請來福德哈姆醫生，我們把爸爸扶到床上，可是已經來不及了，他沒有任何恢復知覺的跡象。』

「『小特雷弗，別嚇唬我了！』我大聲說道，『那封信到底說了些什麼，導致這樣可怕的結果呢？』

「『什麼也沒有，這就是讓人無法理解的地方。這封信既可笑又嘮叨。啊，我的上帝，這正是我擔心的事！』

「說著說著，我們已走到林蔭路轉彎處，從微弱的燈光可以看到房子裡的窗簾都放下了。我們走到門口時，我朋友露出悲痛的神色，一位黑衣紳士從房裡走了出來。

「『醫生，我爸爸什麼時候過世的？』特雷弗問道。

「『幾乎在你剛剛離去不久。』

「『他可曾甦醒過？』

『臨終之前醒來過一會兒。』

『留下什麼話給我嗎？』

『他只說那些紙都放在日本櫃子的抽屜裡。』

「我的朋友和醫生一起走向死者的房間，我卻留在書房中，腦海裡不停地仔細思考整件事，我從未感到如此憂鬱過。老特雷弗過去曾是一個拳擊家、旅行家，又是一個採金人，他怎麼會受到那個橫眉怒目的水手控制？另外，爲什麼一提及他手臂上半模糊的姓名縮寫字母竟會讓他昏厥，而一封來自福丁漢姆的信竟會讓他驚嚇致死呢？這時，我想起福丁漢姆位於漢普郡，貝多斯先生就居住在那裡，而那個水手去找他，我推斷是敲詐去了。那麼這封信可能是水手哈德遜寄來的，信中說他已經洩露了老特雷弗過去犯罪的祕密。也可能是貝多斯寄來的，信中警告老特雷弗，有一個舊日的同夥即將揭發這個祕密。這樣看來，事情就很明顯了。但按照他兒子的說法，這封信怎麼會嘮叨又荒誕呢？那他一定是看錯了。如果眞是這樣，那麼信中肯定有一種特別的密碼，從字面上看起來和實際的含意不同，我一定要看一下那封信。如果信中確實隱含著祕密，我自信可以把它破解出來。我坐在黑暗的房中，沉思這個問題約有一個小時，後來一個淚眼汪汪的女僕拿著一盞燈走進來，後面緊跟著我的朋友小特雷弗。他臉色蒼白，但沉著冷靜，手裡握著的正是現在攤在我膝蓋上的幾張紙。他在我對面坐下來，把燈移到桌邊，遞給我一張寫著潦草字跡的短簡，就是你現在看到的這張：『倫敦野味的供應量正穩定增加。我們相信總保管哈德遜現已

奉命接受所有黏蠅紙的訂貨單，並保存你的雌雉的生命。』

「我想，當我第一次讀這封信的時候，臉上困惑的表情也和你剛才一樣。然後，我又非常仔細地重讀一遍。果然如我所想，這些奇怪的語辭裡隱藏著一些祕密含意，或者，『黏蠅紙』和『雌雉』這類語辭可能是事先定好的暗語。這種暗語可以任意約定，而且僅憑推斷根本無法找出它的含意。不過我不相信情況會是這樣，哈德遜這個詞的出現似乎表明信的內容正好符合我的猜想，而且這短簡是貝多斯發來的，不是那個水手。我又反過來讀這些詞句，可是那『生命』、『雌雉』等語辭實在令人失望。然後我又試著隔一個詞讀，但無論『the of for』，還是『supply game London』，都看不出有絲毫含意。

「可是過了一會兒，我看出從第一個詞開始，每隔兩個詞再讀，就可以讀出一個連帶關係來，這訊息足以使老特雷弗感到絕望。

「這封信簡短扼要，是一封警告信，我當即把它讀給我的朋友聽：

The game is up. Hudson has told all. Fly for your life.

（一切都完了。哈德遜已全數舉發。趕快逃命吧！）

「維克托．特雷弗把臉埋在顫抖的手中。『我猜想，肯定是這樣的，』他說道，『這比死亡還要糟，因爲這意味著蒙受恥辱。可是「總保管」和「雌雉」這兩個詞又有什麼含意呢？』

「『這些詞在信中沒有任何意義，可是如果我們沒有其他辦法找到那位寫信者，這些詞對我們倒有不少用處。你看他開頭寫的是『The… game… is …』等等，在預先安排好的詞句後，便在每兩個詞之間塡進兩個詞，他會很自然地使用首先出現在頭腦中的詞。可以確信，他是一個熱中打獵的人，或是一個喜愛飼養家禽的人。你瞭解貝多斯這方面的情況嗎？』

「『呃，既然你說起這件事，』他說道，『我倒想起來啦，每年秋季，我那可憐的爸爸常常受邀到他的保護區裡去打獵。』

「『那麼毫無疑問這封信是他寄來的了，』我說道，『現在我們只需查明，那個水手哈德遜到底掌握了什麼祕密，能夠威脅這兩個有權有勢的人。』

「『唉，福爾摩斯，我擔心那是一件罪惡和難堪的事！』我的朋友喊道，『不過我對你不應該保留任何祕密。這是爸爸的聲明，是他得知哈德遜的威脅後寫下的。我按照他對醫生說的，在日本櫃子裡找到了它。請把它讀給我聽聽，因爲我實在沒有力氣也沒有勇氣親自去讀了。』

「華生，這就是小特雷弗給我的幾張紙，那天晚上在舊書房我曾讀給他聽，現在我讀給你聽。正如你看到的，這幾張紙外面寫著：格羅里亞斯科特號三桅帆船航行記錄。一八五五年十月八日自法爾默思起航，同年十一月六日沉沒於北緯十五度二十分，西經二十五度十四分。

內容是用書信體寫的，如下：

我最親愛的兒子，既然日漸逼近的恥辱使我的垂暮之年黯淡無光，我可以老實且誠懇地說，我並不懼怕法律，也不怕失去我在本郡的職位，更不擔心認識的人們鄙視或傷害我。可是一想到你很愛我，而且對我敬重有加，卻要因我而蒙羞，這才使我痛心疾首。但若一直在我頭上的災難果眞降臨了，那麼我希望你能讀到這些話，這樣你就可以直接瞭解我該受到怎樣的責罰。另一方面，如果我平安無事（願萬能的慈悲上帝保佑！）且萬一這張紙沒被銷毀並落入你手中，我懇求你，看在上帝份上，看在你親愛的母親份上，看在我們父子感情的份上，把它燒掉，再也不要去想它。

如果那時你眞的看到這封信，我也會知道事情已敗露，我身陷囹圄了，或者更有可能我已經緘口，與世長辭了（因爲你知道我的心臟衰弱）。但無論發生哪種情況，壓抑的時光已成爲過去，以下我告訴你的都是千眞萬確的事實，對此我願起誓，以求寬恕。

親愛的孩子，特雷弗不是我的本名，我年輕時叫詹姆斯．阿米塔奇（James Armitage）。現在你應該清楚我幾週前驚嚇昏倒的原因了。當時，你的大學朋友對我講那些話時，我以爲他已經知道了我化名的祕密。身爲阿米塔奇的我在倫敦銀行工作，但是，身爲阿米塔奇的我，也被判違犯了國家法律，並處以流刑。孩子，請不要過分責難我，這是一筆所謂的賭債，我不得不償還，我動用了那些不屬於我的錢去償還，我當時確信能在被發覺之前把它補上。可是我遇到了最可怕的噩運，我預期的那筆款項竟然沒能到手，加上提前查帳，暴露了我帳目上的虧空。這件案子本來能夠放寬處理，可是三十年前的法律在執行上比現在要嚴厲得多。在我二十三歲生日那天，我被當作重罪犯和其他三十七名罪犯一起被鎖在格羅里亞斯科特號的甲板上，流放到澳大利亞。

那是一八五五年，克里米亞戰事正處於最緊張的狀態。原本用以運載罪犯的船隻大部分在黑海負責運輸軍用物資，所以，政府只好迫不得已用較小且不合適的船隻來運送罪犯。格羅里亞斯科特號帆船原本是用來做中國茶葉生意的，是艘舊式帆船，船首很重，船身很寬，早已被新式快速帆船淘汰。這艘船載重五百噸，船上除了三十八名囚犯以外，還有二十六名水手，十八名士兵，船長一名，船副三名，醫生一名，牧師一名和獄卒四名，加起來共約一百餘人，我們從法爾默思起航。

通常囚犯船的囚室隔版都是用厚橡木製成，但這艘船的囚室隔板非常薄。當我們被帶到碼頭時，我特別注意到一個人，他被關在船尾的囚室，與我相鄰。他是個年輕人，面容清秀，沒有鬍鬚，鼻子細長，嘴顯得有些癟。他走路時頭高高揚起，一副狂妄自大的樣子，但最突出的，還是他特別魁梧的身材，依我看，沒有誰的頭能達到他的肩膀，我堅信他的身高絕不少於六英尺半。在這麼多憂愁且疲倦的面孔裡，這麼一張充滿活力和自信的臉，顯得非常獨特。對我來說，看到這張臉就猶如雪中送炭一般，我發現他和我的囚室相鄰，非常高興。有一天，夜深人靜，我聽見耳邊有人低語，回頭一看，發現他不知怎地在囚室隔板上挖了一個洞，這更使我高興不已。

他說：「喂，朋友！你叫什麼名字？犯了什麼罪被關在這裡？」

我回答了他，並反問他是誰。

他說道：「我叫傑克．普倫德加斯特，我發誓，在你我分手之前，你會知道認識我的好處。」

我記得聽過他的案子，因爲在我被捕以前，他的案子曾在全國引起轟動。他原是良家子弟，又很能幹，但沾染了不可救藥的惡

習，他依靠巧妙的欺詐，從倫敦巨賈手中騙取了大筆錢財。

他驕傲地說道：「哈，哈！你還記得我那件案子。」

我說：「是的，我記得很清楚。」

他說：「那麼，你還記得那案子有什麼特別之處嗎？」

我說：「有什麼特別呢？」

他說：「我弄到近二十五萬鎊的鉅款，不是嗎？」

我說：「聽說有這麼多。」

他說：「但這筆錢完全沒被追回去，你知道嗎？」

我回答：「不知道。」

他又問道：「喂，你想這筆錢會藏在什麼地方？」

我說道：「我可不知道。」

他大聲說道：「這筆錢還在我手裡。我敢說，記在我名下的金額，比你的頭髮還要多。小夥計，如果你手裡有錢，又知道怎樣去管理和消費，那你就可以爲所欲爲了。喂！你不要以爲一個可以隨心所欲的人，會心甘情願待在這滿是老鼠、甲蟲的破舊中國貨船的惡臭貨艙裡。不，先生，這樣的人不僅要搭救自己，還要搭救他的難友。你可以大幹一場！只要你全力依靠他，你可以憑聖經宣誓，他一定會救你出來。」

這就是他當時說話的語調。剛開始我不以爲然，可是過了一會兒，他又對我進行試探，並且一本正經地向我發誓，讓我知道確實有一個奪取船隻的祕密計畫。普倫德加斯特在上船之前，已經用他的金錢做爲動力，讓十二個犯人事先做了準備，他則是領頭。

普倫德加斯特說：「我有一個同夥，是個難得的好人，絕對忠誠可靠，錢在他那邊。你想這時候他會在哪裡？呃，他就是這艘船上的牧師——沒錯，那位牧師！他在船上穿一件黑上衣，有合格的身分證，箱子裡的錢足以買通船上所有的人，所有水手都死心塌地跟隨他。在他們簽名受雇以前，他用現金把他們全都收買過來了。他還收買了兩個看守和二副梅勒，要是他認爲船長值得收買，恐怕連船長本人也要收買過來。」

我問道：「那麼，我們究竟要幹什麼呢？」

他說：「你說呢？我們要讓一些士兵的衣服染得比裁縫做的還要紅。」

我說：「可他們都有武器啊。」

他說：「小伙子，所以我們也要武裝起來，每人兩把手槍。有全部水手的支持，要是我們還奪不了這艘船，那早該把我們送進女童寄宿學校了。今夜你和左鄰的那個人談一談，看看他可不可靠？」

我照他的話做了。我的左鄰是個年輕人，處境大致和我相同，他的罪名是僞造貨幣。他原名伊文思，和我一樣，現在已改名換姓，是英國南方一個富有的人。他完全樂於參加這次密謀，因爲這是我們唯一能夠拯救自己的方法。在我們的船横渡海灣之前，只有兩個犯人未參與這起祕謀，其中一個意志薄弱，我們不敢信任他，另一個患黃疸病，對我們毫無用處。

一開始，我們在奪船行動中確實沒有遇到任何阻力。水手們是一群無賴，是專門挑選來做這種事的。假冒的牧師不停地到船艙來激勵我們，他背著一個用來裝經文的黑書包，進出十分忙碌，到第三天，我們每個人的床腳都藏有一把銼刀、兩把手槍、一磅炸藥和二十發子彈了。兩個看守已經是普倫德加斯特的心腹，二副也成了他的幫手。船上與我們對抗的，只有船長、兩個船副、兩個獄卒、馬丁中尉和他的十八名士兵以及那位醫生。事情雖然有足夠的把握，但我們還是堅決不掉以輕心，準備發起夜襲。然而，這次行動比我們預料的提前了許多。情況是這樣的：

船啓航三個星期後的一天晚上，醫生來幫一個犯人看病，當他把手伸到犯人床鋪下，發覺有把手槍。如果他當時不動聲色，我們的事情就可能全部落空，但他是個膽小的傢伙，驚叫了一聲，嚇得臉色發白，那個囚徒當時立即明白是怎麼回事，就將他抓住。他還未發出警報，嘴便被堵住，捆綁到床上。醫生來時打開了通往甲板的門，我們就通過此門，一擁而上。兩個哨兵中彈倒地，一個班長跑來看看發生了什麼事，也同樣被擊斃。另有兩個士兵把守著官艙的門，火槍裡似乎尚未裝塡火藥，因爲根本就沒向我們開槍，他們剛準備上刺刀就被打死了。當我們一擁而上，衝進船長室時，裡面已傳槍響，開門一看，只見船長已倒地身亡，腦漿把釘在桌上的大西洋航海圖都塗汙了，而牧師站在一旁，手裡拿著一把還在冒煙的手槍。兩個船副早已雙雙被水手擒

住，整個行動看來已經大功告成。

官艙緊挨著船長室，我們成群擁入，在長背椅上坐下，暢談起來，爲再次恢復自由而欣喜若狂。官艙四周都是貨箱，冒牌牧師威爾遜弄來一箱，拿出一打褐色雪莉酒。我們打碎瓶頸，把酒倒進酒杯，正準備舉杯痛飲，突然聽到一陣槍響，官艙裡頓時煙霧瀰漫，隔著桌子什麼都看不見。等到煙消霧散，這裡已是屍肉橫陳。威爾遜和其他八個人倒在地板上，有的還在垂死掙扎。直到現在，我想起那桌上的血和褐色雪莉酒仍感到噁心。看到這種情景，我們都嚇壞了。我想當時多虧了普倫德加斯特，要不然我們的行動就全完了。他像公牛一般，大吼一聲衝出門去，所有活著的人也都隨他一擁而出。我們衝到艙外，看見船尾站著中尉和他手下的十個士兵，官艙上有一個旋轉天窗，稍稍打開了一些，正好位於桌子上方，他們就是從縫隙中向我們射擊的。他們正準備重新裝填火藥，我們便衝上前去。他們雖然堅守陣地，但我們占有優勢，五分鐘內就把他們全解決了。我的天啊！這艘船簡直就像一個屠宰場！普倫德加斯特就像狂怒的魔鬼，把一個個士兵像小孩一樣提起來，不論死活全扔到海裡。有一個中士傷勢很重，但仍出人意料地游了很長時間，直到某個善人把他的腦袋打破。戰鬥結束了，除了兩個獄卒、兩個船副和一名醫生外，其餘的敵人已被全部消滅。

如何處置剩下的這幾個敵人，引發了我們的爭論。我們之中有許多人爲重新得到自由而感到由衷高興，都不希望再殺人。殺死手執武器的士兵是一回事，支持冷酷無情地殘殺俘虜則是另一回事。我們八個人——五個犯人和三個水手，不願看見俘虜被處死，但普倫德加斯特和他的一夥人卻毫不退讓。他説，我們獲得安全的唯一機會就是斬草除根，他不願留任何活口將來當證人。由於和他們意見不一致，我們差點兒重遭被拘禁的命運。最終他答應，如果我們願意，可以乘小艇離開。我們對這個提議欣然接受，因爲我們已經厭惡這種殘忍的勾當，我們明白這件事之後，還會發生更殘酷的事。於是，我們每人得到一套水手服，一桶淡水，一小桶醃牛肉，一小桶餅乾和一個指南針。普倫德加斯特扔給我們一張航海圖，告訴我們，以後如果有人問起，就説我們是一艘失事船隻的水手，船是在北緯十五度，西經二十五度沉沒的。然後他割斷纜索，任憑我們離去。

我親愛的兒子，現在我要講到這個故事最讓人驚心動魄的部分了。騷亂發生之時，水手們曾經落帆讓船逆風行駛，但在我們離開之後，他們又揚起風帆，憑藉微弱的東北風緩緩遠離。我們的小艇上下起伏，隨著波濤前進。我們這一行人中，只有我和伊文思受最多教育。我倆坐下來查看航海圖，確定我們所在的位置，計畫在哪一處海岸行駛。這是一個需要愼重考慮的問題，因爲往北離我們約五百英里是佛德角群島，向東約七百英里是非洲海岸。由於風向轉北，我們認爲往

塞拉里昂行駛比較好，於是便掉轉船頭開往這個方向。這時從小艇向後方看，三桅帆船已看不到船身，只見船桅。我們正向著它張望，突然看到一股濃密的黑煙從船上直升而起，像懸在天邊的一棵怪樹。幾秒鐘以後，一聲雷鳴般的巨響震耳欲聾，等到煙消霧散，格羅里亞斯科特號帆船已經無影無蹤。我們立即掉轉船首，全力划向那裡。海面上依然殘留的一縷輕煙，標記了這起大災難的事故現場。

我們划了很久才到達，一開始我們擔心來得太晚，可能救不了多少人。一條破碎的小船和一些斷桅殘骸隨波起伏，證明這就是沉船地點，但沒有見到活人的蹤影。當我們失望地掉轉船頭時，忽聽到求救的聲音，這才看見不遠處的一塊殘板上直挺挺地躺著一個人。等我們把他拖到船上，才發現是一個叫哈德遜的年輕水手，他被燒傷，筋疲力盡，直到第二天清早，才向我們說出事情的經過。

原來，在我們離開以後，普倫德加斯特和他那一夥人就開始殺害剩下的五個戰俘。他把兩個獄卒槍殺後，扔進海裡，三副也遭到同樣的命運。然後，普倫德加斯特來到中艙，親手割斷了可憐的醫生的喉嚨。這時只剩下勇敢機智的大副，他見普倫德加斯特手持血淋淋的屠刀向他走來，便掙脱事先設法弄鬆了的綁索，衝上甲板，一頭鑽進尾艙。十二個罪犯手持手槍前來搜尋，發現他坐在已經打開蓋子的火藥桶邊，手裡拿著一盒火柴，船上共載有一百桶火藥。大副發誓說，誰要是動他一下，他就叫全船人同歸於盡，結果頃刻之間就發生了爆炸。哈德遜認爲這是其中一個罪犯開槍誤中了火藥桶，而不是大副用火柴點著的。但不管是什麼原因，反正格羅里亞斯科特號和那些劫船暴徒就此完蛋了。

我親愛的孩子，簡單地說，這就是我涉及的可怕事件整個過程。第二天，我們被一艘前往澳大利亞的雙桅船霍特思伯號搭救，該船船長輕易就相信了我們是遇難客船的生還者。海軍部將格羅里亞斯科特號運輸船則被當作海上失事，記錄在案，它的眞實命運終究沒有絲毫洩露。經過一段順利航程之後，霍特思伯號讓我們在雪梨上岸，伊文思和我改名換姓前去採礦，混雜在來自五湖四海的人群中，我們很容易就隱瞞了過去的身分，其餘的事我就不再細說了。後來我們發了財，周遊一番，以富有的殖民地居民身分返回英國，購置了產業。二十多年來，我們過著平靜美滿的生活，並希望徹底忘掉過去的一切。後來，這個水手來找我們，我立刻認出了他就是我們從沉船殘骸上解救的那個人，你可以想像我當時的感覺。他不知怎麼追蹤到此，想藉我們的畏懼之心進行敲詐。你現在該明白我極力討好他是爲了什麼，你多少也該同情我內心充滿的恐懼了。他雖然離開我到另一個受害人那裡去了，可是還在對我進行著虛聲恐嚇。

「他在寫下面這幾個字時，手不停顫抖，字跡幾乎很難辨認。

貝多斯寫來密信，哈德遜已遭舉發。上帝啊，寬恕我們吧！

「這就是那天晚上我讀給小特雷弗聽的故事。華生，我認爲這種情況應算是最具戲劇性的案子了。我的好友因爲這件事而心碎了，便遷往特拉伊去種茶樹，我聽說他在那裡過得挺好的。至於那個水手和貝多斯，自從寫了那封警告信後，便消失得無影無蹤了。沒有人向警局提出檢舉，所以貝多斯是錯把哈德遜的威脅當眞了。有人看到哈德遜藏匿在附近，警局認爲他殺害貝多斯以後逃跑了，但我相信事實剛好相反，很可能是貝多斯陷入絕境，認爲哈德遜已經舉發了自己，便報仇雪恨，殺死哈德遜，攜帶手頭所有現金逃出國去了。這就是整件案子的情況，醫生，如果它們對你收集資料有所幫助，我很樂意供你使用。」

第五篇　馬斯格雷夫典禮

我的朋友夏洛克·福爾摩斯有一點與眾不同的性格，經常讓我感到煩惱。雖然他的思維敏銳而井然有序，衣著樸素且整潔，但在他的個人生活習慣上，卻依然是個凌亂不堪的人，和他一起合住的人總是感到心煩。當然，我自己在這方面也不是完美無缺的。我在阿富汗時那種雜亂無章的工作，加上玩世不恭的性格，已使我變得相當馬虎，這不是一個醫生應該有的行爲。但我好歹也有個限度，當我看到一個人把菸捲放在煤斗裡，把菸葉放在波斯拖鞋的鞋尖處，而那些尚未回覆的信件卻被他用一把拆信刀釘在木製壁爐臺的正中央時，我不禁覺得自己還算不錯的了。此外，我總認爲，練習手槍射擊應當是一種戶外的娛樂活動，每當福爾摩斯一時興起，坐在扶手椅中用他那把手槍和一百發子彈，以效忠維多利亞女王的愛國熱忱，讓對面牆壁布滿密密麻麻的彈痕時，我便深切地感到，這既不能改善我們室內的氣氛，也無助於改善房間的外貌。

我們的房間總是塞滿了化學製品和罪犯的遺物，而這些東西總是放在意想不到的地方，有時會突然出現在奶油盤裡，甚至是更不顯眼的地方。然而，最讓我感到頭疼的是他的文件。他極不願意銷毀資料，特別是那些與他過去承辦的案件相關的檔案。他每一兩年會拿出一番精力整理它們，不過，就像我在這些斷斷續續的回憶錄裡提到的一樣，只有當他完成了非凡的壯舉而聲名大噪時，才會產生精力供他發揮；但隨之而來的，就是一段毫無生氣的疲倦期，在此期間，他無所事事，每日與小提琴和書籍爲伍，除了從沙發移到桌旁外，很難看到他走動。這樣月復一月，他的資料堆積如山，直到屋裡每個角落都堆放著一捆捆的手稿，但他決不肯燒毀，而且除了他本人外，誰也不准處理掉它們。

在一個冬天的夜晚，我們一起坐在爐火邊，我斗膽向他建議，等他把案件的摘要抄進備忘錄以後，可否花兩小時整理房間。他無法拒絕我這正當的要求，面帶不悅之色，走進寢室，不久之後又走出來，背後拉著一個鐵皮大箱子。他把箱子放在房間中央，坐在箱前的小凳上，然後把箱蓋打開。我發現箱內已有三分之一空間塞滿了成捆的資料，都是用紅帶子束成的一個個的小捆。

「華生，這裡有很多案件，」福爾摩斯狡黠地望著我說道，「我想，如果你知道我這箱子裡都裝了些什麼，你反倒會要我拿一些出來，而不會叫我把外面的收進去了。」

「那麼，這都是你早期辦案的記錄了？」我問道，「我一直想對這些案子做些筆記呢。」

「是的，我的朋友，這些都是在我成名之前辦的案子。」福爾摩斯輕巧又親切地拿出一捆一捆的資料。「它們並不都是成功的記錄，華生，」他說道，「但其中也有一些很有意思。這是塔爾敦凶殺案的報告，這是范貝里酒商案，俄國老婦人歷險案，還有鋁製拐杖奇案以及跛足的里寇里特及其惡婦的全案記錄。還有這一件……啊，這才眞是一件稱得上新奇的案件呢。」

他把手伸進箱子，從箱底取出一個小木匣，上面帶有活動的匣蓋，就像孩子的玩具盒。福爾摩斯從匣裡取出一張皺巴巴的紙、一把舊式的銅鑰匙、一根纏著線的木釘，和三個生鏽的舊金屬圓片。

「我的朋友，你能解釋一下這是什麼東西嗎？」福爾摩斯看到我臉上的表情，笑著問道。

「這不過是些古怪的收藏品。」

「是的，非常稀奇古怪，而圍繞它們展開的故事可能會使你感到充滿驚奇。」

「這麼說，這些東西還有一段歷史囉？」

「當然有歷史，而且它們本身就是歷史啊。」

「你指的是什麼意思？」

福爾摩斯把它們一件件拿出來，沿著桌邊排列成行，然後又坐到椅子上瞧著這些東西，眼中露出滿意的神情。

「這些東西，」他說道，「都是我留下來以便讓我回憶馬斯格雷夫典禮一案的。」

我曾多次聽他提起這件案子，但從未能瞭解案件的詳情。「如果你能詳細說給我聽，」我說道，「那我會非常高興。」

「那麼這堆東西可以不用搬動了？」福爾摩斯調皮地大聲說道，「你要求整潔的計畫又不能如願了，華生。但我很高興能把這件案子列入你的記錄中，因爲這件案子裡的一些情況非常獨特，而且我相信，在國外也是獨一無二的。如果只收集我一些微不足道的成就，卻不記錄這件奇案，那就不夠完整了。

「你一定還記得格羅里亞斯科特號帆船事件，我跟你講了那個不幸者的命運，我和他之間的談話讓我第一次注意到職業問題，而後來偵探果眞成爲我終身的職業。你看我現在已經聲名在外，而且無論是公眾還是官方，通常都把我當成疑難案件的最終法院。甚至當你我初次相識，也就是我在辦理你後來稱之爲『血字的研究』一案的時候，雖然我的業務算不上門庭若市，但已經和很多客戶建立了聯繫。你幾乎無法想像，我開始時是多麼困難，我經歷了多麼久的努力才成功取得一些進展。

「我首次來到倫敦時，住在大英博物館附近的蒙塔格街，爲了不浪費我過多的閒暇時間，我潛心鑽研各門科學，以便將來提高自己的能力。那時，我不斷接到案子，主要都是一些老同學介紹的。因為我在大學的最後幾年，有很多人在談論我的思維方法。我破的第三個案件就是馬斯格雷夫典禮案。正是那一系列奇異事件激發出我的興趣，以及後來證明事關重大的辦案結局，使我向今日的職業邁出了第一步。

「雷金納德．馬斯格雷夫和我在同一間學校讀書，我和他的交情很淺。他看起來很驕傲，所以不怎麼受人歡迎，但我總認為他所謂的驕傲，實際上是企圖掩飾他那天生的自卑。從相貌上看，他像一個非常典型的貴族子弟，瘦削，高鼻子，大眼睛，慢條斯理但很有禮貌。事實上他的確是大英帝國中最古老的貴族後裔。不過他們這一支屬於次子後裔，十六世紀就從北方的馬斯格雷夫家族分離出來，並在蘇塞克斯西部定居了，而赫爾斯通莊園可能就是這一地帶最古老的建築。出生地的一些

事物對他影響很大，我每次見到他蒼白而機靈的面孔，就會把他和那些灰色的拱門、直欞的窗戶以及封建城堡的所有古蹟聯想在一起。有一兩次我們隨意交談起來，我還記得他不只一次表示，他對我的觀察和推理方法頗感興趣。

「我有四年沒見到他了，一天早晨他來到我在蒙塔格街的住所。他沒有多大變化，穿著就像一個上流社會的年輕人（他在穿著上總是比較講究），仍舊保持著他那種安靜文雅的風格。

『一切還好嗎，馬斯格雷夫？』我們誠懇地握手以後，我問道。

『你或許知道，我可憐的父親去世的消息了，』馬斯格雷夫說道，『他是兩年前去世的。從那以後，我理所當然地要管理赫爾斯通莊園，而且因爲我同時擔任我們這一區的議員，生活非常忙碌。可是，福爾摩斯，我聽說你正在把你那令人吃驚的本領應用到實際目的上？』

『是的，』我說道，『我已經在靠我這點小聰明謀生了！』

『聽到這些話我很高興，因爲目前我希望得到你非常寶貴的建議。我在赫爾斯通遇到一些非常奇怪的事情，警察未能找出任何線索。這確實是一件很特別而且解釋不清的事件。』

「你可以想像我聽他講話時有多麼著急，華生，那幾個月來我無事可做，恰好我一直渴望的機會終於找上門來。在我心底深處，我相信自己能在別人失敗之處獲取成功，現在我有機會檢驗自己的能力了。

『請告訴我案情的細節。』我大聲說道。

「雷金納德．馬斯格雷夫坐在我對面，點著我遞給他的香菸。

『你要知道，』他說，『雖然我是個單身漢，但我在赫爾斯通莊園擁有相當數量的僕人，因爲那是一座雜亂的古老莊園，需要很多人來照顧，我也不願辭退他們。而且在獵野雞的季節，我還經常在家裡舉行宴會，留客人小住，人手不夠是不行的。算起來我有八個女僕，一個廚師，一個管家，兩個男僕和一個小聽差。花園和馬廄當然另有一組人員照料。

『僕人中資歷最深的是管家布倫頓。我父親當初用他時，他是個不稱職的小學教師，但精力旺盛，且很有個性，很快就受到全家人的重視。他身材適中，英俊瀟灑，前額尤其漂亮，雖然他已經跟了我們二十年，但還不到四十歲。由於他的自身優點和特殊本領（他會說多種語言，而且幾乎能演奏任何樂器），竟長期擔任這樣一個職位，確實讓人感到費解。不過我覺得他可能是過得太安逸，以致缺乏了改變的精神。所有造訪過我們的人都記得赫爾斯通莊園的這位管家。

『可是這個完美的人也有一個缺點，就是作風上有點類似唐璜，你可以設想，像他這樣的人在偏僻的鄉村扮演一個風流角色並不困難。剛結婚時一切還好，但自從妻子去世之後，我們在他身上碰到的麻煩就沒有間斷過。幾個月以前他已經和我們的女傭瑞吉兒．豪爾斯訂了婚，我們本希望他可以收斂點，可後來他還是拋棄了瑞吉兒，與獵場看守領班的女兒珍妮特．翠吉麗絲在一起。瑞吉兒是個好女孩，可是性情卻像威爾斯人，容易激動。她才剛從腦膜炎康復，直到現在，或說昨天，方能在房間裡走動。跟之前比起來，她現在就像個黑眼睛的幽靈。這是我們赫爾斯通的第一起戲劇性事件，但接著又發生了第二起，反倒使我們忘了第一件。第二起事件是由管家布倫頓的失寵和免職引起的。

「『事情是這樣的：我說過這個人很有才智，但就是他的小聰明毀了自己，因爲聰明使他對與自己毫不相關的事充滿好奇。我從未想過好奇心會害了他，直到一件純屬偶然的事情才讓我看清楚。

「『我曾說過，這裡原是一座雜亂的莊園。上星期某天，更精確地說，是上星期四晚上，由於在晚飯後喝了一杯濃咖啡，我發現自己久久無法入眠，就這樣一直折騰到凌晨兩點，我完全沒有睡意，便起身點蠟燭，打算把一本我沒看完的小說看下去。但這本書被我丟在撞球室了，於是我便披上外袍走出臥室去取書。

「『要到撞球室去，必須先下一段樓梯，然後穿過一道走廊直到盡頭，那條走廊通往藏書室和槍庫。我向走廊望去，發現一束微光從藏書室敞開的門散發出來，你可以想像當時我有多麼驚訝，因爲臨睡前我親自熄滅掉藏書室的燈，也關上了門。我很自然地想到有小偷。赫爾斯通莊園的走廊牆壁上裝飾著大量古代武器的戰利品，我從中挑出一把戰斧，然後，丟下蠟燭，躡手躡腳從走廊穿過，往敞開的門裡窺探。

「『躲在藏書室裡的原來是管家布倫頓。他坐在一把安樂椅上，膝上攤著一張類似地圖的紙，手托著前額，正在思考著什麼。我吃驚地站在那裡，默不作聲，從黑暗中觀察他的動靜。桌邊的一支小蠟燭發出微弱的燭光，藉著光線我可以瞧見他衣著整齊。他突然間從椅上站起身，走向那邊的一張辦公桌，打開鎖後，拉開其中一個抽屜。他從裡面取出一份文件，又返回到座位上，把檔案平鋪在桌邊，開始全神貫注地研究起來。看到他毫無顧忌地檢查我們家的資料，我再也忍不住心中的怒火，便一步跨向前去。這時布倫頓正好抬起頭來，見我站在門口，驚得跳了起來，臉色嚇得鐵青，連忙把剛才正在研究的那張海圖似的資料塞入懷裡。

「『我說：「好哇！你就這樣回報我們對你的信任。明天你就準備辭職吧。」

「『他看上去完全崩潰了，向我鞠了一躬，一言不發地從我身邊溜走。蠟燭依然擺在桌上，我藉著光線掃了一眼，想看看布倫頓從辦公桌裡取出的到底是什麼資料。讓我感到驚訝的是，那資料根本沒什麼價值，只是一份古老儀式的問答辭副本而已。這個儀式稱爲「馬斯格雷夫典禮」，是我們家族特有的一種儀式。在過去幾個世紀中，每一個馬斯格雷夫家族的人在成年時都要經歷這種儀式——這只是我們家族的一種私人儀式，就像我們自己的紋章族飾一樣，對考古學家或許有一些價值，但沒有任何實際用處。』

「『我們最好還是以後再談那份資料的事吧。』我說道。

「『如果你認為確實需要的話，』馬斯格雷夫略顯猶豫的答道，『好，我接著講下去。我用布倫頓留下的鑰匙重新鎖好辦公桌，剛轉身要走，卻吃驚地發現管家已經站在我面前。

「『他情緒激動，聲音嘶啞地高聲喊道：「先生，馬斯格雷夫先生，我無法忍受這種丟人的事，先生，我雖然身分低微，但一生自傲，丟不起這種臉。先生，如果你把我趕入絕路，你就要為我的死亡負責，我會這麼辦的，說到做到。先生，如果這事過後你無法再留我，那麼，看在上帝的份上，我會在一個月後向你自動請辭，就像我自願辭職一樣。馬斯格雷夫先生，我可以主動辭職，但是不要當著所有熟人的面把我趕出去。」

「『我答道：「你不值得那麼多的體諒，布倫頓，你的行為非常惡劣。不過，既然你在我們家這麼長的時間了，我也不想讓你當眾出醜。不過一個月的時間太長了，一星期之內就離開吧，隨便給我一個什麼理由都行。」

「『他絕望地叫道：「只有一個星期？先生，兩個星期吧，我說，至少給我兩個星期吧！」

「『我重複道：「一個星期。你應該知道這已經非常寬容了。」

『他像一個失去希望的人，低著頭悄悄溜走了。我吹滅了燈，回到自己房裡。

『此後的兩天，布倫頓非常勤奮刻苦、盡職盡責。我也沒有再提發生過的事，還帶著一些好奇心想看看他如何保全面子。平常他習慣於早餐後聽我安排他一天的工作，但第三天早晨他沒有來。我從餐廳出來時剛好碰見女僕瑞吉兒·豪爾斯。我在之前對你說過，這位女僕最近剛剛病癒，看上去臉色蒼白，精神疲憊，於是我勸她先不要急於工作。

『我說：「妳應該在床上休息，等身體健康一點後再來工作。」

她帶著奇怪的表情望著我，讓我開始懷疑她的大腦是不是有問題。

『她說道：「我已經夠健康的了，馬斯格雷夫先生。」

『我回答道：「我們要照醫生所說的去辦。妳現在必須停止工作，等等到樓下時，請告訴布倫頓我想見他。」

『她說道：「管家已經走了。」

『我問道：「走了！去哪兒了？」

『她說：「他走了，沒有人看見他。他不在房裡。啊，是的，他走了，他走了！」瑞吉兒說著，一邊退到牆上，並發出一陣尖聲狂笑，我被這突如其來的歇斯底里嚇得毛骨悚然，急忙按鈴找人來幫忙。她被人扶回房後，我問她有關布倫頓的情況，她依然不斷尖叫，還不停地哭泣。毫無疑問，布倫頓確實消失不見了。昨夜他的床沒有人睡過，從他前晚回房以後，誰也沒有見過他。也很難猜測他是如何離開房間的，早上門窗都是緊閉的。他的衣服、錶，甚至錢，都在屋裡原封未動，但他平時常穿的那套黑衣服卻不見了。他的拖鞋穿走了，卻把長統靴留了下來。那麼管家布倫頓半夜裡究竟能到哪裡去呢？他現在又怎麼樣了呢？

「『我們把整個莊園都搜了一遍，卻連他的影子都沒找到。正如我所說的那樣，這是一座迷宮般的老房子，特別是古老的廂房，現在實際上已沒有人住。可是我們反覆搜查了每個房間和地下室，都沒有發現失蹤者的絲毫跡象。我很難相信他會拋下所有財物空手離去，而且他又能到哪裡去呢？我叫來了當地警察，卻仍是徒勞無功。前夜曾經下過雨，我們察看了莊園四周的草坪與小徑，一無所獲。情況就是這樣。後來事情又有了新的進展，才把我們的注意力從這起神祕事件上引開。

「『瑞吉兒．豪爾斯這兩天來病得很重，有時神智不清，有時歇斯底里，所以雇了一個護士整夜看護她。在布倫頓失蹤後的第三個夜晚，護士見她的病人睡得香甜，便坐在扶手椅上打盹，第二天早上醒來，卻發現病床上空無一人，窗戶敞開，已沒有病人的蹤影。護士立刻把我叫醒，我帶領兩個僕人立即動身尋找那個失蹤的女孩。她的去向並不難辨認，我們沿著她的足跡，來到小湖邊，足跡就消失在那裡的石頭路附近，而石頭路是通往宅旁園地的。這個小湖有八英尺深，當我們看到那可憐的瘋姑娘足跡消失在湖邊時，你可以想像我們當時的心情。

「『當然，我們立即打撈，但沒能發現屍體的任何蹤跡。然而，我們卻打撈出一件最意想不到的東西，那是一個亞麻布袋，裡面是一堆陳舊生鏽且失去光澤的金屬器材，以及一些黯淡無光的水晶和玻璃製品。我們從湖中撈獲的東西就是這些了。此外，儘管昨天我們盡了一切可能來搜查，可是對瑞吉兒．豪爾斯和理查．布倫頓的命運，仍然一無所知。地方警局也無計可施，我只好來找你，這是最後的辦法了。』

「華生，可想而知，我是多麼急切地傾聽著這一連串離奇的事件，努力想把它們連貫在一起，並找出一些關鍵。管家不見了，女僕也不見了，女僕曾經愛過管家，後來又對他由愛生恨。這位女孩有威爾斯血統，性情容易急躁。管家一失蹤，她就大受刺激。她把裝著一些奇怪東西的袋子扔到湖裡。這些全是必須考慮的因素，但它們都觸不到案情關鍵。這一連串事件的起因是什麼？現在所知的只有這一團亂的結果。

「我說道：『我必須看一下那份資料，馬斯格雷夫，就是你的管家不惜丟掉職業也要一讀的那一份。』

「『我們家族的儀式是非常荒謬可笑的東西。』馬斯格雷夫回答道，『不過由於它是古人留下來的，至少還有些保存價值。如果你願意看的話，我這裡有份儀式問答辭的副本。』

「華生，馬斯格雷夫就把我現在拿著的這份檔案交給了我，這就是馬斯格雷夫家族中每個成年人都必須服從的教義問答集。我按照原文讀給你聽：

「『它是誰的？』

『是走了的那個人的。』
『誰應該得到它？』
『那個即將來到的人。』
『太陽在哪裡？』
『在橡樹上面。』
『陰影在哪裡？』
『在榆樹下面。』
『如何走向它？』
『向北十步再十步，向東五步再五步，向南兩步再兩步，向西一步再一步，就在此之下。』
『我們該用什麼來交換它？』
『我們所有的一切。』
『爲什麼我們該付出？』
『因爲要講信用。』
『原件上沒有署名日期，但是，上面的文字用的是十七世紀中葉的拼寫方法。』馬斯格雷夫說道，『不過，恐怕它對你解決疑案不會有多大的幫助。』
『至少，』我說道，『它給了我們另外一個不可解的謎，而且比原來的謎更耐人尋味。很可能解開了這個謎，就能解開另外一個。請原諒，馬斯格雷夫，依我看來，你的管家應該是個非常聰明的人，並且有著比他主子家十代人加起來還更清楚的洞察力。』

『我不太明白你的意思，』馬斯格雷夫說道，『對我來說，這資料似乎沒什麼實際價值。』

『但對我來說，這份資料非常有實際意義，我想布倫頓也有同樣的見解，他在那天夜裡被你撞見前，可能已經看過這份資料了。』

『這倒很有可能。我們從未用心珍藏它。』

『按我的想法，他這一次僅僅是想重溫內容而已。我知道，當時他正用各種地圖和圖表與原稿做對比，你一出現，他就急忙把那些圖塞進口袋。』

『的確如此。不過我們家族的這種舊習慣和他有何關係呢？而這些冗長無聊的問答又代表什麼呢？』

『我認為查清這個問題並不困難，』我說道，『只要你同意，我們可以乘第一班火車去蘇塞克斯，當場深入調查一些事。』

「當天下午我們兩個人就趕到了赫爾斯通。可能你早已見過那座著名的古老建築物的照片和介紹，所以我就不詳加敘述了，只需要說明這座建築物的外觀呈L形，而長邊的這一排房子比較現代，短邊的那一排則是在古宅上加蓋的。古宅中央低矮沉重的門梁上，刻著一六〇七年，不過行家們都認為，其屋梁和石雕實際上要比這個日期更久遠些。這古宅的牆厚、窗小，現在已當作倉庫和酒窖，此外別無用途。房子周圍環繞著茂密的古樹，形成一個景色優美的小花園，我的委託人所說的那個小湖就緊挨著林蔭道，與房屋相距二百碼左右。

「華生，我已經確信，這不是相互獨立的三個謎，而是一個。如果我能正確解讀『馬斯格雷夫典禮』，就一定能抓住線索，讓我查明與管家布倫頓和女僕豪爾斯兩人關係的案情眞相，爲此我投入了全部精力。爲什麼那個管家急於想知道這種古老儀式的語句？顯然是因爲他看出了其中一些奧祕，這些奧祕歷代以來從未被注意過，而管家希望從這些奧祕中找到一些好處。那麼，這奧祕到底是什麼？它對管家的命運又會產生什麼影響呢？

「我讀了問答集之後就一清二楚了，這種步測法一定會指向上頭暗示的某個地點，如果我們找到這個地點，就能了解這個祕密的眞正所在；而馬斯格雷夫的先人認爲，必須採用這種古怪的方式才能使後代銘記於心。我們可以從兩個地方入手：橡樹和榆樹。橡樹根本不成問題，在房屋正前方、車道左側的橡樹叢中，就聳立著一棵古老橡樹，是我有生以來見過最高大的。

「『在你的家族草擬儀式的時候，這棵樹就存在了嗎？』當我們驅車經過橡樹時，我問道。

「『很可能在諾曼第人征服英國時，它就已經在這兒了，』馬斯格雷夫答道，『這棵橡樹的周長足足有二十三英尺呢。』

「我猜測的已經得到了證實，我便問道：『你們家有老榆樹嗎？』

「『那邊過去有一棵很老的榆樹，但十年前被閃電擊毀了，所以我們砍掉了它。』

『你能找出那棵榆樹原本的位置嗎？』

『啊，當然可以了。』

『沒有其他榆樹了嗎？』

『沒有老榆樹了，不過有許多新榆樹。』

『我想看看老榆樹原來長在哪裡。』

我們乘坐馬車到達，還沒進屋，委託人就立刻把我領到草坪的一個低窪處，那就是榆樹過去生長的地方，這地方幾乎位於橡樹和房屋的正中間。我的調查工作看來已有新進展了。

『我想，我們不可能知道這棵榆樹有多高吧？』我問道。

『我可以馬上告訴你，它有六十四英尺高。』

『你是怎麼知道的？』我吃驚地問道。

『我的老家庭教師經常叫我做三角學的練習，往往是進行高度測量。我在少年時代就測算過莊園裡每棵樹和每幢建築物的高度。』

「這眞是意想不到的好運，我的資料來得比我想的還快啊！

『請告訴我，』我問，『你的管家曾問過你類似的問題嗎？』

「雷金納德．馬斯格雷夫驚訝地望著我。『你這樣一說我倒想起來了，』他回答道，『幾個月以前，布倫頓和馬夫發生一場小爭論時，確實問過我榆樹的高度。』

「這消息太好了，華生，因爲它證明我的想法是對的。我抬頭看看太陽，已經偏西，我算出在一個小時之內，太陽就會走到老橡樹最頂端的枝頭上空，儀式中提到的一個條件已經符合。而榆樹的陰影肯定就是指陰影的盡頭，否則問答集應該會以樹幹做爲標的。接下來，我必須要尋找太陽剛好經過橡樹頂端時，榆樹陰影的盡頭會落在什麼位置。」

「那一定非常困難，福爾摩斯，因爲那裡已經沒有榆樹了。」我說道。

「嗯，至少我知道，只要布倫頓找得到，我也同樣能找到。何況，實際上這並不困難。我和馬斯格雷夫走進他的書房，自己削了這根木釘，並把這條長繩繫在木釘上，每隔一碼打一個結。我又拿了兩節釣竿，正好六英尺長，然後和我的委託人返回老榆樹舊址。太陽正好經過橡樹頂。我把釣竿插進土中，標出陰影的方向並測量了它的長度，是九英尺長。

「現在計算起來就很簡單了。如果竿長六英尺時其陰影爲九英尺，則對照六十四英尺高的樹，其陰影長度就是九十六英尺。而釣竿陰影的方向當然也是榆樹的方向了。我測量了這段距離，差不多是在莊園的牆角，然後在這個地點插上木釘。華生，當我看見距離木釘不到兩英寸的地上有個錐形的小洞時，你可以想像我那種喜不自禁的樣子。我知道這是布倫頓在測量時所做的標記，而我正沿著他的蹤跡在走呢。

「我們以此爲起點開始步測，先用指南針確定基本方位，平行於莊園牆壁向北走了二十步，在我所處的位置再釘下一個木釘。然後我小心地向東走十步，向南走四步，正好來到了古宅的大門門檻。按照儀式所指的地點，再向西走兩步，我來到了石板鋪的甬道上。

「華生，我從來沒有那樣掃興失望過。一時之間我覺得自己一定是犯了基本的計算錯誤，因爲斜陽完全照射在甬道的路面上，我能看到鋪在甬道上的那些古老灰色石板，雖然被過往行人踏薄了，但還是用水泥牢固地黏合在一起，肯定多年沒人移動過，布倫頓顯然未在這裡下手。我敲了敲石板，各處都發出同樣的聲音，也沒發現任何洞穴和裂縫。不過，幸運的是，馬斯格雷夫開始理解我這樣做的用意，他和我一樣異常興奮，拿出手稿來檢查我的計算結果。

『就在此之下，』他高聲喊道，『你忽略了一句話：就在此之下。』

「我原以爲這是要我們進行挖掘呢，但現在看來，當然了，我立刻就知道是錯的。『那是說，下面有個地下室囉？』我大聲說道。

「『是的，地下室和這座房子一樣古老，就在下面，從這扇門進去。』

「我們走下盤旋的石階，我的同伴劃了一根火柴，點亮牆角木桶上的提燈。剎那間，一切都清楚了，我們終於來到我們要找的地方，而且看來最近幾天還有別人到過此地。

「過去這裡一直用來當作貯放木材的倉庫，但那些顯然原本丟在地上的短木頭，現在都已被堆放在兩側，以便在地下室中間留出一塊空地。空地上有一塊沉重的大石板，石板中央裝有一個生鏽的鐵環，鐵環上綁著一條黑白格子的厚布圍巾。

「『天哪！』我的委託人大喊著，『那是布倫頓的圍巾，我看過他戴著這條圍巾。這個壞蛋在這裡做什麼？』

「應我的要求，我們叫來了兩名當地警察，然後我抓著圍巾，用力把石板蓋往上拉。可是我只移動了一點點，最終還是在一名警察的幫助下，我才成功把它移開。一個黑漆漆的地窖洞口露了出來，我們探頭往裡面看。馬斯格雷夫跪在洞口旁邊，把提燈伸到裡面探照一番。

「我們看見了一個大約七英尺深、四英尺見方的地窖，其中一邊放著一個外包黃銅的矮木箱，箱蓋已被人打開了，鎖孔中插著一把形狀古怪的舊式鑰匙。箱子外面蒙著一層厚厚的塵土，潮濕和蟲蛀已讓箱子的木板腐蝕，裡面長了一層鉛色的木菌。有幾塊舊硬幣似的金屬圓片鋪在箱底，就像我手裡拿的這些，此外箱中沒有別的東西了。

「然而，此刻我們再也顧不得舊木箱，因爲我們的目光全專注於一件蜷縮於木箱旁邊的東西上。那是個身穿黑衣的人形，他蹲坐在那裡，前額抵在箱邊，兩臂抱著箱子，這種姿勢讓他全身的血都凝聚在臉上，誰也分辨不出這張扭曲的豬肝色臉孔到底是誰。但當我們把屍體拉過來後，委託人從他的身高、衣著和頭髮，證明死者確實是失蹤的管家。他已經死了好多天，但身上找不出任何傷痕來說明他爲何遭此下場。屍體運出地下室後，我們才意識到，這道難題仍然未解。

「華生，至此我必須承認，那時我對調查的結果感到失望。在我找到儀式上所說的這個地方時，原以爲能夠解開謎題。可是現在我已身在此地，顯然還是沒搞懂爲什麼這個家族會採用如此精心策劃的預防措施。儘管我確實知道了布倫頓的命運，但現在我仍不能確定他爲何落此下場，以及那個失蹤的女傭在哪兒。我坐到牆角的一個小桶上，仔細思考整個案件的經過。

「在這種情況下我會如何處理，你是知道的，華生。我設身處地，首先衡量一下他

的智力水平，盡力設想自己在相同情況下會怎麼做。這樣一來，事情就很簡單了，因爲布倫頓非常聰明，沒有必要考慮他觀察問題會出現『個人誤差』，這是天文學者的術語。他知道莊園裡藏有寶物，而且找到了確切的位置，發現上面覆蓋的石板太重，單憑一個人無法移動。他接下來會怎麼做呢？他不可能找外面的人幫忙，因爲即使外面有可以信賴的人，也必須開門放人進來，被發現的機會太大了。如果可以，他最好在莊園裡找到助手。但他會去找誰呢？這個女孩曾經一心一意愛過他。男人無論對一個女人多壞，始終不相信自己會失去那女人的愛情。他曾努力向女孩獻幾次殷勤，與豪爾斯重歸於好，然後找她做同夥。他倆可能在夜裡一起來到地窖，合力掀開石板。至此我可以說出他們行動的過程，就像親眼目睹一般。

「但對兩人來說，其中一位還是女性，要掀起這塊石板仍是很吃力。就連我和那個身材魁梧的蘇塞克斯員警也覺得這不是一件很輕鬆的事。他們會找什麼來協助呢？如果是我自己又該怎麼辦？我站起身來，仔細檢查地面上散布的各種短木。幾乎是片刻之間，我就找到了期望尋找到的東西——一根長約三英尺的木料，一端有明顯的凹痕，還有幾塊木頭側面都變平了，似乎是被很重的東西壓扁的。很明顯，他們一邊往上拉石板，一面往縫隙中塞木塊，直到縫隙大到足以讓人爬進去，才用一塊木頭撐著打開的石板。由於石板的全部重量都落在這根木頭上，並壓在地面的石板上，這就使得木頭著地的一端產生了凹痕。至此我的證據依然是可靠的。

「現在，我要如何重建這一場午夜戲劇呢？很顯然，只有一個人鑽進了地窖，那就是布倫頓，女孩一定是在上面等著。布倫頓打開了木箱，八成是把箱子裡的東西遞了上去（因爲箱子裡沒別的東西），然後，然後發生了什麼呢？

「或許那個性情急躁的女孩看到曾虧待她的這人（或許他待她遠比我們猜想的要壞）處於自己掌控之中的時候，那累積在心中的復仇怒火突然爆發，或者是那根木頭碰巧滑倒，石板把布倫頓關死在自找的墳墓之中。不論是她知情不報，還是她突然間推倒支撐的木頭讓石板落下，我似乎看到一個女人抓住寶物，沿著旋梯拚命奔跑的樣子，她充耳不聞背後傳來的長聲尖叫，以及雙手瘋狂捶打石板發出的嗡嗡聲，正是那塊石板——讓那個對她不忠的情人窒息而死。

「第二天早晨她面色蒼白，嚇得發抖，歇斯底里地大笑，這就是其中的祕密所在。可是箱子裡裝的是什麼東西呢？這些東西和她又有什麼關係呢？當然，箱子裡裝的一定是我的委託人從湖裡打撈上來的古金屬和水晶了。她一有機會就把這些東西扔到湖中，以銷毀她犯罪的證據。

「我靜靜地在那裡坐了二十分鐘左右，徹底思考著案子。馬斯格雷夫依然臉色蒼白地站在那裡，擺動著提燈，朝洞裡觀看。

「『這些是查理一世時期的硬幣，』他從箱子裡取出幾枚圓片，說道，『你看，我們推算儀式寫成的時間完全正確。』

「『我們還可以找到查理一世時期的其他東西，』我突然想到儀式的頭兩句問答可能具有的含意，便大聲喊道，『讓我們來看看你從湖裡撈出的東西吧。』

「我們來到他的書房，他把那些零碎的東西擺在我面前。一見那些東西，我就知道他並沒有珍視它們，因爲金屬幾乎都已經發黑，石塊也暗無光澤。然而我用袖子把其中一塊擦了擦，它在我手心裡竟然像火星一樣閃閃發光。這件金屬製品的樣式呈雙環形，但已經扭曲，失去了原貌。

「『你一定還記得，』我說道，『直到查理一世死後，保皇黨還在英國進行武裝抵抗，而當他們最終逃走時，可能把許多極其珍貴的財產埋藏起來，準備等和平時期再回來取走。』

「『我的祖先拉爾夫．馬斯格雷夫爵士是著名的保皇黨黨員，在查理二世的逃亡過程中是他的得力助手。』我的朋友說道。

「『啊，不錯！』我答道，『現在好了，我看這正是我們想要的最後答案吧。我應該祝賀你得到這筆珍寶，儘管有一些悲劇色彩，卻是一筆無價的遺產啊！何況做爲歷史珍品，還具有更加重大的意義。』

「『這到底是什麼東西？』馬斯格雷夫驚訝地問道。

「『是一頂英國古代的王冠。』

「『王冠！』

「『完全正確。想一下儀式上說的話！它怎麼說來著？「它是誰的？是走了的那個人的。」這指的是處死查理一世以後。然後是「誰應該得到它？那個即將來到的人。」這是指查理二世，他們已經預見他的到來。我認爲這頂破舊得不成形的王冠是斯圖亞特王朝的國王戴過的。』

『它怎麼會丟在湖裡呢？』

『啊，講解這個問題就比較費時了。』接著我完整講述了我所作的一系列推理和論證。直到夜色降臨，皓月當空，我才講完整個故事。

『那查理二世回國後，爲何不來取回王冠呢？』馬斯格雷夫把東西放回亞麻布袋，問道。

『啊，你碰到了一個我們或許永遠也無法澄清的問題。可能是知道這個祕密的馬斯格雷夫在此期間去世，而且由於疏忽，他把這個儀式做爲指南傳給後人，卻沒有解釋其含意。自那時起，這個儀式代代相傳，直到終於有一人揭開了其中的奧祕，並在冒險中喪生。』

「這就是馬斯格雷夫典禮的故事，華生。那王冠就留在赫爾斯通——不過，儘管他們遇到了一些法律上的麻煩，還支付了一大筆錢，但終於重新得到王冠。我相信，只要你提起我的名字，他們一定會很樂意把王冠拿給你看的。而那個女人則一直音訊全無，很可能她已逃離英國，帶著犯罪的記憶流亡海外了。」

第六篇　賴蓋特的鄉紳

那是一八八七年春天，我的朋友夏洛克·福爾摩斯先生由於過度勞累，導致身體欠安，健康狀況尚未得到恢復。

荷蘭——蘇門答臘公司案和莫普汀斯男爵的龐大陰謀，在人們心中仍像剛發生一樣。這兩起案件與政治和經濟關係過於密切，不適合做爲我的回憶錄系列的談論主題。但是，從另一種角度來看，這兩件案子既獨特又複雜，使我的朋友有機會在他畢生對抗犯罪所使用的眾多武器中，證實一樣新武器的價值。

在查閱筆記的時候，我發現四月十四日曾收到一封來自里昂的電報，通知我福爾摩斯在杜朗旅館臥病不起。不到一天我就趕到了他的房間，發現他的病情並不十分嚴重，這才放下心來。不過，即使是他那樣強壯的身體，經過兩個多月調查的勞累之後，還是會垮掉的。在這期間，他每天至少工作十五小時，而且據他所說，有一次他竟然連續工作了五天。在過度勞累之後，即使是努力換來的成功結果也不能使他恢復。當他的名字盛傳於歐洲，賀電堆滿他房間的時候，我發現福爾摩斯依然極度消沉。即使三個國家的警察都失敗，唯獨他取得了成功，而且在各方面都戰勝了歐洲最高超騙子的伎倆，也不能讓他從疲憊的狀態中振奮起來。

三天後，我們一起返回了貝克街。不過，改變一下環境顯然能讓我的朋友好過一些，趁春光明媚，到鄉下去住一個星期這主意，對我同樣也充滿著吸引力。在阿富汗時，我曾幫我的老朋友海特上校看過病，他現在在薩里郡的賴蓋特附近有一間房子，經常邀請我去做客。最近一次他對我說，如果我的朋友願意和我一起去，他同樣會熱情招待。我婉轉地向福爾摩斯表明了這個意思，當他聽說主人也是單身一人，而且允許他有最充分的自由時，他接受了我的計畫。從里昂歸來一個星期後，我們便來到了上校的住所。海特是個優秀的老軍人，見多識廣，正如我所料，他很快就發現他和福爾摩斯有很多的共同點。

在我們到達的那天傍晚，吃完飯後我們坐在上校的槍械室裡。福爾摩斯伸開四肢躺在沙發上，海特和我則在觀賞他貯藏武器的小軍械室。

「對了，」上校突然說道，「我想從這裡拿一把手槍到樓上去，以防遇到警報。」

「警報？」我說道。

「是的，最近我們這個地區受到恐嚇。老阿克頓是我們這裡的富豪，上星期一有人闖進了他的住宅，他雖未遭到重大損失，但那些傢伙仍逍遙法外。」

「沒有線索嗎？」福爾摩斯抬頭望著上校問道。

「目前還沒有找到。不過這只是一件小事情，是我們村裡的一起小小犯罪案件，你曾辦過巨大的國際案件，我想這種小案件不會引起你的注意吧，福爾摩斯先生。」

福爾摩斯搖手表示他過度稱讚自己了，但他臉上的笑容說明這些讚美之詞使他很開心。

「有沒有什麼重要的特點？」

「我想沒有。那些盜賊在藏書室裡到處搜索，結果是白費功夫，沒得到什麼東西。整個藏書室一片混亂，抽屜全被打開了，書籍被徹底翻了一遍。結果只丟失了一卷波普翻譯的《荷馬史詩》、兩個鍍金燭臺、一個象牙紙鎮、一個橡木製的小溫度計和一團線。」

「真是古怪至極！」我喊道。

「唉，這些傢伙顯然是順手牽羊，碰到什麼就拿什麼。」

福爾摩斯在沙發上哼了一聲。

「地方警察應該從中找出一些線索，」福爾摩斯說道，「顯然是……」

可是我舉起手指提醒他：「你到這裡是來休息的，我親愛的朋友。在你的神經還未完全復原的情況下，請你千萬不要開始新

的探案任務。」

福爾摩斯聳了聳肩，無可奈何地對上校瞥了一眼，隨即我們轉到了沒那麼危險的話題上。然而天命如此，命中註定我這個職業醫生的警告要白費了。因爲第二天早晨，這個案件就自己找上門來，使我們再也不能置之不理，這場鄉村之行發生了我們兩人都始料未及的變化。在我們吃早餐時，上校的管家闖了進來，絲毫顧不得應有的禮節。

「您聽到消息了嗎？先生，」他氣喘吁吁地說道，「在坎寧安家裡！先生。」

「是入室盜竊吧！」上校手中舉著一杯咖啡，大聲說道。

「殺了人呢！」

上校不由自主地發出一聲驚呼，「天哪！」他說道，「那麼，誰被殺了？是治安官還是他的兒子？」

「都不是，先生。是馬車夫威廉。子彈穿過了他的心臟，他再也無法開口說話了，先生。」

「那麼，是誰槍殺了他呢？」

「是盜賊，先生。他飛也似地逃走了，消失得無影無蹤。他剛從廚房窗戶闖進去，就被威廉撞見了。威廉爲了保護主人的財產，卻丟了性命。」

「什麼時候發生的？」

「昨天夜裡，先生，十二點鐘左右吧。」

「啊，那麼，我們等一下過去看看，」上校說道，又鎮定自若地坐下來吃早餐，「這事可不大好，」管家走後，上校補充說道：「老坎寧安是我們這裡的知名人物，也是一個正派人士。他一定會很難過的，威廉已經爲他服務了好多年，是一個很好的僕人。犯人很明顯與闖進阿克頓家的惡棍是同一個人。」

「也就是偷竊那些稀奇古怪物品的人嗎？」福爾摩斯沉思著說道。

「絕對沒錯。」

「哦！這可能是世界上最簡單的一件事情，不過，乍看仍然有點奇怪，不是嗎？在人們看來，一夥在鄉村鬧事的盜賊總是要不斷變更他們的作案地點，不可能幾天之內在同一地區兩次入室偷盜。昨晚你談到採取預防措施的時候，我記得我腦子裡閃過一個念頭：這地方在英國可能是最不會引起盜賊注意的教區了。如此看來，我還有許多東西需要學習。」

「我想這一定是本地的小偷幹的，」上校說道，「當然，如果是這樣的話，阿克頓和坎寧安家正好是他想要去的地方了。因爲他們是此地最大的兩戶人家。」

「也是最富有的人家嗎？」

「對，他們算是最富有的了。不過我想，他們兩家這些年一直在打官司，這方面花了雙方不少錢。老阿克頓曾經提出訴訟，要求得到坎寧安家一半的財產，而律師們則從雙方手中得利。」

「如果這起案件是當地惡棍所爲，要追捕犯人並非難事，」福爾摩斯打著呵欠說道，「好了，華生，我可不想多管閒事。」

「警官福里斯特求見，先生。」管家突然打開門，說道。

一個機警的年輕警官邁步走進屋內。

「早安，上校，」他說道，「我希望不會打擾你們，不過我們聽說貝克街的福爾摩斯先生在這裡。」

上校朝我的朋友揮一揮手，警官便點頭致意，說道：「我們想，或許您願意光臨指導，福爾摩斯先生。」

「這下可不能如你所願了，華生，」福爾摩斯笑著說道，「你進來時，我們正在聊這件事情呢，警官。或許你能讓我們瞭解一些案件的細節。」當他以習慣的姿勢向後仰靠在椅背上時，我就知道我的計畫無法實現了。

「我們沒有阿克頓案件的相關線索。但當前這個案子，我們有足夠的線索。毫無疑問，這兩個案子是同一夥人所爲。有人看到了犯案者。」

「啊！」

「是的，先生。但是罪犯槍殺了可憐的威廉．科萬之後，像鹿一樣飛快地逃離了現場。坎寧安先生從臥室的窗戶看到了那個人，亞力克先生也從後面的走廊看到了他。警報是十一點三刻響起的。坎寧安先生剛剛躺下，亞力克先生穿著睡衣正抽著菸斗。他們兩人都聽見了馬車夫威廉的求救聲，於是亞力克先生跑下樓去看看發生什麼事。後門是開著的，他跑下樓後，發現有兩個人正在外面扭打成一團。其中一個開了一槍，另一個倒下了，凶手便穿過花園、越過籬笆跑掉了。坎寧安先生從他的臥室裡向外張望，看見那個傢伙在馬路上奔跑，但轉眼之間就不見了蹤影。亞力克先生停下來看他是否能拯救這個垂死的人，這樣一來卻讓那個惡棍逃走了。除了知道凶手中等身材、穿著深色衣服外，我們並沒有得到跟他樣貌有關的線索，但我們正在積極展開調查，如果他是外地人，我們很快就能找到他的。」

「這個威廉在那裡做什麼？臨死前他說了些什麼話？」

「什麼也沒有說。他和他母親住在傭人房裡，因爲他爲人非常忠實可靠，我們想他當時可能是到廚房去看看那裡是否一切正常。當然，阿克頓案件讓每個人都非常警覺。那個強盜一定是剛剛推開門——鎖已經被撬開——正好被威廉撞見了。」

「威廉在出去之前對他母親說了些什麼話？」

「他母親年事已高，而且耳朵又聾，從她那裡我們打聽不到什麼消息。這次驚嚇使她幾乎變傻了，當然我知道她平常也不是很精明。不過，有個非常重要的東西，請看這個！」

警官從筆記本裡取出一小片撕破了的紙，在膝蓋上把它展開。

「我們在死者的手指間發現這張紙條。看來是從一大張紙上撕下的一角。你可以看到，上面提到的時間正是這個可憐的傢伙遇害的時刻。你看，這可能是凶手從死者手裡撕去的一小塊，或者是死者從凶手那裡奪來的一角。這張紙條讀起來很像是一張與人約會的短信。」

福爾摩斯拿起這張破碎的小紙片。（譯…十一點三刻…得知一件…可能…）

「我們先假定這是一個約會，」警官繼續說道，「當然也就有理由相信，雖然威廉·科萬素有忠實的好名聲，但也可能與盜賊有勾結。他可能在那裡與盜賊碰面，甚至幫助盜賊進入門內，但後來他們可能鬧翻了。」

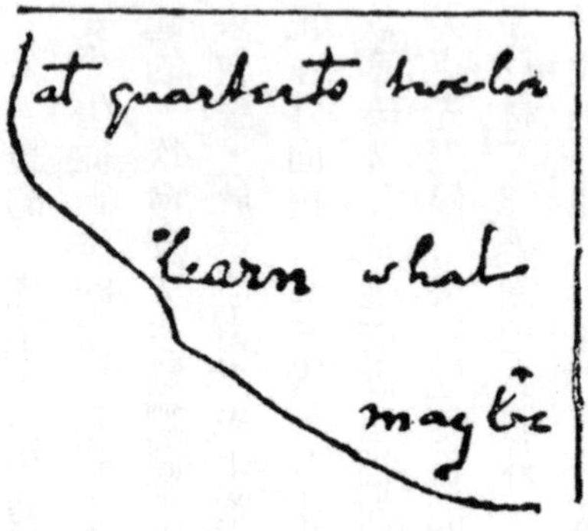

「這個筆跡倒是非常有趣，」福爾摩斯仔細地把紙條觀看了一番，說道：「這比我想像的要難懂得多。」他雙手抱頭沉思，警官看到這位著名的倫敦偵探對此案如此費心，不禁面露喜色。

「你剛才說，」福爾摩斯過了一會兒說道，「可能是盜賊和僕人之間有默契，這張紙也許是一個人寫給另一個人的約會短信，這種見解確實很獨到，而且並非完全不可能。可是這張紙條上明明寫著……」他雙手再次抱頭，沉思了片刻。等他再抬起頭來，我看見他一躍而起，還驚訝地發現他又回到生病之前那樣面色紅潤、眼光明亮、精力充沛了。

「我告訴你們，」他說道，「我想稍微深入瞭解一下這件案子的幾個細節，裡頭有些地方讓我相當感興趣。如果你允許的話，上校，我想暫時離開你和我的朋友華生，跟警官跑一趟，驗證我的設想，半小時後我就回來。」

一個半小時過去了，警官獨自一人趕了回來。

「福爾摩斯先生正在外面的田野走來走去，」他說道，「他要我們四人一起去那間屋子。」

「到坎寧安先生家裡去？」

「是的，先生。」

「有什麼事嗎？」

警官聳了聳肩，說道：「我不太清楚，先生。我只能跟你說，我認爲福爾摩斯先生還未從病中完全恢復。他的舉止非常古怪，而且過度興奮了。」

「我覺得你不必擔心，」我說道，「我發現在他的瘋癲裡，通常握有破案的方法。」

「大概會有人說他的方法簡直是瘋了，」警官嘀咕著說，「不過他十分激動，等不及要行動，上校，如果你們準備好了，我們最好馬上出發。」

我們看到福爾摩斯把頭埋在胸前，雙手插在口袋裡，正在田野上來回踱步。

「事情漸漸開始變得有趣了，」福爾摩斯說道，「華生，你的鄉村之行已經獲得了明顯的成功。我度過了一個迷人的早晨。」

「我想，你已經去過犯罪現場了。」上校說道。

「是的，我和警官已經對現場進行了認眞的勘查。」

「有什麼發現嗎？」

「啊，我們發現了一些非常有趣的東西。我們邊走邊談吧，我會說說我們做了什麼事。首先，我們看到那具不幸者的屍體。就像警官講的那樣，他確實死於槍傷。」

「那麼，你懷疑過這一點嗎？」

「啊，我覺得最好還是檢驗一下每件事。我們的偵察工作並無白費。後來我們會見了坎寧安先生和他的兒子，因爲他們能夠指出凶手逃跑時穿過花園籬笆的確切地點，這是非常重要的。」

「那是當然。」

「後來我們又去看了那個可憐人的母親。但她年老體弱，我們沒從她那裡獲得任何消息。」

「那麼，你們調查的結果是什麼呢？」

「結果就是我深信這是一件非常奇特的犯罪行爲。或許我們現在要進行的訪問能讓案情更明朗些。死者手中的這張紙片正好寫著他死去的時間，我想我和警官的意見一致，都認爲這一點至關重要。」

「這應該是個線索，福爾摩斯先生。」

「這確實是個線索。寫這張便條的人，正是當時要威廉·科萬起床的人。可是這張紙的另一部分在哪裡呢？」

「我仔細查看了地面，希望能找到它。」警官說道。

「它是從死者手中被撕去的。爲什麼有人如此急切地要得到這張便條呢？因爲它能夠證明他的罪行。撕下以後他會怎樣處理呢？他把它塞進口袋裡，很可能沒注意到紙的一角還被死者抓在手裡。如果我們能夠得到剩下的那張紙，對我們解開這個神祕案件肯定有很大幫助。」

「是的，但我們沒有抓到罪犯，怎能從罪犯的口袋裡拿到它呢？」

「啊，啊，這倒值得仔細思考一下。但是另外還有一點也很明顯，這張便條是寫給威廉的。但不是寫便條的人親自交給他的，否則，他只要親口告訴他內容就好了。那麼，是誰把便條帶給死者的呢？或者是經由郵局寄來的？」

「我調查過了，」警官說道，「威廉昨天下午從郵局收到一封信，信封已被他毀掉了。」

「好極了！」福爾摩斯拍了拍警官的背，大聲說道：「你已經見過郵差了。與你合作讓我感到非常愉快。好，這就是那間傭人房，上校，如果你願意進來，我會向你說明一下犯罪現場。」

我們走過被害者住過的小屋，踏上一條兩旁橡樹挺立的大路，來到一間華麗的安妮女王時期的古宅，門楣上刻著馬爾博羅戰役的日期。福爾摩斯和警官領著我們走了一圈，最後我們來到側門前。門外便是花園，花園的籬笆外面是大路。一個員警守在廚房門邊。

「請把門打開，警官，」福爾摩斯說道，「嗯，小坎寧安先生當時就是站在這個樓梯上看到那兩個人搏鬥的，搏鬥之處正好就是我們現在站的地方，老坎寧安先生是從左起第二扇窗戶裡看到那個傢伙逃到矮樹叢。他兒子也這麼說。總之他們兩個人都提到了矮樹叢。後來亞力克先生跑出來，跪在受傷者身旁。你們看，這兒地面非常硬，沒有爲我們留下任何痕跡。」福爾摩斯正說著，有兩個人從屋裡走出，來到了花園的小徑。一個年齡較大，面容剛毅，臉部有很深的皺紋，目光鬱鬱寡歡；另一個是打扮時髦的年輕人，他神情活潑，面帶微笑，衣著華麗，與我們要調查的案件形成了非常奇怪的對比。

「還在調查這件事嗎？」他對福爾摩斯說道，「我想你們倫敦人是絕對不會認輸的。但看起來你們好像不能很快就破案。」

「啊，你必須給我們一些時間。」福爾摩斯幽默地說道。

「你肯定需要時間，」亞力克·坎寧安說道，「哦，我根本看不出有什麼線索。」

「只有一個線索，」員警回答道，「我們認爲，只要我們能找到……天哪！福爾摩斯先生，你怎麼了？」

我那可憐的朋友臉上，突然露出極爲可怕的表情。他雙眼往上翻，臉部因疼痛而扭曲變形。他強忍著呻吟了一聲，臉朝下跌倒落地。他的病情突然發作，而且非常嚴重，我們被嚇壞了，急忙把他抬到廚房裡，讓他躺在一把大椅子上。他很費力地呼吸了一會兒，最後，他重新站了起來，爲自己身體虛弱表示羞愧和抱歉。

「華生會向你們說明，我得了一場重病，身體剛剛復原，」福爾摩斯解釋道，「這種神經性疾病很容易突然發作。」

「要不要用我的馬車送你回家去？」老坎寧安問道。

「唉，既然我已經到了這裡，有一點我想弄明白。我們很容易就能把它調查清楚的。」

「是什麼問題呢？」

「啊，據我看來，很可能這可憐的威廉不是在盜賊進屋之前來到這裡的，而是在盜賊進屋之後。看來你們很自然地認爲，雖然門被人弄開了，但強盜始終沒有進到屋裡。」

「我認爲這是顯而易見的事情，」坎寧安先生表情嚴峻地說道，「呃，我的兒子亞力克還沒有睡，如果有人在屋內走動，他肯定聽得到。」

「當時他坐在什麼地方？」

「我那時正坐在更衣室裡抽菸。」亞力克回答道。

「哪一扇窗子是更衣室的？」

「左邊最後一個，緊鄰著我父親臥室的那一扇。」

「那你們兩個人的房間自然都亮著燈了？」

「沒錯。」

「現在有幾點情況非常奇怪，」福爾摩斯微笑著說道，「如果是頗有經驗的盜賊，他從燈光就能判斷這一家有兩個人還沒睡，卻有意闖進屋裡去，難道不奇怪嗎？」

「他一定是個冷靜沉著的老手。」

「啊，當然了，如果這個案子不稀奇古怪，我們也就沒必要趕來向你請教了，」亞力克先生說道，「但是，至於你說在威廉抓住盜賊以前，盜賊已經偷過了屋子，我認爲這種想法非常荒謬。我們不是已經知道房間沒有被搞亂，也沒有發現丟失什麼東西嗎？」

「這就要看是什麼東西了，」福爾摩斯說道，「你一定要記住，跟我們打交道的盜賊是一個不尋常的傢伙，看來他有他自己的一套做事方法。你看，比方說他從阿克頓家拿走的那些稀奇古怪的東西，都是些什麼呢？一個線團，一個方紙鎮，還有一些我弄不清楚的零碎東西。」

「好了，全靠你了，福爾摩斯先生，」老坎寧安說道，「我們都聽從你或警官的吩咐。」

「首先，」福爾摩斯說道，「我想請你拿出一份獎金，因爲在官方同意發放這筆款項之前，可能需要一段時間，同時這些事情也不會立刻著手。我已經草擬了一張單子，如果你不介意的話，請在上面簽個字。我想，五十鎊足夠了。」

「我自願拿出五百鎊，」治安官接過福爾摩斯遞給他的那張紙和鉛筆，說道：「但是，這並不完全正確。」他瀏覽了一下底稿，又補充了一句。

「我寫得有點倉促了。」

「你看你開頭寫的：鑒於星期二凌晨零點三刻左右發生了一次搶劫未遂案……等等。但實際上案件發生在十一點三刻。」

我為這個差錯而痛心，因為我知道，福爾摩斯對這類疏忽總是很敏感，他的專長是準確地找出事實真相，可是他最近的病對他影響很大，當前的這件小事就足以顯示，他還沒有恢復到原來的狀態。顯然，他困窘了片刻。警官揚了揚眉毛，亞力克・坎寧安則大笑起來。那個老紳士立即更正出錯的地方，然後把這張紙交還給福爾摩斯。

「盡快送去付印吧，」老坎寧安說道，「我認為你的想法極好。」

福爾摩斯卻小心謹慎地把這張紙收好，夾在他的筆記本裡。

「現在，」他說道，「我們最好一起仔細檢查這座宅院，確認一下這個有點古怪的盜賊到底有沒有偷走什麼東西。」

在進屋之前，福爾摩斯仔細檢查了那扇被撬開的門。很顯然，那是用一把鑿子或一把堅硬的小刀插進去把鎖撬開的。我們可以看到在利器插進去的地方，木頭上留下了痕跡。

「那麼，你們不用門閂嗎？」福爾摩斯問道。

「我們覺得根本沒有必要。」

「你們沒有養狗嗎？」

「養了，可是牠被鐵鏈拴在房子的另一邊。」

「僕人們是什麼時候去睡覺的？」

「十點鐘左右。」

「我聽說威廉平時不也是在這個時候去睡覺的嗎？」

「是的。」

「奇怪的是，在案發當晚，他卻醒著。現在，如果你願意帶我們檢查一下這間住宅，我會很高興，坎寧安先生。」

我們經過廚房旁邊鋪石板的走廊，沿著一道木樓梯，直接登上住宅的二樓，來到樓梯平臺。對面是另一條裝飾得比較華麗的樓梯，通向前廳。出了這個樓梯平臺，就是客廳和幾間臥室，其中包括坎寧安先生和他兒子的臥室。福爾摩斯緩步慢行，仔細觀察房子的結構。從他的表情我知道他發現了重要的線索，可我卻絲毫揣測不出他的推理將他引往哪個方向。

「我說先生，」坎寧安先生有些不耐煩地說道，「這樣做完全沒有必要。樓梯口就是我的臥室，隔壁則是我兒子的臥室，我倒要請你判斷一下，盜賊要是上了樓，卻絲毫沒有驚動我們，這有可能嗎？」

「我想，你應當查看一下房子四周，尋找新的線索。」坎寧安的兒子不懷好意地笑道。

「我想請你們再遷就我一會兒，比如說，我很想看看從臥室的窗戶向前望出去能看到多遠。我知道，這是你兒子的臥室，」福爾摩斯推開門說道，「而這就是發出警報時他正坐著抽菸的更衣室吧！它的窗子面向哪裡？」福爾摩斯穿過臥室，推開門，把另一個房間四處環視了一遍。

「我想你現在總該滿意了吧？」坎寧安先生尖刻地說道。

「謝謝你，我認爲我想看的都看到了。」

「那麼，如果你認爲確實需要的話，可以到我的房間裡去。」

「如果不爲你添麻煩的話，那就走吧！」

治安官聳聳肩，把我們帶進了他的臥室。室內只有簡單的傢俱，是一間很普通的房間。當我們穿過房間向窗子走去時，福爾摩斯走得很慢，以至於他和我都落在大家的後面。床的旁邊有一盤橘子和一瓶水。我們經過床邊時，福爾摩斯在我前面忽然彎腰，故意把這些東西全都打翻在地。玻璃瓶摔得粉碎，水果滾得滿地都是，

嚇得我目瞪口呆。

「瞧你做的事，華生，」福爾摩斯沉著地說道，「你把地毯弄得亂糟糟的。」

混亂中我彎下腰來，開始撿水果，我知道，我的朋友想讓我承擔過失的責任，肯定是有原因的。其他人也開始撿水果，把桌子重新扶正。

「哎呀！」警官喊道，「他到哪兒去了？」

福爾摩斯不見了。

「請在這裡稍等一會兒，」亞力克·坎寧安說道，「我看，這個人神經有些失常，父親，你跟我來，我們去看看他跑到哪裡去了！」

他們衝出門去，剩下警官、上校和我留在房裡面面相覷。

「哎呀，我同意主人亞力克的看法，」警官說道，「這可能是他病情發作的結果，可是我覺得好像……」

突然傳來一陣尖叫聲，打斷了他的話，「來人啊！來人啊！殺人啦！」我聽出這是我朋友的聲音，不禁毛骨悚然。我發瘋似地從房間衝到了樓梯平臺。呼救聲逐漸減弱，變成一種嘶啞的、含糊不清的喊叫，聲音是從我們第一個進去的房間傳出來的。我直衝進去，一直跑到裡面的更衣室。坎寧安父子二人正俯身按住倒在地上的福爾摩斯，小坎寧安用雙手掐住福爾摩斯的喉嚨，老坎寧安好像正扭住他的一隻手腕。我們三個人立刻上前把他們從福爾摩斯身上拉開。福爾摩斯搖晃著站起身來，臉色異常蒼白，很明顯他已經筋疲力盡了。

「把他們兩個人抓起來，警官。」福爾摩斯氣喘吁吁地說道。

「以什麼罪名逮捕他們呢？」

「罪名就是謀殺他們的馬車夫威廉·科萬。」

警官滿臉困惑地盯著福爾摩斯。

「啊，好啦，福爾摩斯先生，」警官終於說道，「我想你不會真的要……」

「唉，先生，你看看他們的臉！」福爾摩斯粗暴地喊道。

我確實從未見過這樣一種承認罪行的臉部表情。那老的看上去已經茫然不知所措，堅定的臉上帶著沉重惱怒的表情。而那兒子早已失去了原有的得意神態，露出凶猛殘忍的表情，雙眼發出野獸般的凶光，文雅的相貌已完全扭曲。警官什麼話也沒說，只是走到門口，吹起了警笛。兩名警察聞聲而到。

「我沒有選擇的餘地，坎寧安先生，」警官說道，「我相信這可能是一場可笑的誤會，但是

你也看見了——啊，你想幹嘛？放下它！」他用手奮力打去，亞力克正準備發射的手槍啪嗒一聲被打落在地。

「別動，」福爾摩斯從容地把手槍踩在腳下，說道：「它在審訊時會派上用場的。但這才是我們需要的。」他舉起一個揉皺的小紙團說道。

「那張紙剩餘的另一部分！」警官喊道。

「完全正確。」

「在哪裡找到的？」

「在我確信它會在的地方找到的。我很快就會把案件的全部經過跟你們講清楚。上校，我想你和華生現在可以回去了，我最多一個小時後就會回到你們那裡。我和警官要和罪犯談一下，但午飯時我一定會趕回去的。」

福爾摩斯非常守時，一小時後，他和我們在上校的吸菸室裡又聚在一起了。與他一起來的還有一個矮小的老紳士。福爾摩斯向我介紹，這就是阿克頓先生，第一起竊案就發生在他家裡。

「我向你們解釋案子時，我希望阿克頓先生也在場旁聽，」福爾摩斯說道，「他自然對案情的細節也很感興趣。我親愛的上校，恐怕你一定後悔接待了像我這樣一個愛闖禍的人吧。」

「正好相反，」上校熱情地答道，「我認爲能有機會研究你的破案方法，是我最大的榮幸。我承認，它完全超出我的意料，我完全無法解釋你的破案結果。我從未看出絲毫線索。」

「恐怕我的解釋會讓你們很失望，但無論對我的朋友華生，還是任何對我的破案方法眞心感興趣的人，習慣上我絕不會隱瞞我的工作方法。不過，由於我在更衣室裡被人襲擊，我想先喝點白蘭地鎮定，上校。剛才我已經用盡全力了。」

「我相信你的神經痛也不會再突然發作了。」

福爾摩斯開心地大笑起來。「我們過一會兒再說這件事，」福爾摩斯說道，「我先按正常的順序講講這個案件，並向你們說明幾點情況。如果哪些地方你不太清楚，請隨時問我。

「在偵探的藝術中，最重要的一點就是能夠從眾多的事實中，辨認出哪些是主要問題，哪些是次要問題，否則就會分散你的精力，使注意力不能集中。所以在這個案子中，一開始我就毫不懷疑，整個案件的關鍵一定要從死者手中那張碎紙查起。

「在深入討論這個問題以前，我想請你們注意一個情況，如果亞力克．坎寧安講的那一套是事實，如果凶手在槍殺威廉．科萬之後立刻逃走了，那麼，很明顯不可能是凶手從死者手中撕去那張紙。但若不是凶手撕的，那就一定是亞力克自己撕下的，因爲在那個老人下樓以前，好幾個僕人已到了案發現場。這一點很簡單，可是警官卻忽略了。因爲他一開始就假定這兩位鄉紳與此案無關。那時，我決定不持任何偏見，只遵從事實爲我指引的方向。這樣一來，在調查的初始階段，我就發現自己對亞力克．坎寧安在本案中扮演的角色感到懷疑。

「當時，我非常仔細地檢查了警官交給我們的那張紙，馬上清楚意識到，這是一份非常重要的資料的一部分。這就是那張紙條。你們有沒有發現，上面有些很有啓發性的地方？」

「字跡看起來毫無規則。」上校說道。

「我親愛的先生，」福爾摩斯大聲說道，「毫無疑問，它是由兩個人輪流寫的。我只要請你們注意一下『at』和『to』那兩個強勁有力的『t』字，再把它跟『quarter』和『twelve』中那兩個軟弱無力的『t』字做個比較，馬上就可以看出事情眞相。透過對這四個字的簡單分析，你們就可以自信滿滿地說，『learn』和『maybe』是出自筆鋒蒼勁有力的人，而『what』則是軟弱無力的人寫的。」

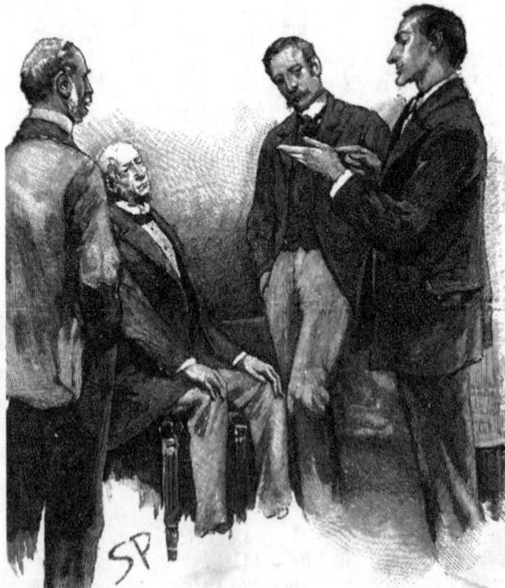

「天哪，眞是一針見血！」上校喊道，「究竟爲什麼那兩人要用這種方式來寫這封信呢？」

「顯然他們在計畫一件壞事，其中一人不相信另一個人，於是決定，不管做什麼兩個人都要一塊兒動手。很明顯那個寫『at』和『to』的人是主謀。」

「你如何得出這個結論呢？」

「我們只需比對兩人的筆跡就可以推斷出來。不過我們有更加合理的理由。如果你仔細地檢查一下這張紙，就會得出這樣的結論：那個筆鋒蒼勁有力的人首先把他要寫的字全部寫下，留下許多空白讓另一個人去填寫，而這些空白不一定都夠用。你會發現，第二個人在『at』和『to』之間很擁擠地塡進了『quarter』一詞，說明『at』和『to』那兩個字是事先寫好的。毫無疑問，那個先寫完所有字的人，就是策劃此案件的人。」

「好極了！」阿克頓先生大聲說道。

「不過這只是從表面上來看，」福爾摩斯說道，「但是，現在我們要談到很重要的一點。你們可能還不知道，專家可以從一個人的筆跡準確推斷出他的年齡。一般情況下，可以準確斷定一個人的眞實歲數。我說『一般情況下』，這是因爲健康狀況不好和體質弱的人會出現老化的特徵，比方說一個年輕病人，他的字跡也就帶有老年人的特點。在這案子裡，只要看看一個人的筆跡有力，另一人的筆跡雖有些軟弱無力，卻依然清晰可辨，不過『t』字漏掉了一橫，我們就可以說，其中一人是年輕人，另一個人雖然不是十分衰老，卻也上了年紀。」

「妙極了！」阿克頓先生大聲說道。

「然而還有更深層的一點，是非常微妙而有趣的。這兩人的筆跡有一些相同之處。他們是有血緣關係的人，對你們來說，最明顯的可能就是那個『e』寫得像希臘字母『ε』。不過在我看來，有很多細節都可以說明同一件事情。我毫不懷疑，從他們兩人的書寫風格中可以看出一個家庭的寫作習慣。當然，我現在只能告訴你們，我檢查這張紙得出的主要結論。還有另外的二十三點推論結果，專家可能會比你們更感興趣。而所有的一切都促使我確信，這封信是坎寧安父子二人所寫。

「既然已經得到了這樣的結論，當然，我下一步就是調查犯罪的細節，看看它們會給我們提供多大的幫助。我和警官來到他們的住所，看到我們所要看的一切，我有足夠的證據斷定：死者身上的傷口是四碼外的手槍所致，但死者衣服上沒有發現火藥的痕跡。因此，很明顯，亞力克·坎寧安說了謊，說什麼兩人在搏鬥中凶手開了槍。另外，父子二人一致說出這個人逃往大馬路時經過的地方。然而，碰巧那裡有一條寬闊的壕溝，溝底是潮濕的。由於壕溝附近並沒有發現腳印，我絕對相信坎寧安父子再次撒了謊，而且肯定根本沒有任何來歷不明的人到過現場。

「現在我必須思考一下這件奇案的犯罪動機了。爲了搞清楚這一點，首先我要盡力找出在阿克頓先生家發生的第一件盜竊案的起因。從上校告訴我們的某些事情裡，

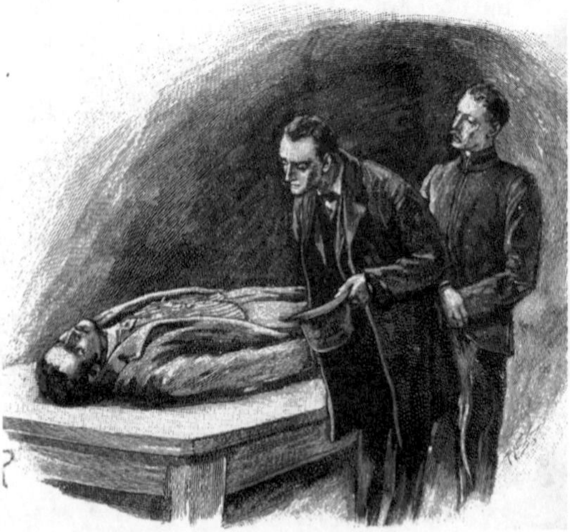

我瞭解到阿克頓先生和坎寧安家過去一直在打官司。當然，我馬上意識到，他們曾經闖進你的書房，目的是想得到有關此案的一份重要文件。」

「正是如此，」阿克頓先生說道，「毫無疑問，這就是他們的意圖。我完全有權要求獲得他們現有的一半財產，可是如果他們能找到我的那一張紙，他們就一定能夠勝訴。不過，很幸運的是，我的律師已經把這張紙放在保險箱裡了。」

「你看怎麼樣，」福爾摩斯微笑著說，「這是一次危險的、不計後果的嘗試，我估計是亞力克所為。他們什麼也沒找到，最後就順手牽羊拿走一些東西，使它看來像是一件普通的盜竊案，從而分散人們的注意力。這一點是再清楚不過了，但依然有許多地方模糊不清。首先，我要做的是找回被撕走的那半張紙條。我確信它是亞力克從死者手中撕走的，也確信他一定把它塞進了睡衣的口袋裡。不然，他又能把它放到哪裡呢？唯一的問題是，它是否還在口袋裡。為了要找到它，還是值得花點工夫，為了這個目的，我們大家一同前往那間住宅。

「你們一定還記得，在廚房門外，坎寧安父子碰到我們。當然，最重要的是，不能向他們提及這張紙的事，否則他們自然就會毫不遲疑地毀掉它。在警官正要向他們說我們對這張紙的重視時，我假裝病情發作暈倒在地，才把話題岔開。」

「天呀！」上校笑著喊道，「你是說，我們大家都為你白操心了，你是裝出來的？」

「從專業觀點來講，這一手做得非常完美，」我大聲地說道，一邊驚奇地望著這位經常用一些精明手法讓我困惑不解的人。

「這是一種常用的藝術手段，」福爾摩斯說道，「我假裝恢復常態以後，便又略施小計，讓老坎寧安寫上了『twelve』這個字，這樣我就可以和紙片上的『twelve』進行比對了。」

「哎呀，我眞夠笨的！」我喊叫道。

「我可以看出，當時你對我虛弱的身體很擔心，」福爾摩斯微笑著說道，「我知道你當時一定感到非常著急，對此我感到抱歉。後來我們一起到了樓上，我進入那間屋子，看見掛在門後的睡衣，便故意弄翻了一張桌子，設法吸引他們的注意力，然後溜回去檢查那件睡衣的口袋。可我一拿到那張紙——正如我所料，在他們其中一人的睡衣口袋裡——坎寧安父子二人就撲到我身上，我敢肯定，如果不是你們的及時協助，他們一定會當場謀殺我。實際上，我感到那個年輕人已經掐住我的喉嚨了，他父親扭轉我的手腕，努力從我手裡搶回那張紙。你瞧，他們知道我已經瞭解了事情全部眞相，本以爲絕對保險，卻在突然之間完全陷入了絕境，於是就鋌而走險了。

「後來，我跟老坎寧安談了幾句，向他詢問犯罪的動機。他很老實，他兒子卻完全是一個惡棍，如果他拿到了那把手槍，他就會殺死自己或別人。坎寧安看到案情對他極爲不利，便完全失去信心，徹底供出了全部罪行。看來，那天晚上，當威廉的兩個主人突然闖入阿克頓的住宅時，他悄悄地跟蹤了他們，威廉就這樣知道了他們的隱私，並以此威脅要揭發他們，準備敲他們一筆。然而，亞力克先生是一個慣於玩這類把戲的危險人物。對他來說，他意識到這起震驚全鄉的盜竊案是個好機會，可以藉此幹掉他畏懼的人。於是他們把威廉誘騙出來並槍殺了他。他們只要拿到那張完整的紙條，並對他們同謀作案的細節稍加留心，很可能就不會引起別人的懷疑了。」

「可是那張紙條呢？」我問道。

福爾摩斯把這張撕走的紙條放在我們面前。密約信譯爲——如果你在十一點三刻到東門口，你將得知一件極爲意外的、對你和安妮·莫里森都大有好處的事，但不要將這件事告訴任何人。

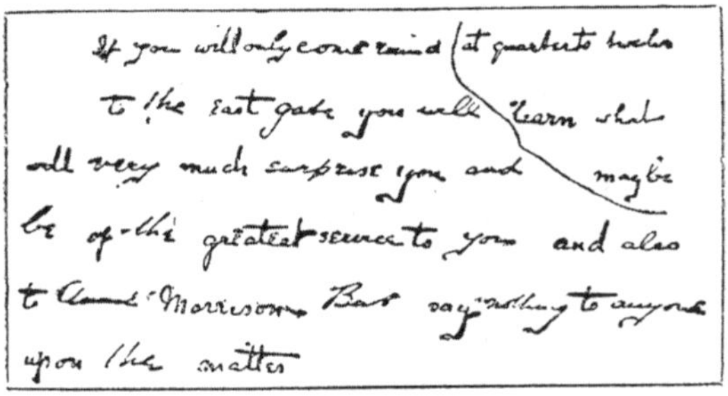
If you will only come round at quarter to twelve
to the east gate you will learn what
will very much surprise you and maybe
be of the greatest service to you and also
to Annie Morrison. But say nothing to anyone
upon the matter

「這正是我想要得到的那件東西，」福爾摩斯說道，「當然，我們還不知道在亞力克·坎寧安、威廉·柯萬和安妮·莫里森之間存在著什麼樣的關係。從案子的結果可以看出，這個圈套經過異常巧妙的安排。我相信，當你們發現那些『p』和『g』的尾端都具有相同的遺傳特點時，你們一定會感到很高興的。那個老人寫『i』字總是缺上面那一點，這也是很獨特的。華生，我認爲我們在鄉村的安靜休養有了明顯成效，明天回到貝克街，我一定會更加精力充沛的。」

第七篇　駝背人

在我結婚幾個月後的一個夏夜，我獨坐在壁爐旁抽最後一斗菸，昏昏欲睡地翻著一本小說，因爲白天的工作已經使我疲憊不堪。我的妻子已經上樓去了，不久，前廳大門響起落鎖的聲音，提醒我僕人們也去休息了。我從椅子上站起來，正要倒掉菸斗裡的菸灰，突然聽到門鈴聲。

我看了看錶，已是十一點三刻，這麼晚了，應該不會有人來拜訪；看來是病人求診，搞不好還是一個需要整夜護理的病人呢。我沉著臉走到前廳，打開大門，讓我驚訝不已的是，門外臺階上站的竟是夏洛克·福爾摩斯。

「啊，華生，」福爾摩斯說道，「我希望這時候來找你還不算太晚。」

「請進，我親愛的朋友。」

「你看起來很驚訝，這也難怪！我想你現在放心了吧！唉！你怎麼還在吸阿卡迪亞混合菸呢！從落在你衣服上蓬鬆的菸灰來看，我說的肯定沒錯。看來你一直習慣穿軍服。華生，如果你不改掉袖中藏手帕的習慣，那你絕不會被看成一個單純平民的。今晚你能留我過夜嗎？」

「非常樂意。」

「你說過你有一間單身客房，我看現在並沒有客人來住。你的帽架充分說明了這一點。」

「你能留下來，我是非常高興啊！」

「謝謝。那我就占用帽架上的一個空掛鈎了。我可以看出你的屋子有英國工人來過。他好像帶來了些許的不幸，我想不是修水溝的吧？」

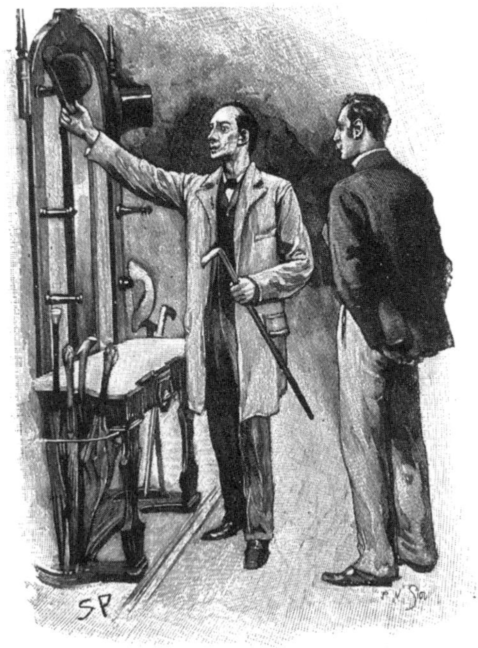

「不，是修煤氣的。」

「啊，他在你鋪地的油毯上留下了兩個長統靴的鞋印，正好有燈光照在上面。不，謝謝你，我在滑鐵盧吃過晚飯了，不過我很樂意和你一起抽菸。」

我把我的菸草袋遞給他，他坐在我對面一聲不吭地抽了一會兒菸。我很清楚，只有重要的案件才會讓他在這時候來找我，因此，我耐心地等著他開口。

「我覺得你最近的醫務很忙呢。」他目光銳利地看了我一眼，說道。

「是的，我忙了一整天了，」我回答道，「在你看來，我這樣說一定顯得很傻，」我補充說道，「可是我確實搞不清你是如何推斷出來的。」

福爾摩斯微微一笑。

「我親愛的華生，我很清楚你的習慣，」他說道，「你在出診時，路途近的就步行，路途遠的就乘馬車。而你的靴子一點也不髒，毫無疑問你近來忙得很，經常乘馬車了。」

「妙極了！」我高聲說道。

「這是最基本的推理，」他說道，「這說明了，一個善於推理的人之所以能創造出旁人看來總是覺得驚奇的成果，是因爲那些人忽略了做爲推論的一些細節。我親愛的朋友，就像你在寫作時大肆誇張，故意遺漏一些案情不讓讀者知道，也會產生同樣的效果。現在，我正和那些讀者的處境一樣，因爲出現了一件前所未有的奇案，我已經掌握了一些線索，但我還缺少一兩個必要的關鍵來完成我的推理。不過我一定會找到的，華生。我會找到的！」福爾摩斯兩眼銳利，瘦削的雙頰微微泛紅。片刻之間，他不再掩飾，露出了天眞熱情的本性，但這不過是一瞬間的事。當我再次望向他時，他的臉又恢復了印第安人那種呆板的樣子，倒不如把他看成一台機器。

「這件案子有些頗令人在意的特點，」福爾摩斯說道，「我甚至可以說，是非常值得注意的特點。我已經深入調查了這個案子，我認爲，已經接近破案了。如果你能在最後協助我調查，就算幫我大忙了。」

「我很樂意效勞。」

「你明天能出趟遠門去奧爾德肖特嗎？」

「我相信傑克遜能照管我的醫務。」

「太好了。我想搭十一點十分的火車從滑鐵盧出發。」

「這樣的話，我就有時間準備了。」

「那麼，如果你還不太疲累的話，我簡單介紹一下這案子的情況和需要做的事情。」

「你來之前我確實很睏，但現在十分清醒了。」

「我盡量簡要地講一下案發經過，絕不遺漏任何重要的情節。可能你已經讀過有關此案的一些報導。就是我正在進行調查的駐紮奧爾德肖特的芒斯特步兵團巴克利上校假定被殺案。」

「我從沒聽說過這件案子。」

「看來除了在當地以外，這件案子還沒有引起人們的關注。此案是兩天前發生的。案情大致是這樣：

「你知道，芒斯特步兵團是英國最著名的愛爾蘭軍團，在克里米亞和印度兩次平叛戰役中均立下奇功。從那時起，這個步兵團在每次的戰鬥中都有出色表現。本週一夜晚之前，這支隊伍一直是由詹姆斯·巴克利上校指揮。上校是位勇敢而經驗豐富的軍人，他起初也是一個普通的士兵，由於在印度的平叛戰役中表現勇猛而受到提拔，後來便開始指揮他所在的這個團了。

「巴克利上校結婚的時候還是中士，他妻子婚前叫做南西．德沃依，是該兵團中一個前任上士的女兒。由此可以想像，這對年輕夫婦當時在他們的新環境中，曾有過一些人際摩擦。但他們很快就適應了新環境，而且，我聽說巴克利夫人很受女眷們的歡迎，她的丈夫與同級軍官也相處融洽。我可以補充一點，她長得非常漂亮，即使在結婚三十多年後的現在，她的容貌依然高貴動人。

「看起來巴克利上校的家庭生活一直是幸福美滿的。我從墨菲少校那裡得知了許多情況，他從未聽說過這對夫婦之間有什麼不和。總體來說，他認爲巴克利上校愛他的妻子勝過妻子對他的愛，如果離開他的妻子一天，他就心神不寧。另一方面，她雖然也愛巴克利，對他很忠心，但多少缺乏一些女性的溫柔。不過他們在軍團中仍被認爲是一對模範中年夫婦，人們絕對看不出往後會有什麼悲劇發生。

「巴克利上校本人的性格好像也有一些不尋常的特點。平時他是個驃悍而活潑的老軍人，但有些時候他會表現暴力和報復心，然而他的這種天性從未針對他的妻子發作過。在與其他五名軍官的交談中，我瞭解到其中三名軍官和墨菲少校曾注意到，上校有時會陷入一種奇怪的消沉。據少校的說法，巴克利上校在餐桌上和別人高興地說笑時，似乎有一隻無形的手，常常忽然抹去他臉上的笑容。當出現這種情緒時，一連好幾天，他的心情都會極端憂鬱。這種消沉加上輕微的迷信，就是他性格中與眾不同的地方。迷信的怪癖則是表現爲不喜歡獨處，尤其是在天黑以後。

他性格中這種孩子氣的特點經常受到人們的議論和猜疑。

「芒斯特步兵團的前身是老一一七團，第一營多年來一直駐紮在奧爾德肖特，已婚的軍官都住在軍營外面。上校這些年來一直住在一座稱爲『拉舍爾』的小別墅中，它離北營約半英里，別墅的四周是庭院，可是西邊不到三十碼就是公路，家裡只有一個車夫和兩個女傭。因爲巴克利夫婦沒有孩子，通常也沒有客人留宿，所以整個拉舍爾別墅就只有上校夫婦和三個僕人居住。

「現在我們來說一下星期一晚上發生在拉舍爾別墅的事情。

「看來巴克利夫人是位羅馬天主教徒，而且對聖喬治慈善會很關心。慈善會是由瓦特街小教堂舉辦的，目的是向窮人施捨舊衣服，慈善會在當天晚上八點鐘舉行。巴克利夫人匆匆吃完飯，前去參加會議。出門的時候，車夫聽見她對丈夫說了幾句話，向他保證不久就會回來。隨後她前往鄰近的別墅，邀請年輕的莫里森小姐一起去參加集會。開了四十分鐘的會，巴克利夫人於九點一刻回到家裡，經過莫里森小姐家門時，兩人才分手。

「拉舍爾別墅有一間房間當作清晨起居室，它面向公路，有一扇大玻璃門通往草坪。草坪有三十碼寬，與公路之間隔著一堵矮牆，牆上裝著鐵欄杆。巴克利夫人回家後，就走進了這個房間，由於平時晚上很少使用這個房間，所以當時並未放下窗簾。可是巴克利夫人自己點上了燈，並按鈴叫女僕簡·斯圖爾特送來一杯茶，這與她平常的習慣完全不同。當時上校正坐在餐室中，聽到妻子已經回家，便到起居室去見她。車夫看見上校穿過走廊，進了那間房，但再也沒有看到上校活著出來。

「十分鐘後，女僕才把巴克利夫人要的茶拿來，可是當她走近門口時，卻驚奇地聽到主人夫婦正在激烈爭吵。她敲了敲門，沒有什麼回應，又轉了轉門上的把手，發現門已經從裡面鎖上了。她本能地跑下樓去告訴廚娘，她們便和車夫一起上樓，在走廊裡，仍可聽見兩人激烈的爭吵聲。他們異口同聲，都說只聽到巴克利和妻子兩個人的聲音。巴克利的話音很弱，又不連貫，因此三個人聽不清楚他說的話。另一方面，女主人的聲音卻顯得非常悲痛，她提高嗓門時，能夠清楚聽到她的話。『你這個懦夫！』她一再重複著這句話，『現在該怎麼辦？現在該怎麼辦？你還我的青春來。我再也不能和你一起生活了！你這個懦夫！你這個懦夫！』她斷斷續續地說了這些話。接著，突然傳來一聲可怕的男人吼叫，伴隨著砰然倒地的聲音和那婦人發出的刺耳尖叫聲。車夫心想一定發生了什麼事，便衝向門前，奮力地想破門而入，同時屋內傳出一聲

聲的尖叫。然而，他怎麼也闖不進去，兩個女僕由於害怕而亂成一團，根本幫不上忙。不過，他靈機一動，從前門跑出去，沿草坪轉到法式長窗下。長窗的一扇窗戶是打開的，據我所知這在夏季很正常，車夫輕易就爬進了屋內。這時他的女主人已經不再尖叫，僵臥在長沙發上，失去了知覺；那個不幸的軍人雙腳翹在單人沙發的一側扶手上，頭倒在靠近壁爐擋板的地上，直挺挺地躺在血泊之中，已然斷氣。

「車夫發現已無法救活他的男主人，首先想到的是先把門打開，卻遇到了一個始料未及且異常奇怪的困難——鑰匙不在門的裡側，而屋裡也找不到。於是，他只好再次從窗戶爬出，帶回一名員警和一個醫務人員來幫忙。這位夫人自然有重大的嫌疑，由於她仍然昏迷不醒，所以被抬到自己的房中。上校的屍體被放在沙發上，然後，案發現場進行了仔細的檢查。

這位不幸的老兵遭受的致命創傷，是後腦一處二英寸長左右的傷口，顯然是被一種鈍器猛然打擊所致。推斷出是何種凶器並不難，在緊靠著屍體的地板上，放著一根帶骨柄的雕花硬木杖。上校生前擁有各式各樣的武器收藏品，都是從他打過仗的不同國家帶回來的。員警猜想這根木棒也在他的戰利品之列。僕人們都否認以前見過這根木棒，不過，由於屋內貯放了大量珍貴物品，很可能只是被忽略了。員警在房間裡沒有發現其他重要線索。但有一件事情無法解釋：那把失蹤的鑰匙既不在巴克利夫人身上，也不在受害者身上，房間各處也找不到。最後，只好讓一個奧爾德肖特的鎖匠打開門鎖。

「這就是整個案子的情況，華生，我應墨菲少校的邀請，在星期二早上前往奧爾德肖特協助警方調查。我想你應該會覺得這是一件有趣的案子，不過我的觀察使我立刻意識到，這件案子實際上比乍看之下要奇怪的多。

「在檢查這個房間之前，我曾經輪流審問過這幾個僕人，但只得到一些我剛剛講過的事實。女僕簡·斯圖爾特回想起另一個值得注意的細節。你一定還記得，在聽到爭吵聲後，她下樓找來其他兩個僕人。不過起初她獨自一人時，聽到兩個主人的聲音都壓得很低，她幾乎什麼也聽不見，她是根據他們的語調，而不是談話內容，來判斷他們已經鬧翻了。由於我不斷追問，她回想起曾聽到女主人兩次提到大衛這個名字。這一點非常重要，可以引導我們找出這次意外爭吵的原因。你一定還記得上校的名字叫詹姆斯。

「在這件案子中，有一件事讓僕人和員警都留下了非常深刻的印象，那就是上校扭曲的面容。根據他們所說的情況，上校的臉上顯露出一種極為驚駭的可怕表情，這絕不是一個正常人的相貌。這種面容是如此可怕，必然是因爲他已經預見到自己的命運，而導致他心裡產生極度的恐懼。當然，這完全符合警方的推理，上校可能已經看出他的妻子要謀殺他了。他頭部後面的傷口和這種論斷之間並不是完全相悖的，因爲當時他可能轉身躲開襲擊。巴克利夫人因急性腦炎發作，暫時精神失常，從她那裡得不到任何資訊。

「我從員警那裡瞭解到，案發當晚和巴克利夫人一同外出的莫里森小姐，否認知道引起她的同伴回家後發怒的原因。

「華生，在瞭解這些情況後，我連抽了好幾斗菸，努力想把那些重要的線索和其他純屬偶然的情況區分開來。毫無疑問，在這件案子中，最明顯而有啓發性的一點就是屋裡的鑰匙離奇失蹤。我們對房間進行了非常仔細的搜查，也沒能找到它。所以，肯定有人拿走了這把鑰匙，但是上校和他的妻子都沒有拿走它，這一點非常清楚。因此，肯定有第三個人進到這個房間，而且這個第三者只能從窗戶進去。我想，仔細檢查一下這個房間和草坪，很可能會發現這個神祕人物的蹤跡。我的推理方法你是知道的，華生，這次調查我把每一種都用上了。最後我終於發現了線索，但它完全出乎我的預料。確實有一個人來過這房間，而且是從大馬路穿過草坪進來的。我一共得到了五個清晰的腳印：一處在他翻越矮牆的大路旁，兩處在草坪上，還有兩處比較模糊的腳印，那是他跳窗戶時在一旁弄髒了的地板上留下的。很明顯，他是跑著穿過草坪的，因爲他腳尖的腳印比腳跟要深得多。但是讓我感到吃驚的並不是這個人，而是這個人的同伴。」

「他的同伴？」

福爾摩斯從口袋取出一大張紙，然後小心翼翼地在膝蓋上攤開。

「你能看出這是什麼嗎？」他問道。

紙上印著一種小動物的爪印。有五個清晰可見的爪子，看得出爪尖很長，整個腳印的尺寸跟甜點湯匙差不多大。

「是狗的爪印。」我說道。

「你有聽過狗爬上窗簾嗎？我發現了這隻動物爬上窗簾的明顯痕跡。」

「那麼，是一隻猴子？」

「可這並不是猴子的爪印。」

「那是什麼呢？」

「既不是狗，也不是貓或猴子，絕不是我們熟悉的動物。我曾試著透過爪印的大小把牠推斷出來。這是牠站立不動時的四個爪印，你可以發現牠前爪到後爪的距離絕不少於十五英寸。加上牠頭和頸部的長度，你能看出這動物至少有二英尺長（約六十公分），如果有尾巴，可能會更長一些。不過再來看一下其他地方的尺寸。我們測量了這個動物在走動時的步伐大小，牠每一步的距離只有三英寸左右。你看，這樣就可以推斷出，這傢伙身體很長，腿卻很短。這傢伙雖沒有留下什麼毛來，但牠大致的外形一定和我預測的一樣，牠能爬上窗簾，而且是一種肉食性動物。」

「你是怎麼知道的？」

「因爲窗戶上掛著一個金絲雀籠子，牠爬上窗簾，看起來是爲了要捕食那隻鳥。」

「那麼，牠到底是什麼動物呢？」

「啊，如果我知道牠的名字，對破解此案將大有幫助。總體說來，可能是鼬鼠之類的動物，不過要比我見過的那些還大。」

「但這些與此案有什麼關係呢？」

「這一點也還不太明顯。但你知道，我們已經瞭解了很多情況。我們知道，由於沒放下窗簾，屋裡又亮著燈，有一個人曾經站在大馬路上，看到巴克利夫婦在吵架。我們也知道，他帶著一隻奇怪的動物，穿過草坪，進入房間，可能他擊倒了上校，也很可能是上校看到他以後，受到驚嚇而跌倒，頭被爐角撞破。最後，我們還知道一個奇怪情況，這位入侵者離開房間時還帶走了鑰匙。」

「你的這些發現看起來讓案子比原本更加撲朔迷離了。」我說道。

「不錯，這些情況確實表明案子要比最初猜測的複雜許多。我仔細思考了這件事，得出的結論是，我必須從另一方面來處理這件案子。不過，華生，我確實耽誤你休息了，明天我們去奧爾德肖特的路上，我會把所有的一切詳細地告訴你。」

「謝謝你！但請接著說下去吧。」

「巴克利夫人在七點半離開家門時，無疑地與丈夫的關係還不錯。記得我已經說過，儘管她不是非常溫柔，可是車夫聽到她和上校的談話還是很友好的。現在可以確定，她一回到家，就走進不大可能見到她丈夫的那間房間，就像個激動不安的女人一樣，並讓女僕幫她備茶。後來，上校進來看她時，兩人便爆發了激烈的爭吵。所以說，在七點半到九點之間，一定有什麼事發生，使她完全改變了對丈夫的感情。可是莫里森小姐在這一個半小時之內，一直與巴克利夫人在一起，因此，完全可以肯定，儘管莫里森小姐一再否認，事實上她肯定瞭解此案的一些情況。

「剛開始我猜想，可能這位年輕女人和上校之間有著什麼關係，而她現在向上校夫人承認了。這樣就可以解釋爲什麼上校夫人會怒氣沖沖地返回，也能解釋爲什麼這位女孩會否認曾經發生過什麼事。這種猜測和上述所言也並不完全矛盾。但是巴克利夫人曾經提到大衛，以及人們都知道上校對他妻子的感情，這因此抵觸了這項猜測，也無關乎這位第三者的悲劇性介入；當然，這人也可能跟這起事件毫無瓜葛。如此一來就很難確立正確的步驟，不過，我傾向於不考慮上校和莫里森小姐之間存在著什麼關係，但我更加堅信這位年輕女人知道一些事情的眞相，可以解釋夫人轉而憎恨她丈夫的原因。因此，我採用了一種很簡單的方法，就是去拜訪莫里森小姐，向她解釋我確定她掌握了某些事實，並且使她確信，除非案件得到澄清，否則她的朋友巴克利夫人將因負主要責任而被送上被告席。

「莫里森小姐是個身形瘦小的姑娘，眼神羞怯，一頭金髮，可我發現她絕不乏機智和判斷力。在我說明來意之後，她坐在那裡，沉思了一會兒，然後轉身面對我，態度堅定地說了一些十分值得注意的情況，我簡要地講給你聽。

「『我曾經向我的朋友許諾絕不透露這件事，既然答應了，就應該遵守諾言，』莫里森小姐說道，『但我那可憐的朋友被控犯下嚴重的罪行，而她自己又因病無法開口，如果這時我確實能幫助她，那麼我情願放棄我許下的諾言，把星期一晚上發生的事全部告訴你。

「『我們大約在八點三刻從瓦特街慈善會回來。回家途中我們要穿過赫德森街，這是一條非常僻靜的大道，只有一盞路燈位於馬路左邊。當我們走近這盞路燈時，我看到一個人迎面朝我們走了過來，他的背駝得很厲害，肩膀上掛著一個箱子似的東西。他走路低著頭、雙膝彎曲，看樣子像是殘障人士。我們經過他身邊時，他正好抬起頭來看我們。他一看到我們，就停了下來，發出了一聲可怕的尖叫：「天哪，妳是南西吧！」巴克利夫人的臉色頓時變得蒼白。如果不是那個相貌可怕的人扶住她，她早就跌倒在地了。我本想去叫警察，可讓我感到震驚的是，巴克利夫人對這個人說話相當有禮貌。

「『巴克利夫人聲音顫抖地說道：「我以為你三十年前就死了，亨利。」

「『「我是已經死了。」這個人說道。他說話的語氣聽起來讓人感到害怕，他的臉色陰鬱、可怕，我現在還常常夢見他當時的眼神。他髮鬚灰白，面頰也皺縮得像一個乾癟的蘋果。

「『「妳先走開一些，親愛的，我想和這個人說幾句話，不用害怕。」她盡量壯著膽子說，可是臉色依然慘白、嘴唇發抖，幾乎說不出話來。

「『我依她所說的走開，他們在一起談了幾分鐘。後來她雙眼冒火地走了過來，我看到那個不幸的殘疾人站在燈柱旁，緊握著雙拳在空中揮舞，似乎憤怒得要發瘋了。她沒再說一句話，直到我家門口，她才拉住我的手，懇求我不要把剛才發生的事告訴任何人。

「『「那是我一個落魄的舊相識。」她說道。我答應她不會把此事說出去，她便吻了吻我，之後我再也沒有見到她。我現在把所有的實情都告訴你了。我之前向警察隱瞞這些情況，是因為我沒有意識到我親愛的朋友處境危險。我現在知道，把所有的事實說出來會對她有利。』

「這就是莫里森小姐所說的情況，華生。你可以想像，這就像在黑夜中見到了一絲光明。我對整個案情的發展過程，也已經有了一些眉目。很明顯，我下一步就是要找出這位留給巴克利夫人如此深刻印象的人。如果他仍在奧爾德肖特，要找到他就不困難。這裡的居民並不多，而一個殘疾者一定會引起別人的注意。我花了一天時間尋找這個人，到了傍晚時分，也就是今天傍晚，華生，我終於找到他了。這個人名叫亨利．伍德，寄居在兩位女士撞見他的那條街上。他剛來到這裡五天。我以戶籍人員的身分和他的女房東談得很投機。這個人的職業是魔術師，每天黃昏以後就到各個士兵俱樂部去表演一些節目。他經常隨身帶著一隻動物，裝在那個小箱子裡。女房東似乎很怕那傢伙，因爲她從未見過那樣的動物。據她說，他經常用這隻動物玩幾套把戲。女房東能告訴我的也就這麼多。此外她還說，像他這樣一個歷盡苦難的人，能活下來簡直就是奇蹟，有時他也說一些莫名其妙的話，而最近兩天夜裡，還聽到他在臥室裡呻吟哭泣。他狀況還可以，並不缺錢，不過，他卻交給女房東一枚像弗羅林的銀幣做爲押金。華生，她讓我看了那枚銀幣，是一枚印度盧比。

「我親愛的朋友，現在你完全瞭解我們所掌握的情況，以及我爲什麼要來找你了。很明顯，那兩個女人離開後，這個人便遠遠地跟著她們，他從窗外看到上校夫妻在吵架，便闖了進去，而他木箱裡的那個傢伙卻跑了出來，這些完全是可以肯定的。世界上只有他可以告訴我們那間屋子裡到底發生了什麼事情。」

「那麼你打算去問他嗎？」

「當然了，但最好有個目擊證人在場。」

「那麼你是讓我做證人嗎？」

「如果你願意的話，當然可以。如果他能澄清這件事，那是最好不過了。倘若他拒絕回答，我們別無選擇，只有申請逮捕他了。」

「可是你怎麼知道，等我們再趕回去時，他還在那裡呢？」

「你放心，我已經採取了一些防範措施，我在貝克街雇了一個孩子看守他，無論這個人走到哪裡，這個孩子會一直跟著他。明天我們會在赫德森街找到他，華生。如果我再不讓你去休息，那麼我就是犯罪了。」

次日中午時分，我們趕到了案發現場，在我朋友的引導下，我們立即前往赫德森街。儘管福爾摩斯很能隱藏他的感情，我也能輕易看出他在抑制自己的興奮。而我自己覺得一半是好奇，一半是好玩，也異常的興奮激動，我每次協助他調查案件時都能體驗到這種感覺。

「就是這條街了，」當我們拐進兩旁都是二層磚樓的短巷時，福爾摩斯說道：「啊，辛普森來向我報告了。」

「他正在裡面，福爾摩斯先生。」一個小流浪兒喊著向我們跑來。

「做得好，辛普森！」福爾摩斯拍了拍流浪兒的頭，說道：「快來，華生。就是這間房子。」

福爾摩斯遞上他的名片，聲言有要事前來。一會兒，我們就見到了我們要訪問的人。儘管天氣很熱，這個人仍蜷縮在火爐旁，而小房間裡熱得就像烤箱一樣。這人彎曲著身子縮在椅子裡，當他把臉轉向我們時，我發現，這張臉雖然枯瘦而黝黑，但可以看出原先一定是相當英俊的。他狐疑地望著我們，發黃的雙眼閃著怒光，他既不說話，也不站起來，只是指指兩把椅子暗示我們坐下。

「我想，你就是以前在印度的亨利·伍德吧，」福爾摩斯和藹地說道，「我們來這裡，主要是爲了巴克利上校之死這件事。」

「我怎麼會知道這件事？」

「這正是我想確定的。我想你應該明白，除非把這件事澄清，否則你的老朋友巴克利夫人很可能會因謀殺罪而受審。」

這個人猛地一驚。

「我不清楚你是誰，」他大聲喊道，「也不知道你是怎麼知道這件事的，但你敢發誓，你所說的都是眞的嗎？」

「當然是眞的，他們現在只等著她恢復知覺，就會逮捕她了。」

「我的天啊！你自己也是警察嗎？」

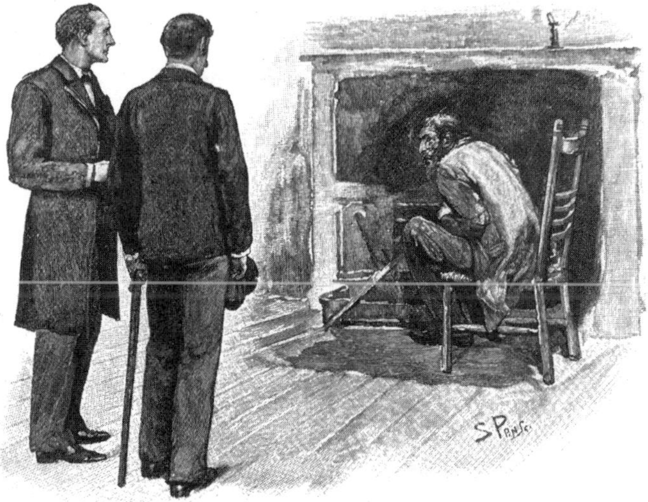

「不是。」

「那這件事跟你有什麼關係呢?」

「伸張正義是每個人應盡的義務。」

「請你相信我,她是無辜的。」

「那麼犯罪的是你?」

「不,不是我。」

「那麼,到底是誰殺害了詹姆斯·巴克利上校?」

「天意如此,他死於非命。不過,請你記住,如果眞是我把他的腦袋打破,那麼他死在我手上也只能算是罪有應得。如果不是他自己覺得良心有罪,倒地摔死了,我敢發誓我會殺死他。你要我講一下事情的經過。好!我沒有必要隱瞞,因爲這件事我問心無愧。

「是這樣的,先生。你別看我現在是個駝背,肋骨也歪歪扭扭,當年,下士亨利·伍德在一一七步兵團是最英俊的人。當時我們駐紮在印度的一個兵營裡,一個我們叫做布林蒂的地方。幾天前死去的巴克利是中士,和我在同一連隊;而那時團裡有一個叫南西·德沃伊的美女,她是陸戰隊上士的女兒。那時有兩個人愛著她,而她只愛其中的一個,看過我蜷縮在火爐前的可憐樣子,如果我再告訴你們那時正是因爲我的英俊相貌她才愛我的話,你們一定覺得很可笑。

「啊,雖然我贏得了她的芳心,但她的父親卻把她許配給了巴克利。我那時是個輕率魯莽的小伙子，巴克利則是一個受過教育的人，而且就要擢升爲軍官了。可是那姑娘仍一心向著我，如果不是當時發生了叛亂，全國都騷亂起來，我敢說肯定能把她娶到手。

「我們都被困在布林蒂，除了我們那個團以外還有半個炮兵連，一個錫克教連，和許多平民、婦女。一萬名叛軍包圍了我們，就像一群凶猛的獵狗圍在一個鼠籠周圍。包圍到了第二個星期左右，水就用光了。當時的問題是：我們能否和正往內地移動的尼爾將軍的縱隊取得聯繫。這是我們唯一的機會，因爲我們不可能帶著所有婦孺突圍出去。於是我便自告奮勇闖出去向尼爾將軍求援。我的請求被批准了，我和巴克利中士仔細商量了這件事。他比其他人更熟悉地形，所以畫了一張路線圖給我，以便我按圖穿過叛軍防線。當天夜裡十點鐘，我上路了。當時有一千條生命等待救援，可是那天夜晚我從城牆上爬下去的時候，心裡只想著一個人。

「我跑進一條乾涸的河道，我們本指望它可以幫我躲過敵人的崗哨，可是當我潛行到河道轉角處，竟正好闖進了六個敵軍的埋伏之中，他們正蹲在暗處等著。頃刻之間

我就被打暈過去，手腳也被綁住了。可真正受傷的是我的心，而不是我的頭，因爲當我醒來時，雖然只能隱隱約約地聽懂他們的談話，我也足以明白，原來，是我的夥伴，也就是幫我安排路線的那個人，透過一個當地僕人出賣了我，讓我落入敵人的手中。

「啊，我不需要詳細介紹這一部分了。你們現在應該知道詹姆斯．巴克利是個什麼樣的人了。第二天尼爾將軍前來布林蒂解救眾人，可是叛軍在撤退時把我也帶走了，多少年來我沒有見到任何白人。我受盡折磨，設法逃走，被抓回後再次受拷打。你們可以親眼看見，我被折磨成現在這個樣子。當時他們有些人帶著我一同跑到尼泊爾，後來又轉到大吉嶺。那裡的村民殺死了那幾個叛軍，我又一度成了他們的奴隸。後來我逃跑了，不過並不是向南逃，而是向北逃去，一直逃到阿富汗。我在那裡流浪了好幾年，最後又回到旁遮普。在那裡我幾乎都和土著一起生活，靠我所學的一些戲法維持生計。像我這樣一個可憐的瘸子，又何必再回到英國，讓老戰友們知道我的慘況呢？即使我希望復仇，我也不願回去。我寧願讓南西和我的老夥伴們認爲亨利．伍德已經直挺挺地死了，也不願讓他們看見他仍活著，還像黑猩猩一樣拄著拐杖蹣跚而行。他們堅信我已經死了，我也希望他們這樣想。我聽說巴克利已經和南西結婚，而且在團裡升得很快，就算如此，我也不會說什麼。

「不過人老了之後，會有思鄉之情。多年來，我一直夢想再看到英國綠色的田野和莊園。最後，我決定在臨死之前回去看一看我的故鄉。我攢足了回鄉的路費，便來到駐軍的地方，因爲我瞭解他們的生活方式，知道怎樣讓他們開心，這樣也可以維持生活。」

「你的故事非常動人，」福爾摩斯說道，「我已經聽說你遇到了巴克利夫人，你們認出了彼此。我想，後來你尾隨到她家，從窗外看到他們夫婦倆爭吵起來，當時無疑是巴克利夫人當面斥責了他丈夫對你做的事。你控制不住自己的感情，穿過草坪，衝著他們闖了進去。」

「我正是這樣，先生，可是巴克利一看到我，他的臉色就變得很難看。然後他向後摔倒了，一頭撞到爐子的護板上。實際上他在摔倒以前就已經死了。我從他的臉色就能看得出來，因爲他一看見我，就像一顆子彈射穿了他負罪的心。」

「後來呢？」

「後來南西暈倒了，我趕忙拿起她手中的鑰匙，打算開門呼救。但當我剛想這樣做時，我又想，還不如一走了之，因爲這件事情看來對我很不利，如果我被抓住，我的祕密無論如何就會暴露了。匆忙之間，我把鑰匙塞進了衣袋，丟下手杖去捉拿爬上了窗簾的泰迪。等我捉住牠放回箱子裡，便盡快逃走了。」

「誰是泰迪？」福爾摩斯問道。

這個人向前彎下腰，拉開牆角一個籠子的門，籠子裡突然跑出一隻漂亮的紅褐色小動物。牠的身子瘦小而柔軟，長著鼬鼠似的腿，一個細長的鼻子，有一對漂亮的紅眼睛，我從未見過動物會有這樣美麗的眼睛呢。

「這是一隻貓鼬。」我喊道。

「對，有些人這樣稱呼牠，也有人把牠叫做……」那個人說道，「我把牠叫做捕蛇鼬，泰迪捕捉眼鏡蛇出奇的快。我這裡有一尾沒有毒牙的蛇，泰迪每晚就在士兵俱樂部裡表演捕蛇，逗士兵們開心。

「還要瞭解什麼嗎？先生。」

「就這樣吧，如果巴克利夫人出現什麼嚴重的後果，我們會再來找你的。」

「當然，如果是那樣，我會自己找上門來的。」

「如果不是那樣，那就不要把死者過去的醜行重新抖落出來。儘管他過去的行爲很卑鄙，至少你已經知道，三十年來，他因爲過去的不道德而一直受到良心的譴責，也該滿意了。啊！墨菲少校走到街口了。再見，伍德先生。我想去看看昨天有沒有發生什麼事。」

還沒等少校走到街口轉角，我們就及時趕上了他。

「啊，福爾摩斯，」少校說道，「我想你已經聽說這件事完全是大驚小怪了吧。」

「那麼，是怎麼回事呢？」

「剛剛驗完屍體。驗屍報告的結果表明，上校是死於中風。你看，這不過是一件十分簡單的案子。」

「啊，簡直太簡單了，」福爾摩斯笑著說道，「華生，走吧，我想我們已經沒有必要再待在奧爾德肖特了。」

「還有一件事，」我們來到車站時，我說道：「如果她丈夫叫詹姆斯，而另一個人叫亨利，她爲什麼會提到大衛呢？」

「我親愛的華生，如果我是你書裡喜歡描寫的那種理想中的推理家，那麼，這一個詞就應該能告訴我全部的故事。這顯然是一個表示斥責的字眼。」

「斥責的字眼？」

「是啊，你知道，大衛有一次也像詹姆斯·巴克利中士一樣做了錯事。你可記得那個烏利亞和拔示巴的小故事嗎？我恐怕有點記不清《聖經》的內容了，但是你可以從《聖經》的〈撒母耳記〉第一或第二章找到這個故事。」

第八篇　住院的病人

我信手查閱了幾篇互不連貫的破案記錄，想盡可能利用它們來說明福爾摩斯的高智商，卻發現很難找出完全符合我要求的案例。因爲在這些案件的調查過程中，福爾摩斯運用了絕妙的分析推理，展示了他獨特的調查方法的價値，但案件本身卻往往微不足道，極爲普通，我總覺得不適合公諸於世。另一方面，也常有以下情形：他參與調查一些離奇且富戲劇性的案件，但在偵查過程中他起的作用並不顯著，達不到我寫入傳記的要求。我曾以《血字的研究》爲題記錄了一個案例，後來又寫了一個關於「格羅里亞斯科特」號三桅帆船失事案，它們都可做爲永遠震驚史學家的驚險範例。我現在要記錄的這件案子，我的朋友在偵查過程中的作用並不十分重要，但整個案情的發展卻非常離奇，我決定在回憶錄中不能漏掉它。

那是十月份一個悶熱的陰雨天，窗簾半垂著，福爾摩斯蜷臥在沙發上，一遍又一遍地讀著早晨收到的一封信。而我由於在印度服過兵役，變得怕冷不怕熱，雖然溫度高達華氏九十度，我也不覺得難受。不過這天的報紙讓人覺得乏味。議會已經休會。人們都往城市外面跑，我也渴望到森林中的空地或南海鋪滿卵石的海灘一遊。由於存款不足，我延後了假期。而我的朋友對鄉下或海濱沒什麼興趣，他只喜歡待在五百萬人口的中心，奔走穿梭於他們之間，關心著懸而未決的案件中每一個小小的傳言和猜測。對於欣賞大自然，他毫無興趣——他唯一的願望是去看望住在鄉間的哥哥。

現在要講的這起案件，我已記不得確切日期了，因為相關備忘錄不知放到哪兒去了，但肯定是發生在福爾摩斯與我一起住在貝克街的第一年尾聲。那是個狂風暴雨的十月天，我們倆已經悶在室內一整天。我呢，是因為害怕自己搖搖欲墜的健康狀況擔不起外頭這激烈的秋風；他呢，則是全然沉浸在那些深奧難懂的化學實驗裡，每當他投入這些玩意，總是廢寢忘食。然而，到了晚上，福爾摩斯打破了試管，竟意外地提早結束這天的實驗，他從椅子上彈起，不耐煩地驚叫一聲，雙眉深鎖。

「一整天的工作都白費了，華生，」他說，大步走向窗戶邊，「哈！星星出來了，風也轉弱了。你說我們到倫敦街頭散散步好不好？」

我已經厭倦了待在這間小起居室裡，便欣然同意了。我們一起沿著艦隊街和河濱閒逛了三個小時，觀賞著如潮汐起落、變幻莫測的人生百態。在福爾摩斯特有的言談中，充滿著對細節敏銳的洞察力和微妙的推理能力，讓我感到既開心又陶醉。我們返回貝克街時，已經是十點鐘了，寓所門前停著一輛四輪馬車。

「哈！我想這是一位醫生的馬車，而且是位普通科醫生，」福爾摩斯說道，「他從事這一行的時間不長，不過醫務倒挺忙的。我想，他是來向我們請教一些事情的，幸好我們回來了！」

我非常熟悉福爾摩斯的調查方法，也能夠理解他的推理，掛在車內燈下的柳條籃子裡裝著各種醫療器械，福爾摩斯正是根據這些醫療器械的種類和狀況，立刻做出了判斷。從我們房間窗戶的燈光可以看出，這位訪客的確是來找我們的。什麼事會讓一位同行在這個時候來找我們呢？我覺得有些奇怪，便跟著福爾摩斯進入了房間。

一個面色蒼白、尖瘦臉、留著土黃色鬍鬚的人，看到我們進來，連忙從壁爐旁的椅子上站起身。他的年紀不過三十三、四歲，但面容憔悴，氣色也不好，看來生活不僅使他耗盡了精力，也失去了青春。他的舉止侷促而羞怯，就像一位非常敏感的紳士，他站起身後，扶在壁爐臺上的那隻細瘦白皙的手，不像是一個外科醫生的手，倒更像是一個藝術家的手。他的衣著樸素黯淡——

一件黑禮服大衣，深色褲子和一條顏色很淡的領帶。

「晚安，醫生，」福爾摩斯爽朗地說道，「我很高興看到你只等了我們幾分鐘。」

「難道你問過我的車伕了？」

「沒有，我是從桌子那邊的蠟燭看出來的。請坐，告訴我有什麼事可以爲你效勞。」

「我是珀西·特里維廉醫生，」我們的客人說道，「住在布魯克街四○三號。」

「莫非你就是《神祕神經傷害》那篇論文的作者？」我問道。

聽到我談起他的著作，醫生蒼白的臉頰高興得現出紅暈。

「我很少聽人談起這部著作，還以爲沒有人知道呢，出版商說這本書的銷量很讓人失望，」訪客說道，「我想，你自己也是一位醫生吧？」

「一個退役的外科軍醫。」

「我的業餘愛好是神經病學。我很希望能夠專門研究這個領域，不過，一個人首先必須做好他手上的工作。當然，這些是題外話。夏洛克·福爾摩斯先生，我知道你的時間很寶貴。在布魯克街我的住所最近發生了一連串奇怪的事情，而且已經到了非常嚴重的地步，我覺得不能再耽誤下去了，所以前來尋求你的建議和幫助。」

福爾摩斯坐了下來，點著菸斗。

「無論你是來尋求建議還是幫助，我都非常歡迎，」福爾摩斯說道，「請詳細講一下困擾你的事情。」

「有一兩件事是微不足道的，」特里維廉醫生說道，「我實在是羞於啓齒。不過這整件事看起來是如此莫名其妙，而且變得越來越複雜，我把整件事的經過都告訴你，你自己來判斷哪些重要，哪些不重要。

「首先我必須說一下我大學時期的一些事情。你知道，我曾是倫敦大學的學生，如果我告訴你們，在我讀書期間，我的教授認爲我是一個很有前途的學生，你們不會認爲我過於自誇吧？畢業以後，我在國立大學所屬醫院擔任一個不怎麼重要的職務，繼續進行我的研究工作。很幸運的，我對僵直性昏厥的病理研究激發了人們很大的興趣，最後由於一篇你朋友剛才提到的關於神經傷害的專題論文，我榮獲布魯斯．平克頓獎金和獎章。我可以毫不謙虛地說，那時人們普遍認爲我前途無量。

「可是我遇到最大的障礙就是資金短缺。你也知道，一個專家要想實現遠大的抱負，就必須在卡文迪許廣場口的十二條大街中選擇一處掛牌開業。但這需要一大筆租金和設備費用。除了一開始的創辦費外，還必須準備足以維持自己幾年生活的費用，並且要租一套體面的馬車和馬。這些條件實在非我能力所及。我只能期望十年之內節衣縮食，省下足夠的錢掛牌行醫。然而，一件意料不到的事情突然帶給我新的希望。

「一位名叫布萊辛頓的紳士前來拜訪我。布萊辛頓和我素不相識，一天早晨他突然來到我的房間，直接向我說明了他的來意。
「『你就是那位學業優秀，最近又獲得大獎的珀西．特里維廉先生嗎？』他說道。
「我點了點頭。
「『請老實回答我的問題，』他繼續說道，『你會發現這樣做，對你是有好處的。你具備了成功人士所擁有的聰明才智。你明白我的意思嗎？』
「聽到這個沒頭沒腦的問題，我不禁笑了起來。
「『我相信我會努力的。』我說道。
「『你有任何不良嗜好嗎？酗酒嗎？』
「『絕對沒有，先生！』我大聲說道。
「『太好了！太好了！不過我一定要問清楚，既然你這麼有能力，爲什麼不開業行醫呢？』
「我聳了聳肩。
「『是啊，是啊！』他趕忙說，『這不足爲奇。你是心有餘而力不足，是嗎？如果我願意幫你在布魯克街開業，你覺得怎麼樣？』
「我吃驚地望著他。
「『啊，這並不是爲了你，而是爲了我自己的利益，』他大聲說道，『我對你非常坦誠，如果你覺得合適，對我也就再合適不過了。我擁有數千鎊資金，你知道，我可以投資在你身上。』

『為什麼呢？』我忙問道。

『啊，就像做其他的投資買賣一樣，不過更保險一些。』

『那麼，我能做些什麼呢？』

『我來告訴你怎麼做。我會替你租房子，買傢俱，雇女僕，管理所有的事情。你要做的只是坐在診所裡看病。我給你零用錢和一切所需的用品，然後你把你收入的四分之三交給我，另外四分之一歸你自己。』

「福爾摩斯先生，這就是那個叫布萊辛頓的人給我的奇怪建議，我不想再贅述我們之間是如何協商、成交的了。最後，我在報喜節那天搬進了這個寓所，完全按照他提出的條件正式開始營業。他自己也過來和我住在一起，扮演一個住院病人的角色。他的心臟很虛弱，看起來需要做長期治療。他占用了二樓兩間最好的房間，分別做為起居室和臥室，他是個習性怪異的人，很少外出或者接待客人。他的生活很不規律，只有一個方面例外。在每天晚上的同一時刻，他都會走進診間來查帳。我賺的診費，每一畿尼他留

給我五先令三便士，然後把剩下的錢全部拿走，放進他自己房間的保險箱裡。

「我可以非常自信地說，他從來沒有後悔做這一樁投資買賣過。從一開始，這項生意就很成功，由於我出色地處理了幾件病例以及在臨床診斷上贏得的聲望，我的名聲很快就傳開了，經過幾年的努力工作，我讓他成了一個富翁。

「福爾摩斯先生，我過去的經歷以及和布萊辛頓先生的關係就是如此。接下來我會告訴你，到底發生了什麼事，讓我今晚來拜訪你。

「幾星期之前，布萊辛頓先生下樓來找我。我看得出他的神情非常不安。他談起在倫敦西區發生的一些盜竊案。我記得，他的表情舉止間展現了不必要的激動，他提出應當把門窗加固門牢，一天也耽誤不得。一週來他總是坐立難安，不斷向窗外張望，同時也終止了午餐前例行的短距離散步。從他的一舉一動，我可以看出他一定是對什麼事或什麼人感到極度恐懼，可是當我問起，他卻變得非常無禮，所以我只好閉口不提這件事。隨著時間流逝，他的恐懼感也漸漸消失，最後恢復了常態。可是最近發生的一件事情，再度使他處於目前這種可憐的虛弱狀態。

「事情的經過是這樣的，兩天以前，我收到一封信，信上既沒有地址，也沒有日期，我現在就把它讀給你聽。信上這樣寫著：

目前居住在英國的一位俄羅斯貴族，自願到珀西・特里維廉醫生處就醫。多年來他身患僵直性昏厥病，眾所周知，特里維廉醫生是治療這種疾病的權威。他計畫在明晚六點一刻左右前往拜訪，如果方便，請特里維廉醫生在家等候。

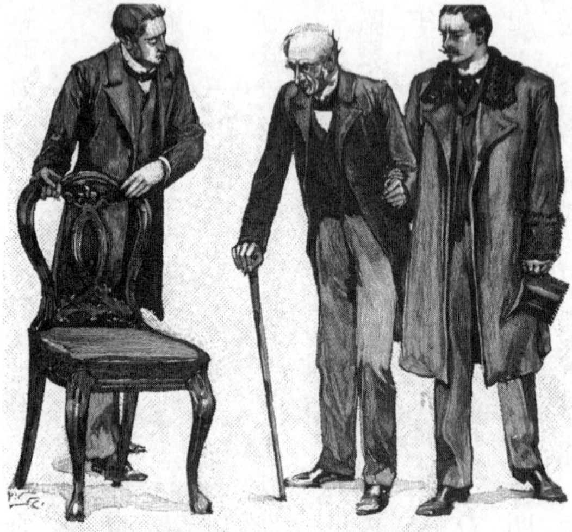

「我對這封信深感興趣，因爲研究僵直性昏厥病的最大困難是這種病症極爲罕見，所以，當僕人在約定時間把病人領進來時，我就在診室裡恭候。

「他是一位老人，身材瘦小，異常矜持，而且看起來很普通，完全沒有俄羅斯貴族的形象。與他同來的那個人，相貌更讓我吃驚。他是個身材高大的年輕人，長得非常漂亮，黝黑的臉上卻帶著一張凶相，有一副海克力士的好身材。他用手攙著老人的一隻胳膊，把老人扶到椅子上坐下，從他的相貌很難看出他會如此體貼。

「『醫生，請原諒我冒昧打擾，』他用英語對我說，顯得有點口齒不清，『這是我父親，他的健康對我來說是極爲重要的。』

「他這種因孝順而表現出的焦慮讓我深受感動。『或許，你願意在診斷時陪同在一旁？』我說。

『絕對不行，』他驚叫道，『我承受不了這種痛苦。如果我看到父親病情發作的可怕情形，我相信我絕對無法忍受。我的神經系統異常敏感，如果你允許，在你為我父親診治時，我想留在候診室裡等著。』

「我當然沒有異議，年輕人便離開了。我和病人開始討論他的病情，並詳細做了記錄。他的智力平平，回答問題也經常含糊不清，我想可能是他不太熟悉我們的語言。然而，正當我坐著寫病歷的時候，他卻突然不再回答我的問題，我轉過身面向他，驚訝地發現他筆直坐在椅子上，毫無表情地盯著我，臉部肌肉僵硬。他這種神祕的疾病又發作了。

「正如我剛才所說的，我第一個感覺是既同情又害怕。後來，我想起我的職責所在。我記錄了病人的脈搏和體溫，測試了他肌肉的僵直程度，檢查了他的反應能力，任何方面都沒有特別異常的情況，與我以前診治的這種病例完全一致。以往面對該病例時，我使用烷基亞硝酸噴劑，曾經獲得良好的效果。現在似乎正是檢測其療效的絕佳機會。藥瓶就放在我樓下的實驗室裡，於是，我丟下椅子上的病人，跑下樓去拿藥。找藥耽誤了約五分鐘的時間，然後我就回來了，卻發現房間空蕩蕩的，病人已無影無蹤，你可以想像，當時我有多麼驚訝。

「當然，我的第一反應就是跑到候診室，他兒子也不見了。前門已經關上，但沒有上鎖。接待病人的僕人是一個新來的孩子，一點也不機靈。平時他在樓下等著，我在診間按鈴後，他才跑上來領病人出去。他什麼也沒聽到，這事就成了一個不解之謎。不久，布萊辛頓先生散步回來，可是我一點也沒向他透露這件事，說實話，近來我盡量避免和他交談。

「啊，我想我再也見不到那個俄羅斯人和他的兒子了，然而就在今晚同一時間，他們兩個人又來到了我的診所，你們可以想像我是多麼震驚了。

『我為昨天突然離開深表歉意，醫生。』我的病人說道。

『我也承認，我為此感到非常奇怪。』我說道。

『啊，事情是這樣的，』他說，『我每次病發後清醒過來，對發病時發生的一切事情，心裡總是相當模糊。對我來說，我醒來時好像是在一間陌生的房子裡，當你離開時，我便頭昏眼花地跑到了街上。』

『而我呢，』他兒子說道，『看到我父親走出候診室的門，以為診療已經結束了。直到我們回到家裡，我才瞭解事情的真相。』

『好了，』我笑著說道，『除了你們讓我感到迷惑不解之外，其他倒沒什麼。所以，先生，你最好還是到候診室裡等著，我很樂意接著完成昨天突然中斷的診治。』

「我和那位老紳士討論了他的病情，大約半個小時後，我開了處方給他，然後看著他在兒子的攙扶下離去了。

「我已經告訴過你們，布萊辛頓先生每天都會在這時候結束散步。不久之後，他散步回來，走上樓去了。不一會兒工夫，我就聽到他驚慌失措地跑下樓來，像瘋了一樣，闖入我的診療室。

「『誰到我的房間去了？』他叫喊著。

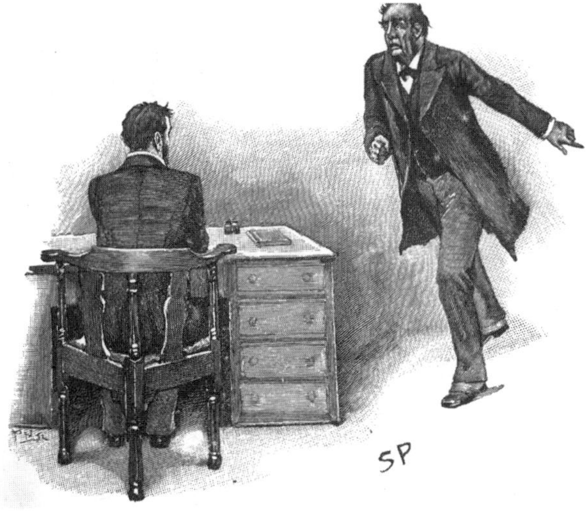

「『沒有人去過。』我說道。

「『撒謊！』他怒吼道，『你上來看看！』

「我並不在意他粗魯的語氣，因爲他幾乎嚇得要發瘋了。我和他一起上樓時，他指著淺色地毯上的幾個腳印。

「『這難道是我的腳印嗎？』他叫喊道。

「這確實要比他的腳印大很多，而且很明顯是剛剛留下的。你們知道，今天下午曾下過一場大雨，而我的病人只有他們兩個。那麼，一定是在我忙著幫老人診斷時，候診室的那個人，出於某種目的，進去過我那位住院病人的樓上房間。雖然沒有動什麼東西，也沒有拿走什麼，不過這些足跡毫無疑問地證明有人進過那個房間。

「儘管這件事足以擾亂任何人的心，可是布萊辛頓先生看起來要比我想像的更加激動不安，他竟然坐在扶手椅上大喊大叫，我幾乎無法讓他說得更清晰一些。是他建議我來找你，當然，我馬上看出這樣做是可行的。雖然他看起來高估了這件事的重要性，但事情本身確實非常古怪。只要你能和我一起回去，至少能讓他平靜下來，儘管我很難期望你能解釋清楚這件奇怪的事情。」

福爾摩斯一直專心傾聽著這段冗長的敘述，我能看出，這件事引起了他濃厚的興趣。像往常一樣，他的臉上依然毫無表情，但他的雙眼眯得愈加厲害，菸斗中冒出的煙霧也越來越濃，加重了這位醫生的故事中每一個離奇的情節。訪客的話語剛落，福爾摩斯便一言不發地站起身來，把我的帽子遞給我，從桌上抓起他的帽子，跟隨特里維廉醫生走向門口。不到一刻鐘的工夫，我們便來到布魯克街這位醫生的寓所門前。這是一座具有倫敦西區風格的灰色平房。一名矮個子小聽差領著我們走進去，我們立即登上寬闊的、鋪著上等地毯的樓梯。

突然，一件怪事發生了，我們不得不停下來。樓頂的燈光突然間熄滅了，黑暗中傳來一聲尖細、顫抖的呼喊：「我有手槍，我警告你們，如果你們再靠近，我就開槍了。」

「這真是太令人吃驚了，布萊辛頓先生。」特里維廉醫生高聲喊道。

「啊，原來是你，醫生，」這人放心地鬆了一口氣，「幾位先生不是冒充的吧？」

我們知道他正在暗中仔細觀察我們。

「沒錯，沒錯，一點也沒錯，」那聲音終於說道，「你們上來吧，我很抱歉，剛才對你們多有冒犯了。」

他一邊說著，一邊點著了樓梯上的氣燈，我們發現面前站著一個相貌奇特的人。從他的外表和聲音可以看出，他確實神經緊張。他很胖，但顯然過去一段時間比現在更胖，所以他臉上垂著鬆弛的肉袋，就像獵犬的雙頰一般。他臉色蒼白，稀疏的土黃色頭髮由於情緒激動，好像要豎起來。他手裡拿著一把手槍，我們向樓上走去時，他把手槍塞進了衣袋。

「晚安，福爾摩斯先生，」他說道，「非常感謝你能到我這裡來。沒有人比我更需要你的指點了。我想特里維廉醫生已經告訴過你有人非法闖入我房間的事了。」

「不錯，」福爾摩斯說道，「那兩個人是誰？布萊辛頓先生，他們為什麼要騷擾你？」

「唉，唉，」那位住院病人緊張不安地說道，

「當然，這事很難說清楚。你也不用指望我能回答這

樣的問題，福爾摩斯先生。」

「你的意思是你並不清楚？」

「請到這裡來，請吧。」

他領著我們走進他的臥室。房間很寬敞，布置得很舒適。

「你們看看這個，」他指著床頭的一個大黑箱子說道，「我並不是一個很富有的人，福爾摩斯先生。醫生可能跟你說過，我一生中只投資過這一次。可是我不信任銀行家，也從未相信過銀行家，福爾摩斯先生。不要告訴別人，我那點錢都在這個箱子裡。這樣你就明白，那些不速之客闖入我的房間時，對我來說意味著什麼了！」

福爾摩斯用懷疑的眼光望著布萊辛頓，搖了搖頭。

「假如你想欺騙我，我是不可能給你什麼建議的。」福爾摩斯說道。

「可是我把一切都告訴你了。」

福爾摩斯厭惡地揮了揮手，向後轉身說道：「晚安，特里維廉醫生。」

「你不給我一些建議嗎？」布萊辛頓顫抖地大叫。

「先生，我給你的建議就是請說實話。」

一分鐘以後，我們已經來到了街上，向家中走去。我們穿過了牛津街，沿哈里街走到半路時，我的朋友才開口對我說話。

「很抱歉白跑一趟，華生，」福爾摩斯說道，「但歸根究柢，這是一個很有趣的案子。」

「我可無法理解。」我坦白地說。

「啊，很顯然有兩個人，或許更多，不過至少有兩個人，出於某種原因，決心要找到布萊辛頓這個傢伙。毫無疑問，那個年輕人兩次都闖入了布萊辛頓的房間，而他的同夥則透過一種巧妙的方法，使醫生無法進行干涉。」

「可那老人的僵直性昏厥怎麼解釋呢？」

「那是一個騙局，華生，儘管我不想向我們的專家講得過多，但這種病是很容易裝出來的。我自己也曾裝過。」

「那麼後來呢？」

「非常湊巧，布萊辛頓兩次都不在屋裡。他們之所以選擇這樣一個不尋常的時間來看病，顯然是知道候診室裡沒有其他病人。而這個時間正好也是布萊辛頓散步的時間，這似乎表明他們並不是很熟悉他的日常生活習慣。當然，如果只是爲了竊盜，他們至少會設法尋找財物。此外，我從他的眼神裡可以看出，他已經被嚇得魂不附體了。若說這傢伙結下了這樣兩個仇家，自己卻不知道，這是無法理解的。因此，我非常肯定他認識這兩個人，但由於他自身的原因，他沒有說出來，很可能明天他就會告訴我們實情了。」

「難道沒有其他的可能性嗎？」我說道，「毫無疑問，可能性不大，不過仍可以想像出一些情況。會不會是特里維廉醫生為了自己的目的，闖進了布萊辛頓的房間，卻編造出這個患僵直症的俄羅斯人和他兒子的故事呢？」

在氣燈光下，我看到福爾摩斯因為我的這種想法而笑了。

「我親愛的朋友，」福爾摩斯說道，「起初我也有過這種想法。不過我很快就證實了醫生所講的故事。那個年輕人在樓梯的地毯上留下了腳印，我還可以告訴你，他的鞋是方頭的，而不是布萊辛頓的那種尖頭鞋，鞋印又比醫生的鞋長了一英寸三，毫無疑問這個年輕人確實存在。不過話就說到這裡，我們先好好休息一晚。如果明天早晨我們沒聽到布魯克街的更多情況，那才會使我感到驚訝呢。」

福爾摩斯的預言很快就變成了現實，並且還是以一種戲劇性的方式出現。第二天早晨七點半，天剛微微發亮，我就看到福爾摩斯穿著晨衣站在我的床邊。

「外面有一輛馬車在等我們，華生。」福爾摩斯說道。

「發生了什麼事？」

「是布魯克街的事。」

「有什麼新消息嗎？」

「是個悲劇，但並不確定，」福爾摩斯說著，拉起了窗簾，「你看一下這個，這是從筆記本撕下來的一張紙條，上面用鉛筆潦草地寫著：『看在上帝的份上，請趕快過來。珀西·特里維廉。』我們的醫生朋友寫這張紙條時，情況已經非常危險了。隨我來，親愛的朋友，事情很緊急。」

約一刻鐘後，我們再次來到醫生的寓所。他滿臉驚恐地跑出來迎接我們。

「啊，竟有這種事！」他雙手捂住太陽穴，大聲喊道。

「發生什麼事了？」

「布萊辛頓自殺了！」

福爾摩斯驚叫一聲。

「是的，他昨晚上吊自殺了。」

我們走進去，醫生領著我們走進了候診室。

「我實在不知道能做些什麼，」他大聲說道，「警察已經在樓上了。我真的被嚇壞了。」

「你是什麼時候發現的？」

「他每天一早都會讓人送一杯茶給他。大約七點鐘，當女僕走進房間時，這個不幸的人已經在房子中央上吊了。他把一根繩子掛在那盞笨重煤氣燈的鉤子上，然後就從昨天給我們看的那個箱子上跳下來。」

福爾摩斯站著沉思了片刻。

「如果你允許的話，」福爾摩斯終於說道，「我想上樓去調查一下。」

我們兩個向樓上走去，醫生緊跟在我們後面。

一進臥室，我們就看見了可怕的一幕。我曾說過布萊辛頓臉部的鬆弛肌肉讓人印象深刻。當他懸掛在鉤上不停搖晃時，那模樣更顯得誇張，看上去簡直不成人樣了。他的脖子被拉得像一隻拔了毛的雞脖子，相較之下，他身體的其他部分看起來更加臃腫和不自然。他只穿著一件長睡衣，那雙難看的腳和腫脹的腳踝從睡衣下僵直地伸了出來。屍體旁邊，站著一位相貌精明的警探，正在筆記本上作著記錄。

「啊，福爾摩斯先生，」我的朋友一進來，他便熱情地說道，「很高興見到你。」

「早安，藍諾爾，」福爾摩斯答道，「我相信，你不會把我看成一個不速之客吧？你有聽說導致此案發生的一些情況嗎？」

「對，我聽說過一些。」

「你有什麼看法？」

「依我看，這個人已被嚇得神智不清了。你看，他在這張床上睡了好一陣子，有很深的壓痕。你知道，自殺常常發生在早上五點鐘左右。這大概是他上吊的時間了。看來，他是經過深思熟慮才這樣做的。」

「從肌肉的僵硬程度判斷，我想他已經死了大約三個小時。」我說道。

「你注意到房間裡有什麼異常情況嗎？」福爾摩斯問道。

「在洗手盆上發現了一把螺絲起子和一些螺絲釘。看起來他晚上還抽了不少菸，這裡有我從壁爐上撿來的四個雪茄菸頭。」

「哈！」福爾摩斯說道，「你找到他的雪茄濾嘴了嗎？」

「沒有，我沒找到。」

「那麼，他的菸盒呢？」

「有，菸盒在他的外衣口袋裡。」

福爾摩斯打開菸盒，聞了聞裡面裝的一支雪茄。

「啊，這是哈瓦那菸，而壁爐臺上的這幾支是荷蘭從東印度殖民地進口的特殊品種。你知道，它們通常都包著稻草，並且比其他牌子的雪茄都要細長。」他拿起那四個菸頭，用他口袋裡的放大鏡仔細檢查著。

「其中有兩支菸是用菸嘴抽的，而另外兩支不是，」福爾摩斯說道，「兩個菸頭是用不太鋒利的小刀切下來的，另兩個

則是用一口好牙咬下來的。這不是自殺，藍諾爾先生，這是一件精心策劃的殘忍謀殺。」

「不可能！」警長大聲喊道。

「爲什麼不可能？」

「爲什麼這個人要用吊死這種笨拙的辦法來進行謀殺呢？」

「這正是我們需要查明的。」

「他們怎麼進來的呢？」

「從前門進來的。」

「可是早上門是上鎖的。」

「那是他們走後才鎖上的。」

「你怎麼知道的？」

「我看到了他們留下的痕跡。請稍等一會兒，我很快就能告訴你們進一步的情況。」

福爾摩斯走到門口，轉動門鎖，並且檢查了一遍。然後拔出從門背面插入的鑰匙，仔細檢查了一番。接著他又對床鋪、地毯、椅子、壁爐臺、屍體和繩索逐次進行了檢查，直到最終露出滿意的神情。在我和警長的協助下，我們割斷了繩子，把那個可憐的人安放在地上，然後蓋上床單。

「這條繩子從哪兒來的？」福爾摩斯問道。

「是從上面割下來的，」特里維廉醫生從床底拖出一大捆繩子，說道：「他非常害怕失火，總是把這個帶在身邊，以便在樓梯著火時用繩子從窗戶逃生。」

「這東西倒是幫了凶手不少忙，」福爾摩斯沉思著說道，「不錯，實際上案情非常清楚，如果到下午我還不能把案發原因告訴你，我將會非常驚訝。我要把壁爐臺上這張布萊辛頓的照片拿回去，因爲它對我的調查工作可能會有幫助。」

「可是你什麼也沒告訴我們啊！」醫生叫道。

「啊，整個案情的發展經過是再清楚不過的，」福爾摩斯說道，「這裡涉及三個人：那個年輕人、老人和第三個人，我還沒有找到有關第三者身分的線索。前兩個人，不用我說你們也知道，就是假扮俄羅斯貴族和他兒子的人，所以我們能夠非常完整地描述他們的長相。他們是被這個寓所中的一個同夥放進來的。如果我能給你一點建議的話，警長，那就應當逮捕那個僕人。據我所知，他是最近才到這裡來當差的，醫生。」

「那個小傢伙已經不見了，」特里維廉說道，「女僕和廚師剛才還在找他呢。」

福爾摩斯聳了聳肩。

「他在這齣戲裡扮演的角色並非無足輕重，」福爾摩斯說道，「這三個人是踮著腳尖走上樓的，那個老人走在前面，年輕人走在中間，最後則是那個來歷不明的人……」

「我親愛的福爾摩斯！」我忍不住喊了出來。

「啊，毫無疑問，他們是腳印疊著腳印走上去的，我可以識別出他們每一個人昨晚留下的腳印。他們上樓之後，走到布萊辛頓的門前，卻發現房門已經上鎖。於是他們用一根鐵絲去轉動裡面的鑰匙。即使不用放大鏡，你們也能從鎖孔裡的劃痕看出，他們是在什麼地方用的力。

「他們進到屋裡後，第一件事就是堵住布萊辛頓先生的嘴。他可能已經睡著了，或者可能被嚇癱了，喊不出聲來。這裡的牆很厚，可以想像，即使他能夠喊出一兩聲，也不會有人聽得見。

「很明顯，把他完全控制之後，他們進行了某種帶有司法性質的商議。商議一定持續了相當一段時間，因爲這期間，他們抽了幾支雪茄。老人坐在那張柳條椅上，他是用雪茄菸嘴抽菸。年輕人坐在那邊，他把菸灰倒在衣櫃的對面。第三個人在屋裡走來走去。我想，當時布萊辛頓是筆直地坐在床上，但這一點我還不能完全肯定。

「最後，他們抓住布萊辛頓，把他吊了起來。整件事都預先安排好了，我相信他們隨身帶來了某種滑輪，做成絞刑架。我想，那把螺絲起子和那些螺絲釘就是爲了固定滑輪用的。然而，當他們看見鉤子後，自然省了不少麻煩。完成後，他們就逃跑了，而他們的同夥隨後將門給鎖上。」

我們都懷著極大的興趣聽福爾摩斯解說昨晚案件的概況，這都是他從一些細微的跡象推導出來的，所以即便他爲我們指明了當時的情況，我們仍難以跟上他的思路。隨後，警長馬上跑去查找小聽差的下落，我和福爾摩斯則返回貝克街用早餐。

「我會在三點趕回來，」吃過飯以後，福爾摩斯對我說道，「警長和醫生到時要和我們在這裡會面，我希望能把這個案子裡一些還不清楚的小問題查清楚。」

我們的客人在約定的時間都到齊了，可是我的朋友直到快四點才露面。不過，從他進來時的表情就能看出，一切都進行得很順利。

「有什麼消息嗎？警長。」

「我們已經抓到那個僕人了，先生。」

「太好了，我也找到了另外幾個人。」

「你找到他們了！」我們三個人一同喊道。

「對，至少我已經弄清他們的身分了。正如我所料，那個所謂的布萊辛頓和他的仇家，在警察總署是大名鼎鼎的。那三個人的名字是畢德爾、海沃德和摩發特。」

「是搶劫沃新頓銀行的那夥人！」警長大聲說道。

「正是他們。」福爾摩斯說道。

「那麼，布萊辛頓實際上就是撒頓了。」

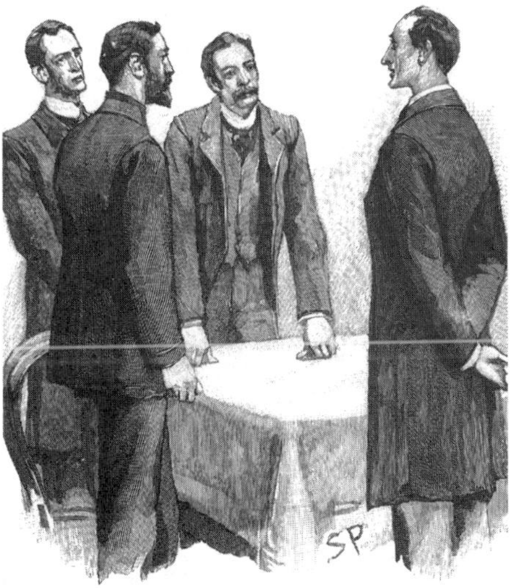

「一點也沒錯。」福爾摩斯說道。

「噯，這下就全部清楚了。」警長說道。

可是我和特里維廉卻面面相覷，對剛才的話感到迷惑不解。

「你們一定記得那椿沃新頓銀行搶案吧，」福爾摩斯說道，「涉案人員有五個人——除了這四個人，還有一個叫卡特萊特——他們害死了銀行守衛陀賓，搶了七千鎊逃走了。這是一八七五年發生的事。他們五個人全部被捕，但由於他們的犯罪證據不足而無法結案。這一夥搶劫犯中最壞的那個布萊辛頓，也就是撒頓，向警方告發了他們。由於他的作證，卡特萊特被判處絞刑，其餘三人每人被判了十五年徒刑。前幾天他們被提前釋放了，你們可以想見，他們一定下了決心要找到出賣他們的人，為死去的同夥復仇。他們試著找過他兩次，但都失敗了，你們看，第三次成功了。特里維廉醫生，還有什麼需要我進一步說明的？」

「我想你已經把一切都說得非常清楚了，」醫生說道，「毫無疑問，那天他之所以焦慮不安，就是因為他從報紙上得知那幾個人被釋放的消息。」

「完全不錯，他所說的盜竊案，只不過是為了掩人耳目。」

「可是他為什麼不把這件事告訴你呢？」

「啊，我親愛的先生，他知道他的那些同夥報復心很強，所以盡可能向所有人隱瞞自己的身分。他的祕密是可恥的，他不可能把它洩漏出來。他雖然卑鄙，卻依然生活在英國法律的保護之下，警長，毫無疑問，你可以看到，儘管那個保護罩沒有起到保護作用，正義的劍依然會爲他復仇的。」

這就是關於那個住院病人和布魯克街醫生的案例。從那一夜起，警察再也找不到那三個凶手的影子。蘇格蘭場推測，他們混在乘客中，乘坐那艘不幸的「諾拉克列納」號輪船逃跑了。數年前，那艘船和全體船員在葡萄牙海岸距波爾圖以北數十海里的地方遇難。對那個小聽差的起訴則因證據不足而無法成立，而這件被稱爲布魯克街疑案的案件，到現在爲止都沒有在任何報刊上詳細報導過。

第九篇　希臘譯員

在我和夏洛克．福爾摩斯長期的密切交往中，很少聽他提到他的親屬，也極少聽他談起自己早年的生活。他這種沉默寡言的性格，使他更顯得不近人情，甚至有時我會把他看作一個孤僻的怪人，一個有心無情的人，雖然有超群的智力，卻缺乏人類的感情。他不喜歡接近女人，也厭惡結交新朋友，這些都體現他不易動感情的典型性格，尤其是他閉口不談他的家人。因此，我開始認爲他是個無親無故的孤兒，可是有一天，讓我感到吃驚的是，他竟向我提起了他的哥哥。

一個夏天的傍晚，喝完茶後，我們開始東拉西扯地閒談起來，從高爾夫球俱樂部談到黃赤交角變動的原因，最後談到返祖問題和遺傳現象，討論的重點是：一個人的非凡才能有多少是來自祖先的遺傳，又有多少要歸功於他早期接受的訓練。

「就拿你來說，」我說道，「從你對我說過的所有事情來看，似乎很明顯，你的觀察本領和非凡的推理能力，都來自你自己的系統性訓練。」

「某種程度上可以這樣說，」福爾摩斯若有所思地說道，「我祖父輩是鄉紳，他們看起來就過著屬於自己那個階級的普通生活。不過，我這種個性依然是我血統中固有的。我的祖母可能就有這種血統，因爲她是法國藝術家居爾內的妹妹。血液中的這種藝術成分很容易帶有最奇異的遺傳形式。」

「可是你怎麼知道這是遺傳得來的呢？」

「因爲我哥哥麥克洛夫特的推理能力比我更強。」

對我來說，這還眞是一件新聞。假如英國還有另一個擁有如此非凡才能的人，爲什麼警署和公眾卻從未聽說過呢？我只好說可能是因爲我朋友謙虛，所以才承認有一個比他還強的哥哥。聽我這樣說，福爾摩斯笑了起來。

「我親愛的華生，」福爾摩斯說道，「我並不贊同有些人把謙虛列爲美德的說法。對邏輯學家來說，所有的事物都應當被正確地看待，低估自己的能力和誇大自己的才能一樣，都是與眞理背道而馳的。所以，我說麥克洛夫特擁有比我更強的觀察能力，你就應該相信我所說的都是毫不誇張的實話。」

「你哥哥比你大幾歲？」

「比我大七歲。」

「他爲什麼不出名呢？」

「噢，他在他自己的圈子裡是很具知名度的。」

「那麼，是在哪裡呢？」

「噢，比如說，在第歐根尼俱樂部裡。」

我從未聽過這個地方，我臉上的表情一定也流露出這個疑問，所以福爾摩斯摘下手錶，說道：

「第歐根尼俱樂部是倫敦最古怪的俱樂部，而麥克洛夫特也是個最古怪的人。每天的下午四點四十五分到七點四十分，他總是待在那裡。現在是六點鐘，如果你願意在這美妙的晚上出去走走，我會很高興介紹這兩個『古怪』給你。」

五分鐘以後，我們來到了街上，朝雷根斯圓形廣場方向走去。

「你一定想知道，」我的朋友說道，「爲什麼麥克洛夫特不把他的這種才能用於偵探工作呢？實際上，他是不可能當偵探的。」

「可我認爲你說……」

「我說過他在觀察和推理方面比我強。假如偵探這門藝術只需要坐在扶手椅上就可完成推理，那麼我哥哥一定是前所未有的大偵探了。可是他既沒有做偵探的打算，也沒有這種精力。他寧願讓人認爲是錯誤的，也不願動身去證實自己推論的正確性。我曾多次向他請教一些難題，從他那裡得到的解釋，後來證明都是正確的。不過，他完全無法在一件案子交給法官或陪審團之前，提出確鑿有力的證據。」

「那麼，他的職業不是偵探了？」

「絕對不是。偵探工作對我來說是謀生的手段，對他只不過是業餘愛好而已。他對數學非常精通，經常在政府各部門查賬。麥克洛夫特住在貝爾梅爾街。他每天步行上班，拐個彎就能到白廳了，他早出晚歸，年年如此，從來沒參加過其他活動，也不去別的地方，唯一的去處就是他住所對面的第歐根尼俱樂部。」

「我想不起有俱樂部叫這個名字。」

「你不知道是正常的。倫敦有許多人，他們有的生性羞怯，有的憤世嫉俗，甚至不願意與朋友在一起，可是他們並不反對坐在舒適的椅子上，看看最新的期刊。因爲這個原因，第歐根尼俱樂部便應運而生了。現在，這裡聚集的都是城裡最孤僻和最不善交際的人。會員之間不允許互相搭話，除了在會客室外，任何情況下都不准許交談，如果被俱樂部委員會發現犯規三次，談話者就會被開除。我哥哥是俱樂部的發起人之一，我自己也覺得這個俱樂部有一種很寬心的氣氛。」

從詹姆斯街盡頭轉過去，談話之間，我們已來到貝爾梅爾街。福爾摩斯停在離卡爾頓大廳不遠的一個門口，囑咐我不要說話，領著我走進了大廳。我透過門上的玻璃看到一間寬敞豪華的房間，裡面有很多人，每個人都待在自己的座位上看報紙。福爾摩斯把我帶進一間房間，從房間裡面可以看到貝爾梅爾街，然後讓我自己待了一會兒，他很快領著一個人回到了房間。我想這一定就是他哥哥了。

麥克洛夫特·福爾摩斯看起來比他弟弟高大強壯得多。他的身材魁梧，臉型雖然很大，但依稀可以看出有他弟弟特有的那種敏銳表情。他明亮的雙眼呈淡灰色，顯得非常有神，似乎總是在思考著什麼，這種神情我也只有在夏洛克全神貫注時才看得到。

「很高興見到你，先生，」他說著，伸出一隻海豹掌般肥碩的手來，「自從你爲夏洛克立傳後，他名聲大噪。順便說一下，夏洛克，上週我還等著你來找我商量那件莊園主住宅案呢，我想你可能有點力不從心了吧。」

「不，我已經把案子破了。」我的朋友笑著說道。

「當然，案件是亞當斯所爲。」

「不錯，是亞當斯幹的。」

「從一開始我就確信是他做的，」兩個人一起在俱樂部的窗旁坐下來，「對一個要想研究人類的人來說，這是最好的地方，」麥克洛夫特說道，「比方說正朝著我們走來的那兩個人吧！他們就是非常好的典型！」

「你是說那個撞球記分員和他身旁的那個人嗎？」

「不錯，你知道那個人是做什麼的嗎？」

這時，那兩個人在窗戶對面停了下來。我可以看出，他們其中有一個人的背心口袋上有粉筆的痕跡，這是打撞球的跡象。另一個人則是身材瘦小，皮膚黝黑，帽子戴在後腦門上，腋下還夾著好幾個小包。

「我想他是一個老兵。」夏洛克說道。

「而且是剛退伍的老兵。」他哥哥說道。

「他看起來在印度服役。」

「還是個軍官。」

「可能是皇家炮兵隊的。」夏洛克說道。

「他是鰥夫。」

「不過有一個孩子。」

「不只一個孩子，我親愛的弟弟，他的孩子可不只一個。」

「好啦，」我笑著說道，「這有點太過火了。」

「可以肯定，」夏洛克答道，「從他威風凜凜的神情，風吹日曬的皮膚，不難看出他是一個軍人，而且不是一個普通的士兵；以及他剛從印度回來。」

「由於他仍穿著那雙所謂的炮兵靴子，這說明他退伍的時間不長。」麥克洛夫特說道。

「他走路的姿勢不像是騎兵，其中一邊眉毛上的膚色較淺，這表明他常斜戴帽子。而他這樣的體重又不能做工兵，所以說他是炮兵。」

「還有，他萬分悲傷的神情說明他失去了某個最親愛的人。從他自己出來購物的情況來看，他應該失去了妻子。你看，他買的東西是給孩子的。那是一個撥浪鼓，說明其中一個孩子很小，他妻子可能在分娩後就死了。他腋下夾著一本童書，這說明他還掛念著另一個孩子。」

我這才明白，爲什麼夏洛克．福爾摩斯說他哥哥比他擁有更加敏銳的觀察力了。夏洛克微笑著瞅了我一眼。麥克洛夫特從一個玳瑁匣中取出鼻菸，用一塊大紅絲巾把落在上衣的菸灰拭去。

「順便說一下，夏洛克，」麥克洛夫特說道，「我這裡有個很不尋常的問題正在著手判斷，但我實在沒有精力去完成它，只得停留在半途，可是它的確帶給我一些愉快的推理過程。如果你願意瞭解一下這件事的狀況……」

「我親愛的麥克洛夫特，我非常願意。」

他的哥哥從筆記本上撕下一頁紙，潦潦草草地寫下幾個字，按了按鈴，把紙條交給了侍者。

「我已經叫人去把梅拉斯先生請到這裡來，」麥克洛夫特說道，「他就住在我樓上，我和他還算熟，他遇到困惑的問題時，總是來找我。據我所知，梅拉斯先生具有希臘血統，而且是一位著名的語言學家。他的生活收入有部分是靠充當法院裡的譯員，有部分是靠幫那些住在諾森伯蘭街旅館的富有東方人做嚮導。我看還是讓他自己講一下他的奇怪遭遇吧。」

幾分鐘後，來了一個矮小粗壯的人，他那橄欖色的臉龐和漆黑的頭髮說明他是一個南方人，但他說話的語氣卻像個富有教養的英格蘭人。他熱情地和夏洛克·福爾摩斯握手，當他聽見這位專家說很想聽聽自己經歷的事情，那雙黑色的眼睛立刻發出了喜悅的光芒。

「我不知道警察會不會相信我說的話，」他悲切地說道，「就是因爲他們以前沒有聽過這種事，才會認爲這種事不可能發生。可是我知道，除非我搞懂那個臉上貼著橡皮膏的可憐人遭遇了什麼事，否則我是絕不會放心的。」

「我願意傾聽。」夏洛克·福爾摩斯說道。

「現在是星期三晚上，」梅拉斯先生說道，「啊，那麼，這件事是在星期一夜晚，你知道，也就是兩天前發生的事了。我是一個譯員，可能我的鄰居已經告訴過你們：我能翻譯所有的語言——或者說幾乎所有的語言——但由於我出生在希臘，而且名字也是希臘文，所以我主要是翻譯希臘文。多年來，我在倫敦一直是個很出名的希臘譯員，我的名字在各家旅館是眾所周知的。

「當外國人遇到困難，或是旅客抵達得太晚，往往會在不尋常的時段來請我幫忙做翻譯，這是常有的事。因此，星期一晚上，一位衣著時髦的年輕人拉蒂默先生上門來找我，要我陪他乘坐等在門口的馬車外出，對此我並不感到奇怪。他說，有一位希臘朋友因事來這裡找他，而他只會講自己的母語，因此只好請一位譯員。他告訴我他家離這裡不算太遠，住在肯辛頓，他看起來異常匆忙，我們一來到街上，他就急忙把我推到車內。

「我坐進車中，但很快就產生了懷疑，因爲我發現這不是一輛普通的四輪馬車。這輛馬車的內部空間比倫敦那種普通四輪馬車大得多，雖然裡面的裝飾有些磨損，但仍是很講究。拉蒂默先生坐在我對面，我們經過了查林十字街，轉入薩夫茨伯里大街，又來到牛津街。我正想冒昧地提醒他，去肯辛頓走這條路是繞遠了，可是當我看到這位同行者的奇怪舉動，我的話又吞了下去。

「他從懷裡取出一根外形可怕、灌了鉛的大頭短棒，前後晃了晃，似乎在檢驗它的分量和威力，然後一言不發地把它放在身旁座位上，接著關好兩邊的窗戶。讓我感到吃驚的是，我發現車窗上都貼著紙張，好像是爲了防止我向外面看。

「『很抱歉，擋住了你的視線，梅拉斯先生，』他說道，『實際上我不想讓你看到我們要去的地方。如果你能找到回來的路，那我就有麻煩了。』

「你們可想而知，他這番話使我大吃一驚。與我同車的這人是個體格強壯的年輕人，即使他沒有武器，要與他搏鬥，我也毫無勝算。

『你的行爲十分過分，拉蒂默先生，』我結結巴巴地說道，『你很清楚你這樣做是完全違法的。』

『不錯，這樣做是有些失禮，』他說道，『但是我們會給你補償的。不過，我必須警告你，梅拉斯先生，今晚無論何時，如果你試圖報警或做出任何對我不利的事，你會發現後果是很嚴重的。我提醒你，沒有任何人知道你在哪裡，同時，不論在這輛馬車裡或是在我家中，你都在我的掌握之中。』

「他說話時雖然心平氣和，可是語音刺耳，極具威脅意味。我默不吭聲地坐在那裡，心中納悶究竟是什麼原因，讓他要用這種奇怪方式來綁架我。但無論怎樣，眼前明擺著我的反抗是沒有用的，我只有等著，看看會發生什麼事情。

「我們趕了約兩個小時的路，而我絲毫不知要去哪裡。有時馬車發出『咯咯』的聲音，說明是走在石板路上，有時又覺得平穩無聲，說明是走在柏油路上。除了聽得出聲音的變化之外，沒有任何線索能告訴我現在身處何地。車窗被紙遮得透不進光，前面的玻璃也拉上了藍色的窗簾。我們離開貝爾梅爾街時是七點一刻，而最後當我們停下車時，我的錶顯示已經快九點了。同行者打開了窗玻璃，我看到了一個低矮的拱門，上面點著一盞燈。我急忙跳下馬車，門打開了，我進入院內，隱約還記得看到了一片草坪，兩邊都是樹。我不敢貿然確定這究竟是私人庭院，還是我來到了眞正的鄉下。

「大廳裡面點著一盞彩色煤油燈，火焰很小，除了看到房子很大，裡面掛著許多圖畫，其他我什麼也看不見。在暗淡的燈光下，我看出那個開門的人是個身材矮小的中年人，雙肩向前傴僂著。他向我們轉過身來，藉著光線，我這才看出他戴著眼鏡。

『是梅拉斯先生嗎，哈樂德？』他說道。

『是的。』

『這事做得好，做得好！梅拉斯先生，我們並無惡意，可是沒有你，我們就無法繼續下去。如果你眞心爲我們辦事，你是不會後悔的，如果你要耍什麼花招，那就祈求上帝保佑你吧！』他說話時神情緊張、聲音顫抖，不時乾笑幾聲，但不知什麼緣故，總讓我覺得他比那個年輕人更可怕。

『你要我做什麼？』我問道。

『只是要你向拜訪我們的那位希臘紳士問幾個問題，並讓我們知道他是怎麼回答的。不過，我們叫你說什麼你就說什麼，不許多說，否則……』他又發出讓人不安的乾笑，『否則，你會寧願自己沒有出生。』

「他說著打開了門，把我領進一個房間，裡面裝飾得很華麗，不過也只點了一盞很小的燈。這個房間的確很大，我走進房間時，雙腳踩在軟綿綿的地毯上，說明它布置得很奢侈。屋裡還有一些絲絨面軟椅，一個高大的白色大理石壁爐臺，旁邊好像還放著一副日本鎧甲，燈的正下方有一把椅子，那個年紀大些的人示意我坐下。年輕人走了出去，但很快又從另一個門返回，領著一個身穿寬大睡衣的人，慢慢朝我們走過來。當他走到昏暗的燈光下，我才看清他的容貌，頓時把我嚇得毛骨悚然。他的臉色極其蒼白，異常瘦弱，兩隻明亮而凸出的大眼睛，表明他體力雖然不支，精力卻還充沛。他看上去不僅身體虛弱，更讓我吃驚的是他臉上橫七豎八地貼著奇形怪狀的橡皮膏，嘴巴也被一大塊橡皮膏封死了。

「『石板拿來了嗎，哈樂德？』看到那個怪人癱倒在椅子上，年紀大的人喊道：『他的手鬆開了嗎？好，那麼，給他一支筆。梅拉斯先生，請你問他一些問題，讓他把答案寫下來。首先，問他是否準備在文件上簽字了？』

「那個人雙眼冒出怒火。

「『不！』他用希臘文在石板上寫道。

「『不能商量一下嗎？』我按照那惡棍的吩咐問道。

「『除非我親眼看見她在我認識的希臘牧師作證下結婚。』

「那個年長的傢伙惡狠狠地笑著說道：『那麼，你知道這樣你的下場會如何嗎？』

「『我什麼都不在乎。』

「上面這些問答只是我們之間說寫並用的奇怪談話的一小部分，我不得不反覆問他是否願意妥協讓步，在文件上簽字；始終都是得到憤怒的回答。我很快就想到一個不錯的方法。我在每個問題後面都加上一小句話，先是一些無關緊要的話，爲的是想測試在座那兩個人能不能了解。後來，我發現他們對此沒有任何反應，便放心地大膽問了起來。我們的談話過程大致是這樣的：

「『這樣固執下去對你沒什麼好處。你是誰？』

「『我不在乎。我在倫敦是個異鄉人。』

「『你的命運掌握在你自已手中。你來這裡有多久了？』

「『隨便怎樣都行。三個星期了。』

「『這財產再也不屬於你了。他們怎麼折磨你的？』

「『絕不能讓它落到惡棍的手裡。他們不給我飯吃。』

「『只要你簽字就能重獲自由。這是一所什麼宅邸？』

『我絕不會簽字。我不知道。』

『你這樣做對她沒有好處。你叫什麼名字？』

『我要聽她親自這樣說才相信。克來第特。』

『如果你簽字的話，就能見到她了。你從哪裡來的？』

『那我只好不見她。雅典。』

「只要再給我五分鐘，福爾摩斯先生，我就能把整個事情打探清楚。然而，偏偏這個時候，門打開了，一個女人走了進來。我看不太清楚她的容貌，只覺得她身材修長，體態優美，烏黑的頭髮，穿著寬鬆的白色睡衣。

『哈樂德，』那女子的英語口音不甚標準，『我再也不願待下去了。這裡太偏僻了，只有……啊，我的天哪，這不是保羅嗎？』

「她最後這句話說的是希臘語，那人拚死努力撕下嘴上封的橡皮膏，尖聲叫喊著：『索菲！索菲！』撲到了女人懷裡。然而，他們只擁抱了

片刻，年輕人便抓住那女人，把她推出門外。年長者則毫不費力地抓住那瘦弱的受害者，把他從另一個門拖了出去。這時只有我留在房間裡，我突然站起身來，產生了一個模糊的想法：我應當設法找一些線索，看看我究竟身在何處。不過，幸好我沒有這樣做，因爲我抬頭一看，那個年長者正站在門口，眼睛死盯著我。

「『就這樣吧，梅拉斯先生，』他說道，『你看，我們很信任你，才請你參與了一些私事。原本我們有一個會講希臘語的朋友，開始是由他幫我們進行談判的；但他因有事不得不回東方去，否則我們是不會打擾你的。我們很需要找個人來代替他的位置，聽說你的翻譯水準很高，我們感到很幸運。』

「我點了點頭。

「『這裡有五英鎊，』他向我走過來，說道：『我想當酬金已經足夠了。不過請記住，』他輕輕拍了拍我的胸膛，獰笑著補充說道：『如果你把這事透露出去——記住了，只要有一個人知道了——那就讓上帝保佑你的亡魂吧！』

「我無法向你說明這個人讓我感到何等的厭惡和恐懼。現在燈光照在他身上，我把他看得更清楚了。他面色灰黃，臉形尖瘦，一小撮鬍鬚又細又稀，說話時習慣把臉向前伸，嘴唇和眼瞼不住地顫動，就像一個舞蹈病患者。我不禁想到他那詭詐的笑聲也是一種神經病的症狀。然而，他臉上更讓人感到恐懼的還是那雙眼睛，鐵青發灰，眼窩深處閃爍著冷酷、惡毒、凶殘的光芒。

「『如果你把這件事說出去，我們遲早會知道的，』他說道，『我們有辦法得到消息。現在外面候著一輛馬車，由我的夥伴送你回去。』

「我急忙走出前廳坐上了馬車，又看了一眼樹木和花園，拉蒂默先生緊緊跟在我身後，一言不發地坐在我對面。我們就這樣默不作聲地行駛了一段漫長的路程，車窗依然遮著，直到過了半夜，車終於停了下來。

「『請你在這裡下車，梅拉斯先生，』我的同行者說道，『很抱歉把你放在離家這麼遠的地方，可是我別無選擇。如果你要跟蹤我們的馬車，那就是自找苦吃了。』

「他說著便打開車門，我剛跳下車，車夫便揚鞭策馬，馬車疾駛而去。我驚恐地四處張望，發現我置身於荒野，四下是黑黝黝的灌木叢。遠處有一排房屋，窗戶裡閃著燈光；另一邊則是鐵路的紅色信號燈。

「把我載到這裡的那輛馬車已經消失在遠方。我站在那裡環顧四周，想弄清究竟身在何方，黑暗中我發現有人正向我走來。等他走到我跟前，我才認出他是一名鐵路搬運工。

『你能告訴我這裡是什麼地方嗎？』我問道。

『這裡是伍茲沃斯荒地。』他說道。

『這裡有到城裡的火車嗎？』

『你可以步行一英里左右到柯拉朋中心車站，』他說道，『正好可以趕上前往維多利亞車站的末班車。』

「這就是我整個冒險的經歷。福爾摩斯先生，除了我剛跟你說的事情之外，我既搞不清究竟到了何處，也不知和我談話的是何人，其他情況也一概不知。不過我知道那裡正發生著不公平的事情。如果有可能，我一定要幫助那個不幸的人。第二天早上，我把整個事情都告訴了麥克洛夫特．福爾摩斯先生，隨後就向警方報了案。」

聽完這段離奇曲折的故事，我們坐在那裡沉默了好一會兒。後來夏洛克望向他哥哥。

「有什麼進展了嗎？」夏洛克問道。

麥克洛夫特從靠牆的桌上拿起一張《每日新聞》，上面有這樣一段話：

今有名叫保羅．克來第特的希臘紳士，自雅典來此，不諳英語；另有一名叫索菲的希臘女子；兩人均告失蹤，若有人告知其下落，當有重謝。X二四七三號。

「各家報紙都登載了這則廣告，至今仍無回音。」麥克洛夫特說道。

「希臘使館知道了嗎？」

「我問過了，他們毫不知情。」

「那麼，向雅典警察總部發過電報嗎？」

麥克洛夫特轉身對我說：「夏洛克是我們家中精力最充沛的，好！你要想盡一切辦法查清這件案子。如果有什麼好消息，請告訴我一聲。」

「當然了，」我的朋友從椅子上站起身來，答道：「我一定通知你，也會讓梅拉斯先生知道。在此期間，梅拉斯先生，如果我是你，我會特別注意，因爲他們一看到這些廣告，就一定知道你出賣了他們。」

在我們一起步行回家的路上，福爾摩斯在一家電報局停了下來，發了幾封電報。

「你看，華生，」福爾摩斯說道，「今晚我們可沒有虛度時光。我處理過的許多案子就是這樣透過麥克洛夫特轉到我手上的。我們剛剛聽說的這個案子，雖然只能有一種解釋，但仍有一些特別之處。」

「有破案的希望嗎？」

「啊，我們已經瞭解了這麼多的情況，如果還不能找到其他線索，那倒眞是件怪事呢。對我們剛才聽到的情況，你自己一定也有些能付諸解釋的想法吧。」

「對，不過思路不太清楚。」

「那麼，你怎麼想這件事呢？」

「我認爲，很明顯是那個叫哈樂德．拉蒂默的英國青年拐騙了那位希臘姑娘。」

「從什麼地方拐騙來的？」

「或許是雅典吧。」

夏洛克．福爾摩斯搖搖頭，說道：「那個青年根本不會講希臘語，而那個女子的英語講得還算不錯。由此可以推斷——她已經在英國待了相當一段時間了，而那青年卻從未到過希臘。」

「好，我們可以假設她是來英國一遊，而那個叫哈樂德的人說服她和自己一起逃走。」

「這倒是很有可能。」

「然後她哥哥——我想他們一定是親屬關係——從希臘來干涉這件事。由於太過魯莽，他落入了那個年輕人和他的老同夥手中。他們抓住了他，用武力強迫他在一些『文件』上簽字，以便把那姑娘的財產轉讓給這二人。而她哥哥可能是這筆財產的託管人，對此他一口回絕。爲了和他進行談判，這兩個人只好去請一個翻譯員，並且選中了梅拉斯先生，這之前可能還用過其他翻譯員。事先姑娘並不知道她哥哥到來的事，是出於偶然才發現的。」

「非常好！華生，」福爾摩斯大聲說道，「我確實認爲你的分析離事實不遠了。你看，我們已經穩操勝算了，唯一擔心的是他們會突然使用暴力。只要他們留給我們一些時間，我們一定能把他們捉拿歸案。」

「可是我們怎樣才能找到那間住宅呢？」

「啊，如果我們推測得沒錯，而那個姑娘的名字叫索菲．克來第特，或者過去她曾用這個名字，那我們就不難找到她。我們主要把希望寄託在她身上，因爲她哥哥畢竟是個完全的陌生人。很明顯，哈樂德與那姑娘搭上關係已經有一段時間──至少幾星期了，因爲她哥哥在希臘聽到消息並趕到這裡來，也需要一些時間。如果這段時間裡他們一直待在同樣的地點，那我們就很有可能收到一些回覆麥克洛夫特廣告的消息。」

不久我們回到了貝克街的寓所。福爾摩斯先走上樓去，他一打開房門就吃了一驚。我從他肩上望過去，同樣也嚇到了。原來他哥哥麥克洛夫特正坐在扶手椅上抽菸呢。

「進來！夏洛克。請進，先生，」麥克洛夫特看著我們吃驚的臉色，笑容可掬地說道，「你沒想

到我有這麼大的精力，是嗎？夏洛克。可是不知何故，這件案子很吸引我。」

「你怎麼過來的？」

「我坐馬車，比你們先到一步。」

「有什麼新進展嗎？」

「我的廣告有回應了。」

「啊！」

「是的，你們剛走幾分鐘就來了回音。」

「有什麼結論嗎？」

麥克洛夫特．福爾摩斯取出一張紙來。

「看一下這個，」他說道，「信是一個中年人寫的，用的是寬尖鋼筆，寫在淡黃色印刷紙上，而且看起來寫這封信的人的身體很虛弱。

先生：

看了你們今天所登的廣告，特通知你們。我對這個女孩的情況非常瞭解，如果你們能來找我，我會詳細告訴你們她的悲慘遭遇。她現在住在貝克納姆的莫特爾茲。

你忠實的J．達文波特

「他這封信是從下布里克斯頓寄來的，」麥克洛夫特．福爾摩斯說道，「夏洛克，我們現在何不乘車去找他，瞭解一下這方面的詳情？」

「我親愛的麥克洛夫特，救哥哥的性命比瞭解他妹妹的情況更加重要。我認爲應當立即到蘇格蘭場找警長葛萊森，和他一起去貝克納姆。我們知道，那人的性命危在旦夕，現在正是生死攸關的時候！」

「最好順便帶上梅拉斯先生，」我提議道，「我們可能需要一個翻譯。」

「好極了，」夏洛克．福爾摩斯說道，「吩咐男僕快去找一輛馬車，我們要立刻出發。」他一邊說著，一邊打開桌子的抽屜，我看見他把手槍塞到衣袋裡。「不錯，」他見我正在看他，便說道，「就我們瞭解的情況來看，可以說我們正在和一夥極其危險的綁匪打交道。」

我們趕到貝爾梅爾街的梅拉斯先生家時，天已全黑了。聽說剛剛來了一位紳士把他帶走了。

「你能告訴我們他去哪兒了嗎？」麥克洛夫特．福爾摩斯問道。

「我不知道，先生，」開門的婦女答道，「我只知道他和那位紳士乘一輛馬車走了。」

「那位紳士有通報姓名嗎？」

「沒有，先生。」

「他是不是一個長得很高，英俊的黑臉年輕人？」

「啊，不是的，先生。他個子不大，戴著眼鏡，面容削瘦，不過他性格爽朗，因爲他說話時一直在笑。」

「快隨我來！」夏洛克．福爾摩斯突然喊道，「事情變嚴重了，」在我們趕往蘇格蘭場時，他說道：「那幾個人再次綁架了梅位斯。他們前晚就知道梅拉斯是個沒有膽量的人，那惡棍只要一出現在他面前，就能嚇倒他。毫無疑問，那幾個人是要他做翻譯，不過利用完他後，他們可能會殺人滅口，因爲他已經走漏消息了。」

我們希望搭乘火車可以盡快趕到貝克納姆，至少要比馬車到得早一點。然而，我們到蘇格蘭場後，花了一個多小時才找到葛萊森警長，並辦完進入私宅的法律許可手續。九點三刻，我們趕到了倫敦橋，十點半我們四個人到達貝克納姆火車站，又坐了半英里的馬車，才來到莫特爾茲——這是一間陰森森的大宅院，背對著公路。我們先把馬車打發走，然後沿車道一起向前走去。

「窗戶都是黑的，」警長說道，「看來這間宅院不像有人居住。」

「鳥兒已經飛走，鳥巢空空如也，」夏洛克．福爾摩斯說道。

「你爲什麼這樣說呢？」

「一輛載滿行李的馬車剛剛離開，還不到一個小時。」

警長笑了笑，說道：「我看到大門燈光下有一道車轍，可這跟行李有什麼關係？」

「你看到的可能是同一輛車向另一方向去的車轍。可是這向外駛去的車轍卻非常深——因此我們可以確信，車上裝了很重的行李。」

「你看得比我仔細，」警長聳了聳肩，說道：「我們很難從這道門強行闖入，不過我們可以試著敲敲門，看看有沒有人回應。」

警長用力敲打著門環，又拚命按鈴，可是沒有任何動靜。夏洛克·福爾摩斯走開了，幾分鐘後又返了回來。

「我已經打開了一扇窗戶。」夏洛克·福爾摩斯說道。

「幸好你同意強行闖入，而不是反對，福爾摩斯先生，」警長看見我的朋友這麼機靈地強行拉開窗門，說道：「好，我想在這種情況下，我們只有不請自入了。」

我們相繼從窗戶跳進一間大房間，很明顯，這是梅拉斯先生上次來過的地方。警長點亮了提燈，借助燈光，我們看到了兩扇門、窗簾、燈和一副日本鎧甲，正如梅拉斯對我們描述的一樣。桌上放著兩個玻璃杯，一個空白蘭地酒瓶和一些殘羹。

「那是什麼聲音？」夏洛克·福爾摩斯突然問道。

我們都靜靜站在那裡，仔細傾聽著，頭頂上傳來一陣低微的呻吟聲。夏洛克·福爾摩斯快速衝向門口，跑進前廳。這淒涼的聲音是從樓上傳來的。他跑上樓去，警長和我緊隨其後，他哥哥麥克洛夫特雖然塊頭很大，也盡快趕了上來。

上了二樓，面向我們的是三道房門，那不幸的聲音從中間那扇門傳出來的，有時低如囈語，有時高聲哀號。門是鎖著的，鑰匙卻留在門外。夏洛克·福爾摩斯迅速打開門衝了進去，不過馬上又退了出來，手還按在喉嚨上。

「裡面正在燒炭，」夏洛克·福爾摩斯喊道，「稍等一會兒，毒氣就會散的。」

我們向裡面張望，只見房間正中央有一個小銅鼎，裡面冒著暗藍色的火焰，在地板上投射出一圈青灰色的光芒，我們在暗影中只看到兩個模糊的人影，他們蜷縮在牆邊。從打開的門口冒出一股可怕的毒氣，把我們嗆得咳嗽不止。夏洛克·福爾摩斯跑到樓梯頂吸了一口新鮮空氣，然後衝進室內，打開窗戶，把銅鼎用力扔到花園。

「我們馬上就可以進去了，」夏洛克·福爾摩斯又飛快地跑出來，氣喘吁吁地說道：「蠟燭在哪裡？我看在這樣的空氣裡不一定點得著火柴。麥克洛夫特，現在你拿著燈站到門口，我們進去救他們出來！」

我們衝到兩個中毒者的身旁，把他們拖到燈光明亮的前廳。他們都已不省人事，嘴唇發青，面部腫脹、充血，雙眼突出。他們的容貌扭曲得厲害，要不是那把黑鬍子和肥胖的身

形，我們很難辨認出他就是那位希臘譯員，他幾個小時以前才從第歐根尼俱樂部和我們分手。他連手帶腳被人捆了個結結實實，一隻眼睛上還有遭毒打的傷痕。另一個人和他一樣被捆綁著，身材高大，但已經瘦弱得不成樣了，臉上散布著一些奇形怪狀的橡皮膏。我們把他放下時，他已經停止了呻吟，我掃了他一眼，就知道我們來得太遲了。然而，梅拉斯先生仍然活著，我們借助阿摩尼亞和白蘭地，不到一個小時，就看到他睜開眼睛。我很欣慰，因爲我知道已經把他從死亡的深淵中救回來了。

梅拉斯只是向我們簡單講了一下事情經過，這證實我們的推理是正確的。去找他的那個人進屋後，從衣袖抽出一支護身棒，威脅要立刻處死他，就這樣，梅拉斯再次被人綁架了。確實，那個獰笑的暴徒在這位可憐的語言學家身上產生的威懾是無法抗拒的，因爲那位譯員被嚇得面如土色，雙手顫抖，一句話也說不出來。他很快被帶到了貝克納姆，在第二次會談中充當譯員，這次會談甚至比第一次更有戲劇性，那兩個英國人威脅他們的囚犯，如果不滿足他們的要求，就會立刻殺死他。後來見他始終不肯屈服，他們只好把他重新囚禁起來。然後，他們指責梅拉斯在報紙上刊登廣告，出賣了他們，用棒子把他打昏過去。之後梅拉斯就失去知覺，直到我們救了他。

這就是那件希臘譯員的奇案，此案至今仍存在一些未解之謎。我們聯繫了回覆廣告的那位紳士，發現那位不幸的年輕女子出身於一個希臘的富有人家，她到英國來訪友。在這裡她遇見了一個叫哈樂德·拉蒂默的年輕人，這個人獲取了她的芳心，最終說服她一同遠走高飛。她的朋友聽到這件事後大爲吃驚，便急忙通知她住在雅典的哥哥，以證明自己跟此事無關。她哥哥來到英國後，一不小心落入了拉蒂默和他那名叫威爾遜．肯普的同夥手中——肯普是一個聲名狼藉的傢伙。那兩個人發現他語言不通又無親無故，便把他囚禁起來，用毒打和饑餓迫使他簽字，想奪走他和他妹妹的財產。他們把他關在宅院，並瞞著姑娘，他們在他臉上貼了許多橡皮膏，目的是讓姑娘即使見到哥哥也認不出來。然而，當譯員來訪時，由於女性的敏感，她第一眼見到哥哥，就立刻看穿了僞裝。不過，這可憐的姑娘自己也是被囚禁的人，因爲在這間宅院裡，除了那馬車夫夫婦兩人之外別無他人，而馬車夫夫婦都是這兩個同謀者的死黨。兩個惡棍知道他們的祕密已經敗露，而被囚禁者又不願屈服，只好攜帶姑娘逃離了那間宅院。這間傢俱齊全的住宅是他們花錢租用的。當然，他們要報復那個違抗他們的人和那個背叛他們的人。

幾個月後，我們收到一份從布達佩斯報紙上剪下來的新聞，上面說兩個英國人攜一婦女同行，突遇慘禍，兩名男子被人刺死。匈牙利警署認爲是他們反目成仇，自相殘殺身亡。然而，夏洛克．福爾摩斯卻有自己不同的想法，至今他仍然認爲，假如能找到那位希臘姑娘，就會知道她是怎樣爲她哥哥和自己復仇的。

第十篇　海軍協定

我結婚那一年的七月非常值得紀念，因爲當時我有幸與福爾摩斯合作，聯手偵破三件大案子，也有幸研究了他的推理方法。它們均記載於我的筆記，案件標題是：《第二塊血跡》、《海軍協定》和《疲倦的船長》。然而，第一個案件所涉及的事情非常重大，並且牽連到許多顯貴的王室家族，以致多年來仍無法將之公布於眾。不過，在福爾摩斯辦理的案件中，再也沒有其他案件能更清楚地表現推理的價值，以及留下更加深刻的印象了。所以，至今我仍保存著幾乎一字不漏的談話速記報告，其中記錄的是福爾摩斯向巴黎警署的杜勃克先生和格但斯克的知名專家弗里茨·普沃爾馮敘述案情眞相的談話。他們兩位曾在此案浪費了許多精力，結果證明他們得到的都是些旁枝末節的問題。此案恐怕要等到下個世紀才能公開。這裡我打算把上述第二件案子發表出來，這件案子也牽涉到國家的重大利益，其中一些案情更使它具有獨一無二的性質。

我在求學期間，曾和一位名叫珀西·菲爾普斯的少年交往甚密。他和我年齡相仿，卻比我高兩個年級。他很有才氣，得過學校頒發的所有獎項，並在畢業時獲得獎學金，將他送入了劍橋大學繼續深造。我記得，他有幾家顯貴的親戚，甚至在我們都還是小孩子時，就知道他的舅舅是霍爾德赫斯特勳爵——一位著名的保守黨政客。這些華而不實的親戚關係在學校沒有讓他得到什麼好處。相反的，我們在運動場上到處捉弄他，用玩具鐵環敲他的小腿，拿他開心取樂。但當他出社會以後，情況就不同了。我隱約聽說他憑著自己的能力和親戚的影響力，在英國外交部找到一個好職位，之後我就完全把他給忘了，直到收到下面這封信才又想起他來：

寄自沃金　布里爾布雷

我親愛的華生：

我相信你一定能夠想起「蝌蚪」菲爾普斯，那時我上五年級，而你在三年級。可能你也曾聽說，我靠著舅舅的影響力，在外交部謀得了一個差位，很受信任和尊敬。但一件可怕的災禍突然降臨，毀滅了我的事業。

我覺得沒有必要把這件可怕事情的細節寫下來。如果你同意我的請求，那麼我願意把事情的經過親口告訴你。我患神經錯亂已經九個星期了，身體剛剛恢復過來，但依然相當虛弱。你覺得是否能邀請你的朋友福爾摩斯先生前來看我？儘管當局對我斷然相告：對此事他們已經無能爲力了，但我很想聽聽福爾摩斯先生的看法。請你設法邀他前來，盡可能快點。我正處於恐怖不安的生活狀態，度日如年。請你一定要向他說明，我之所以沒有及早徵求他的意見，並非是我不賞識他的才能，而是因爲大難過後，我一直爲神經錯亂所苦。現在我的頭腦再度變得清醒，但我仍不敢多想，惟恐舊病復發。我現在的身體仍很虛弱，你可以看得出來，我只能口述，請人代寫。請務必邀福爾摩斯先生前來。

你的老校友珀西·菲爾普斯

我讀這封信時深受震撼，他在信中一再請求福爾摩斯，讓人深表同情。我深深被這封信所打動，即使這事的困難再大，我也要設法完成。不過，我自然深知福爾摩斯有多麼鍾愛他的技藝，只要他的委託人能接受，他總是隨時準備提供援助。我的妻子和我一致認爲，應立即把此事告訴福爾摩斯，一刻也耽誤不得。於是，早餐後不到一小時，我再次回到了貝克街的老住處。

福爾摩斯身穿睡衣，坐在靠牆的桌子旁邊，一絲不苟地做著化學試驗。一個曲線形大蒸餾瓶，在本生燈的藍色火苗上猛烈沸騰著，蒸餾出的水滴被

冷凝到一個兩公升的量杯中。我走進來時，我的朋友連看都沒看一眼，我知道他的實驗一定非常重要，便坐在扶手椅上等他。他看看這個瓶子，查查那個瓶子，用玻璃滴管從每個瓶子裡吸出幾滴液體，最後拿出一支試管溶液放到桌上，右手則是拿著一片石蕊試紙。

「你來的正是時候，華生，」福爾摩斯說道，「如果這張試紙仍然呈藍色，那就說明一切正常。如果它變成了紅色，這種溶液就能奪去人命。」他把紙浸入試管，試紙立刻變成了深紅色。「嘿！和我想的完全一樣！」他高喊道，「華生，我馬上就可以聽你所求了。」他轉身走到書桌旁，匆忙地寫了幾份電報，交給小聽差，然後坐到我對面的椅子上，曲起雙膝，雙手交叉扣緊了瘦長的小腿。

「是一件很普通的小凶殺案，」福爾摩斯說道，「我想，你給我帶來的案子會更有趣些。華生，沒有案子你是不會來的，到底發生了什麼事？」

我把信遞給他，他集中精力讀起信來。

「這封信並沒有告訴我們太多的情況，對不對？」福爾摩斯說道，隨手把信交還給我。

「幾乎什麼事也沒說清楚。」我說道。

「不過筆跡倒是很值得注意。」

「這筆跡不是他自己的。」

「一點也沒錯，是一個女人寫的。」

「絕對是男人寫的。」我大聲說道。

「不，是女人寫的，而且是一個性格很不尋常的女人。你看，從調查一開始我們就知道，你的委託人和另一個人有很親密的關係，而這個人，無論好壞，都具有獨特的性格。現在，這件案子已經引起了我的興趣。如果你準備好的話，我們可以馬上起身前往沃金，去拜訪一下那位遭遇不幸的外交官，以及按他的口述代寫這封信的女人。」

我們很幸運地在滑鐵盧車站趕上了早班火車，一個小時之內，我們就來到了沃金的冷杉和石楠樹叢中。原來，布里爾布雷是一座獨立式住宅，坐落在一片廣闊的土地上，從車站徒步到那裡只需要幾分鐘的路程。我們遞了名片，被領進一間布置得很雅致的客廳，幾分鐘後，一個相當強壯的男人盛情接待了我們。他的年齡三十多歲，不到四十，但臉色紅潤，目光歡快，給人的印象仍是一派天眞無邪的頑童模樣。

「你們能夠前來，我感到非常高興，」他深情地和我們握了握手說道，「珀西整個早上一直都在打聽你們的消息。唉，我那可憐的老朋友，他會抓住每一根救命稻草的！他的父母要我來接待你們，因爲一提到這件事，他們就覺得非常痛苦。」

「我們並不瞭解案子的詳情，」福爾摩斯說道，「我覺得你不像是他們家裡的人。」

我們的新朋友露出驚訝的神色，然後低頭看了一下，開始大笑了起來。

「原來你是看見我項鏈墜上的姓名花押『J．H』了，」他說道，「我一時還以爲你是神算呢。我叫約瑟夫·哈里森，因爲珀西就要和我的妹妹安妮結婚了，至少我也算是他的姻親吧。我妹妹正在珀西的房裡，兩個月來她全心全意地照顧著他。或許我們最好馬上過去，我知道珀西非常渴望見到你們。」

我們被領進一個房間，與會客室位在同一層樓。房間布置得既像起居室，又像臥室，整個房裡都優雅地擺著鮮花。一位臉色蒼白、疲憊無力的年輕人躺在靠窗的一張長沙發上，透過窗戶撲面而來的是濃郁的花香和初夏宜人的空氣。一個女人坐在他身旁，看見我們進屋，她站起身來。

「要我離開嗎，珀西？」她問道。

珀西握緊她的手留住了她。

「你好！華生，」珀西誠懇地說道，「看你留著鬍子，我都快認不出你來了。我敢說你也不一定能認出我來。我猜，這位就是你那名揚四海的朋友夏洛克·福爾摩斯先生吧？」

我簡單爲他們兩人做了一下介紹，然後我們一同坐下。那個壯實的中年人走出了房間，可是他妹妹的手始終給病人拉著，只好留了下來。她是個相貌驚人的女子，身材略嫌矮胖，有些不夠勻稱，但她有一張美麗的橄欖色臉龐，一雙烏黑的義大利大眼睛，和一頭烏黑的頭髮。與她豔麗的容貌相比，她伴侶那蒼白的面孔越發顯得疲倦和憔悴。

「我不想浪費你們的時間，」珀西從沙發上坐起來說道，「我就開門見山講這件事了。我本來是個幸福快樂且事業有成的人，福爾摩斯先生，而且馬上就要結婚了。可是一件突如其來的災禍毀掉了我一生的前程。

「華生可能已經向你說過，我在外交部任職，透過我舅舅霍爾德赫斯特勳爵的關係，我很快就升任了要職。我舅舅出任外交大臣後，他交給我一些重要的任務，我一直都做得很好，最後他對我的才能和機智給予了充分的信任。

「大約十個星期以前，更準確地說，是在五月二十三日，他把我叫到他的私人辦公室裡，先是稱讚我工作做得很好，然後告訴我，他有一項新的重要任務要我去執行。

「他從辦公桌裡拿出一個灰色紙卷對我說道：『這是英國和義大利之間簽訂的祕密協定的原件，很遺憾，新聞界已經透露出一些傳聞。最重要的是，不能再把任何消息洩露出去了。法國和俄國大使館正想不惜一切代價來獲得這些檔案的內容。要不是現在需要一份副本，我絕不會把它從我的寫字檯裡拿出來。你辦公室裡有保險櫃嗎？』

「『有的，先生。』

『那麼，把協定拿去鎖到你的保險櫃裡。但是你必須記住：你要在別人下班後自己留下來，才可以放心大膽地抄寫副本，而不用擔心被人看到。抄好以後，再把原件和抄本都鎖到保險櫃裡，明天早晨把它們全部交給我本人。』

「我拿了這份文件，就……」

「對不起，請稍等一下，」福爾摩斯說道，「談話期間只有你們兩人在場嗎？」

「不錯。」

「在一個大房間裡？」

「有三十英尺見方。」

「是在房間中央說的嗎？」

「對，差不多在中央。」

「說話聲音很小吧？」

「我舅舅說話的聲音一向都很低，我幾乎什麼話也沒說。」

「謝謝你，」福爾摩斯閉上雙眼，說道：「請接著講吧。」

「我完全按照他指示的去做，直到其他幾個職員離開。我的辦公室裡只剩下一個叫做查理斯．格洛特的人，他還有一點公事沒做完。於是我把他獨自留在辦公室裡，就出去吃晚飯了。等我回來時，他已經走了。我急著要趕完這份差事，因爲我知道約瑟夫——就是你們剛才見過的哈里森先生——正在城裡，他要坐十一點鐘的火車到沃金去，可能的話，我也想趕上這班火車。

「我看了一下這份協定，立刻就發現它確實非常重要，舅舅所說的話一點也不誇張。不需要細看，我就可以說，它規定了大不列顛王國對三國同盟的立場，同時也預定了法國海軍在地中海對義大利海軍完全占優勢的情況下，英國所要採取的策略。協定處理的問題純粹是海軍方面的，文件最後則是協議雙方高級官員的署名。我草草看了一遍，就坐下來開始抄寫的任務。

「這份檔案很長，所用的文字是法文，包括二十六項獨立的條款。我盡快地抄，可是到了九點鐘，我才抄完第九條，看來是沒有希望趕上那班火車了。由於整日工作，加上晚餐也沒吃好，我只感到昏昏欲睡，大腦開始變得麻木，於是想喝杯咖啡提神。樓下有一間小門房，整夜都有一名守衛在那裡，按照慣例，他會用酒精燈爲每一個加班的職員燒咖啡。因此，我按門鈴叫他過來。

「讓我驚奇的是，應聲而來的是一個女人，一個身材高大、面容粗糙的老太婆，繫著一條圍裙。她對我說她是守衛的妻子，在這裡擔任雜役，我就讓她去幫我煮杯咖啡。

「我又抄了兩條，感覺越來越想睡，於是起身在屋內來回踱步，想伸展一下雙腿。咖啡還沒有送來，我想知道是什麼原因，就打開門順著走廊過去看看。這是一條筆直的走廊，光線昏暗，正好通往我抄寫文件的房間，也是我辦公室的唯一出口。走廊盡頭有一道轉彎的樓梯，守衛的小門房就位於樓梯下的過道旁。樓梯的中段有個小平臺，另通往一條垂直方向的走廊。這第二條走廊通過另一段樓梯通向側門，專供僕人使用，同時也是職員們從查爾斯街方向進來的捷徑。這就是那個地方的草圖。」

「謝謝你，我想我完全聽懂你的話了。」福爾摩斯說道。

「接下來是最重要的地方了，請你留意這一點。我走下樓梯，進入大廳，卻發現守衛正在房間裡熟睡，咖啡壺在酒精燈上猛烈地沸騰著，我趕忙拿下壺，滅掉酒精燈，不然咖啡都要溢到地板上了。我正要去搖醒那個沉睡中的人，突然間他頭頂上的鈴聲大響，他一下子就被驚醒了。

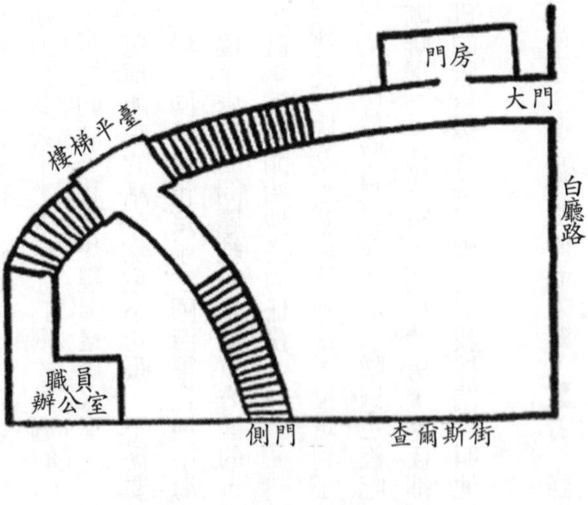

「『菲爾普斯先生！』他滿臉困惑地望著我說道。

「『我來看看咖啡煮好了沒有。』

「『我正在煮著，不知不覺就睡著了，先生。』他望著我，又抬頭看看仍在顫動不止的電鈴，臉色顯得更加驚奇。

「『先生，既然你在這裡，會是誰在按鈴呢？』他問道。

「『按鈴！』我叫道，『這是什麼鈴？』

「『就是你辦公室裡的電鈴。』

「我的心臟就像被一隻冰冷的手揪住一樣。這麼說來，肯定有人在我的辦公室裡了，而我那份貴重的協定就放在桌子上。我發瘋似地跑上樓梯衝向走廊，可是走廊上空無一人，福爾摩斯先生。辦公室也沒有人。一切就和我離開時一樣，只是那份命令我保管的檔案，從我的桌上被拿走了，只剩下抄本還放在那裡。」

福爾摩斯筆直地坐在椅子上，不停地搓著雙手。我看得出來，這件案子完全吸引住他了。

「請問，你後來是怎麼做的？」他低語道。

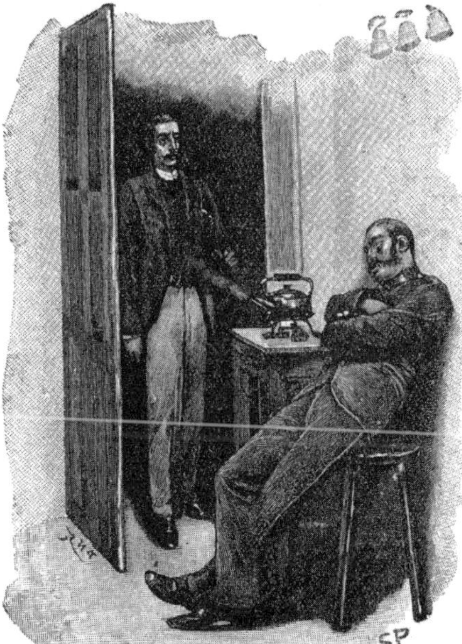

「我馬上想到，盜賊一定是從側門的樓梯上來的。他要是從正門上樓，我必定會撞見他。」

「你敢確定，他不會一直藏在屋裡，或是藏在走廊嗎？你不是說走廊裡燈光很暗嗎？」

「絕對不可能。無論是房間還是走廊，連一隻老鼠也無法躲藏，根本就無處可藏。」

「謝謝你，請往下說吧。」

「守衛看見我臉色蒼白，知道發生了可怕的事，於是就跟我上了樓。這會兒我們兩人穿過走廊，奔向通往查爾斯街的陡峭樓梯，底下的門是關著的，但沒有上鎖。我們推開門，衝了出去。我清楚地記得當時聽到鄰近的鐘敲了三下，時間是九點三刻。」

「這一點非常重要。」福爾摩斯說著，一邊在他的襯衫袖口上作了筆記。

「這一夜天色漆黑，還下著毛毛雨，查爾斯街空無一人，可是，街道盡頭的白廳路卻像往常一樣車水馬龍、絡繹不絕。我們倆沿著人行道跑了下去，在右邊的轉角處，看見那裡站著一個員警。

「『發生盜竊案了，』我氣喘吁吁地說道，『有人從外交部偷走了一份極爲重要的文件。有人從這裡走過嗎？』

「『我剛剛在這裡站了一刻鐘，先生，』員警說道，『這段時間只有一個人從這裡走過，是一位高個子老婦人，披著一條佩斯利披巾。』

「『哎，那是我妻子，』守衛高聲喊道，『有沒有別的人過去？』

『一個人也沒有了。』

『那麼這個小偷一定是從另一個轉角逃走了。』這個傢伙拉著我的衣袖喊道。

「但我並不相信他說的話，他試圖把我引開，反而增加了我的疑心。

『那個女人朝哪個方向走了？』

『我不知道，先生，我只看到她從這裡過去，但我並沒有特別注意她。她好像相當匆忙。』

『已經過去多久時間了？』

『啊，沒有幾分鐘。』

『不超過五分鐘吧？』

『對，只有五分鐘。』

『你這是在浪費時間，先生，現在每分鐘對我們來說都很重要，』守衛高聲喊道，『請相信我的話，這件事和我的老婆毫無關係，趕快去街道那頭看看吧。好吧，你要是不去，我自己去。』接著他就往街道左邊跑去。

「可是我立刻趕上他，抓住了他的衣袖。

『你住在什麼地方？』我問道。

『我住在布里克斯頓的艾維巷十六號，』他回答道，『可不要讓你自己被這些假象迷惑了，菲爾普斯先生。我們還是到這條街的另一頭去，看看是否能打聽到什麼吧。』

「我想，按他說的做也不會有什麼壞處，我們兩人和員警趕快跑了過去，只見街上滿是來往往的車輛和奔波的人群，所有人都急著在這陰雨之夜趕回家，沒有一個人能告訴我們有誰剛才從這裡走過。

「於是我們返回外交部，搜查了樓梯和走廊，結果是一無所獲。通向辦公室的走廊上鋪著一張米色漆布，能清楚看見上面的腳印。我們仔細對它進行了檢查，可是沒有發現任何痕跡。」

「那天整晚都在下雨嗎？」

「大約從七點鐘開始下的。」

「那麼，那個女人大約在九點進到了辦公室，她的靴子上帶著泥土，怎會不留下腳印呢？」

「我很高興你能提醒我這一點。當時我也想到了。那個雜役女工習慣在守衛的房裡脫掉靴子，換上布拖鞋。」

「這就清楚了。也就是說，雖然當晚下著雨，卻沒有找到腳印，對嗎？這一系列線索確實非常重要。接下來你們做了些什麼？」

「我們也對辦公室檢查了一番。這個房間不可能有暗門，從窗戶到地面足足有三十英尺高，兩扇窗戶都從裡面閂牢了。地板上鋪著地毯，所以不可能有地板門，天花板也是普通的刷白樣式。我敢拿性命擔保，不管是誰偷了我的檔案，都只能從房門進來。」

「你想過壁爐嗎？」

「房間裡沒有壁爐，只有一個火爐。電鈴位於我辦公桌的右邊。無論誰按鈴都必須走到我辦公桌的右邊才行。可是罪犯爲什麼要去按鈴呢？這是最讓人想不通的一個疑點。」

「這件案子確實與眾不同。你們接下來採取了什麼措施呢？檢查過房間之後，我想你們會看看進屋的這個人有沒有留下什麼痕跡，比方說菸蒂、手套、髮夾或其他什麼小東西，是嗎？」

「也沒有發現這些東西。」

「有什麼氣味嗎？」

「唉，當時我們沒有想到這一點。」

「啊，在調查這種案件時，即使是菸草的氣味也會對我們非常有利用價值。」

「我自己從不吸菸，所以只要屋裡有一點菸草味，我也覺察得到。可是那裡確實沒有這方面的線索。唯一確鑿的事實就是守衛的妻子，那個叫坦蓋太太的女人，她匆忙從那裡走出去，守衛對這件事也解釋不清，只說他妻子平時總是在那個時間回家。員警和我都同意，如果的確是那個女人拿了檔案，我們最好在她把檔案脫手之前抓住她。

「這時警報已經發到了蘇格蘭場，警探福布斯先生立刻趕來，全力接手這件案子。我們雇用了一輛雙輪雙座馬車，半小時後就到了守衛提供的地點。一個年輕女子打開了門，她是坦蓋太太的大女兒。她母親還沒回來，於是把我們領到前廳等候。

「大約十分鐘以後，聽到有人敲門。這時我們犯了一個嚴重的錯誤，對此我深感自責。我們沒有親自去開門，卻讓那個女生去開。我們聽到她說：『媽媽，屋裡有兩個人正等著要見妳。』片刻之後，我們就聽到一陣急促的腳步聲穿過走廊。福布斯猛地打開門，我們兩個人跑進後屋，也就是廚房，但那個女人已經先我們一步走了進去。她警惕地望著我們，然後，她突然認出了我，臉上出現一種十分驚訝的神情。

「『怎麼，你不就是部裡的菲爾普斯先生嗎！』她大聲說道。

「『喂，喂，妳把我們當作什麼人了？爲什麼躲著我們？』我的同伴問道。

「『我以爲你們是經紀商呢，』她說道，『我們和一個商人有些糾紛。』

「『妳這藉口不夠充分，』福布斯回答道，『我們有理由認爲妳從外交部拿走了一份重要文件，準備拿到這裡做轉讓。我們必須把妳帶到蘇格蘭場接受調查。』

「儘管她提出抗議並抵抗一陣，但都是徒勞。我們叫來一輛馬車，三個人都坐了進去。我們先對廚房進行了檢查，特別是廚房裡的爐火，看看她獨自在這裡時是否把檔案扔進了火裡。但我們沒有發現任何碎屑或灰燼的痕跡。回到蘇格蘭場後，我們立即

把她送交給女搜查員。我焦急地等待著，直到她送來報告，可是報告說根本查不到檔案的下落。

「我首次感到自己的處境可怕到了極點，迄今爲止，我只知道行動，卻沒能趕得上思考。我一直確信很快就可以重新找回那份協定，根本不敢想像如果找不到，我會面臨怎樣的後果。但現在已經到了山窮水盡的地步，我才有空來考慮自己的處境。這實在太可怕了。華生可能對你說過，在學校時，我是一個既膽小又敏感的孩子，這是我的本性。我想到舅舅和他的內閣成員，想到我爲他和親友帶來的恥辱，我成爲這個離奇事件的犧牲品，又有什麼關係呢？但絕不能允許這次的意外事件爲外交利益帶來危險。我算是完了！我記不清楚我都做了些什麼，我想我一定是大鬧了一場。我隱約記得當時有一群同事簇擁著我，盡力地安慰我。有一個同事和我一起乘車到滑鐵盧，目送我上了往沃金的火車。我相信，當時如果不是我的鄰居費里爾醫生也乘坐同一班火車，那麼那位同事必定會全程護送我回家。這位醫生非常好心地照顧我，也確實多虧他照顧周到，因爲我在車站大發脾氣，在我到家之前幾乎就是一個語無倫次的瘋子。

「你能夠想像，醫生按門鈴的聲音把我的家人從睡夢中驚醒，他們看到我這副樣子，會是怎樣的一種情景。可憐的安妮和我母親的心都要碎了。費里爾醫生剛剛已在車站聽警探說明事情經過，便向我的家人敘述了大概，但怎麼說都於事無補了。所有的人都很清楚，我的病會持續很長一段時間，所以約瑟夫從他心愛的臥室搬出來，把它當作我的病房。福爾摩斯先生，我在這裡躺了九個多星期，不省人事，腦子極度錯亂，多虧了哈里森小姐守在這裡，還有醫生對我的照料，否則我現在也無法和你們講話。白天由安妮小姐照顧我，晚上則雇了一位護士守護我，因爲當我狂怒的病情發作時，什麼事都做得出來。我的頭腦漸漸變得清醒過來，可是直到最近這三天，我才完全恢復了記憶力。有時我眞希望它永遠不要恢復。

「我做的第一件事就是給經辦這件案子的福布斯先生發一封電報。他來到這裡，向我解說，雖然用盡一切辦法，但仍然沒有任何線索；用各種方法對守衛和他的妻子進行了調查，事情也絲毫沒有轉機。於是警方又把年輕的格洛特當作懷疑對象，你們一定還記得，他那天晚上下班以後在辦公室裡停了很長一段時間才走。他身上只有兩個疑點：第一是他走得晚，另一個就是他的法國姓名。但實際情況是，在他離開之前，我還沒開始抄寫那份檔案；他的先人有胡格諾派教徒的血統，但他和你我一樣，具有英國人的習慣和感情。所以，無論如何也找不出把他納入本案的證據，於是這件案子到此就算停擺。福爾摩斯先生，我只好求助於你，你是我最後的希望了。如果你也讓我失望的話，我將會永遠喪失我的榮譽和地位。」

由於說話時間太長，病人感到有些疲乏，便靠在墊子上，這時護士倒了一杯鎭靜劑給他。福爾摩斯靜靜地坐著，一言不發，頭向後仰，雙眼微閉，這種姿勢在陌生人眼裡看來，好像是情緒低落的樣子，但是我知道這是他正在積極思考的表現。

「你講述得非常清楚，」他終於說道，「我需要問的問題確實已經不多了，但還有一個極其重要的問題。你跟其他人說過你要執行這項特殊任務嗎？」

「一個人也沒說過。」

「比方說，連這裡的哈里森小姐你也沒跟她說過嗎？」

「沒有。在我接到命令和執行任務的這段時間裡，我沒有回沃金來。」

「你的親友裡也沒人碰巧去看你嗎？」

「沒有。」

「他們之中有人知道如何去你的辦公室嗎？」

「啊，是的，我告訴過他們去那裡的路徑。」

「當然，如果你沒有對任何人說過關於協定的事，那麼這些詢問就沒意義了。」

「我什麼也沒講過。」

「你瞭解守衛這個人嗎？」

「我只知道他原本是一個老兵。」

「是哪一團的？」

「啊，我聽說是克爾斯特利姆警衛隊的。」

「謝謝你。毫無疑問，我可以從福布斯那裡瞭解案件的詳情。官方非常善於蒐集情報，但他們並不能充分利用這些情報。啊，多麼可愛的玫瑰花呀！」

他走過長沙發，來到開著的窗前，伸手把低垂的玫瑰花枝扶起，欣賞著紅綠相間的秀麗花朵。對我來說，這還是他性格中較特別的一面，因爲我從未見過他對自然物有如此濃厚的興趣。

「再沒有什麼事情比宗教更需要推理了，」他的背斜靠著百葉窗，說道：「推理專家可以把推理法列爲一門精密的學科。在我看來，我們對上帝仁慈的最高信仰存在於鮮花之中。而所有其他的東西，例如我們的能力、我們的希望、我們的食物，這一切首先都是我們爲了生存所必須擁有的東西。但這朵玫瑰花就不同了，它的香味和色澤只是對生命的一種修飾，並不是生命賴以生存的條件。只有仁慈才能引發這些特別的品格，所以我再說一遍，我們可以從鮮花中得到更多的希望。」

在福爾摩斯發表長篇大論時，珀西．菲爾普斯和他的護理人都吃驚地望著他，臉上流露出失望的神色。福爾摩斯手持玫瑰花陷入沉思，幾分鐘後，那位年輕的女子終於打破了沉默。

「你看出解決這個疑案的辦法了嗎，福爾摩斯先生？」她用一種刻薄的語氣問道。

「啊，這個疑案，」福爾摩斯一驚之下又回到現實生活中來，回答道：「嗯，如果否認這件案子非常複雜而且深奧，那是愚蠢的說法。不過我可以向你們保證，我會深入調查此案，並讓你們知道我所瞭解的一切情況。」

「你看出什麼線索了嗎？」

「你已經向我提供了七個線索，當然我必須先進行檢驗，才能斷定它們的價值。」

「你懷疑哪一個人呢？」

「我懷疑我自己。」

「什麼？」

「懷疑我的結論下得太快。」

「那就回倫敦再檢驗你的結論吧。」

「你的建議很好，哈里森小姐，」福爾摩斯站起身來說道，「我想，華生！我們沒有更好的辦法了。菲爾普斯先生，你自己也不要抱過高的期望，這件案子非常複雜。」

「我盼望能再次和你見面。」這位外交高手大聲說道。

「好吧，明天我還是搭這班車來看你，儘管我未必能帶給你什麼好消息。」

「願上帝保佑你成功，」我們的委託人大聲說道，「我知道案子正在調查中，這就給了我新的動力。順便說一下，我接到了霍爾德赫斯特勳爵的一封信。」

「啊！他都說了些什麼？」

「他的態度很冷淡，但並不嚴厲。我敢說他知道我重病纏身，才沒有對我嚴加斥責。他反覆強調這件事至關重要，又說除非我恢復了健康，才有機會彌補我的過失，否則我的前途——當然他是指我被革職——是無法挽救的。」

「啊，這樣說是合情合理又考慮周到的，」福爾摩斯說道，「我們走吧，華生，城裡還有一整天的工作要做呢。」

約瑟夫．哈里森先生用馬車把我們送到火車站，我們很快就搭上了往樸茨茅斯的火車。福爾摩斯沉浸於深思之中，一路上默不作聲，直到我們過了克朋中心車站，他才開口說話：

「無論走哪條路線進倫敦，你都能低頭看到這些房子，這真是一件令人愉快的事情。」

我以為他在說笑，因為這景色實在不堪入目，但他很快解釋道：

「你看那一片孤立的大房子，它們座落在青石之上，就像鉛灰色海洋中的磚瓦之島一般。」

「那些是寄宿學校。」

「那些是燈塔，我的夥計！未來的燈塔！每一座燈塔裡都裝滿了千百顆明亮的小種子，將來會為英國培育出更加明智富強的一代。我想，菲爾普斯這個人不喝酒吧？」

「我想他不會。」

「我也這樣想，但我們應該考慮到所有的可能性。這可憐的人已經陷入了水深火熱之中，問題是我們有沒有能力把他救上岸。你對哈里森小姐有什麼看法？」

「她是一個性格堅強的女孩。」

「對，但她是一個好人，要不就是我看錯了。她和她哥哥是諾森伯蘭附近一個鐵器製造商僅有的兩個孩子。去年冬天旅行時，菲爾普斯與她訂了婚，她哥哥護送她前來和菲爾普斯的家人見面，正好發生了這件慘事，她便留下來照顧她的未婚夫。而她的哥哥約瑟夫·哈里森覺得這裡相當舒適，便也留了下來。你看，我已經獨自做了一些調查。不過今天一整天都必須全力調查。」

「我的醫務……」我開始說道。

「啊，若是你覺得你自己的事情比我這案件更重要……」福爾摩斯有些刻薄地說道。

「我是想說我的醫務一兩天之內沒什麼問題，因爲這是一年中最悠閒的時候。」

「太好了，」福爾摩斯又恢復了好脾氣，說道：「那我們就一起來研究這件案子吧。我想應該從拜訪福布斯開始，他或許能爲我們把所有細節講清楚，然後我們就能知道該從什麼方面來處理此案。」

「你是說，你已經有線索了？」

「對，我們已經有了幾個線索，不過只有經過進一步調查，才能檢驗它們的價值。沒有犯罪動機的案件是最難查辦的，但這個案件並非沒有犯罪動機。那個想從中牟利的人是誰呢？可能是法國大使、俄國大使，或任何可以把該協定出賣給大使的人，也可能是霍爾德赫斯特勳爵。」

「霍爾德赫斯特勳爵！」

「對，可以想像一個政治家出於形勢需要，毫不後悔地趁機毀掉這樣一份檔案。」

「霍爾德赫斯特勳爵不是一個有著光榮經歷的政治家嗎？」

「有這種可能，我們也不能忽視這一點。我們今天就去拜訪這位高貴的勳爵，看看他能否告訴我們什麼情況，同時，我已經著手進行調查了。」

「已經？」

「對，我從沃金車站發給倫敦各家晚報一份電報，他們都會刊登這一則廣告。」

福爾摩斯交給我一張從日記本撕下來的紙，上面用鉛筆潦草地寫著：

五月二十三日晚九點三刻左右，在查爾斯街外交部門口或附近，有誰看見一位從馬車下來的乘客，請將馬車的號碼告知貝克街二二一號B座，賞金十鎊。

「你敢肯定那個盜賊是乘馬車來的嗎？」

「即使不是也無妨。但如果菲爾普斯說的沒錯，無論辦公室或者走廊都沒有藏身之地，那麼，這個人一定是從外面進來的。如果他在下大雨的夜晚從外面進來，而且離開幾分鐘後就進行搜查，卻在漆布上找不到任何濕腳印，那麼他就極有可能是坐馬車來的。對，我可以十分肯定地推斷，他是乘馬車來的。」

「這聽起來似乎有些道理。」

「這是我說的其中一個線索，它可以引導我們得出某些結論。當然，還有那鈴聲，這是本案最與眾不同的一點。為何要按鈴呢？是那個盜賊想要虛張聲勢嗎？或者是有人和盜賊一起進來，為了防止盜賊行竊才按的鈴？要不就是出於無意？或者是……」他重新陷入剛才那種沉默的思緒之中，由於我很熟悉他的每一種心情，所以在我看來，他一定是又突然想到了一些新的可能性。

到達終點站時已經三點二十分了，我們在一家小飯館匆忙用過午餐，便立即趕往蘇格蘭場。由於福爾摩斯已經給福布斯發過電報，我們發現他早就等著我們來。這人身材矮小，神情狡猾，態度尖酸刻薄，毫不友好。特別是當他聽說了我們的來意之後，對我們的態度更加冷淡。

「在這之前，我對你的推理方法已有所耳聞，福爾摩斯先生，」他尖刻地說道，「你已經準備好要利用警方提供給你的一切情報，然後自己設法了結此案，讓警方丟臉。」

「恰恰相反，」福爾摩斯說道，「在我過去辦理的五十三件案子裡，只有四件案子署過我的名，警方在其他四十九件案子裡獲得了所有的榮譽。我並不怪你，因為你不瞭解情況，因為你年輕，沒有經驗。但是如果你想在新事業中尋求進展，那你最好跟我合作，而不是與我唱反調。」

「我非常高興能得到你的指導，」這位警探改變了態度說道，「到目前爲止我還未曾在辦案中獲得榮譽過呢。」

「你採取過哪些措施？」

「我們一直派人暗中盯著守衛坦蓋，但他在警衛隊時名聲很好，我們也找不到他犯案的證據。不過他妻子就壞多了，我想，她對此案可能知道更多，遠比從表面上看起來的多。」

「你跟蹤過她嗎？」

「我們派了一個女探員跟蹤她。坦蓋太太喜歡飲酒，探員就趁她心情好時，陪她喝過兩次，可是從她身上找不到任何線索。」

「我聽說有一些經紀商去過她家？」

「是的，但她已經清償了欠他們的債務。」

「這筆錢是從哪裡來的？」

「這些錢的來路都很正當。守衛剛領到了年金。他們也沒有擺出闊氣的樣子。」

「那天晚上菲爾普斯先生按鈴要咖啡，她應聲上樓去服侍，對此她做何解釋？」

「她說，她丈夫實在太勞累了，她想替他減輕些負擔。」

「對，過了一會兒就發現他在椅子上睡著了，這的確符合實際情況。也就是說，除了這女人的品行不好外，就再也找不到任何證據了。你問過她當晚爲什麼要匆忙離去嗎？連員警都注意到她那種匆忙的神情了。」

「她那天回去得比平常要晚，所以急忙趕回家裡。」

「你難道沒有向她指出，你和菲爾普斯先生至少比她晚動身二十分鐘，卻比她早到家？」

「她的解釋是，因爲雙輪雙座馬車比公共馬車要快。」

「她有沒有說清楚，爲什麼一回到家裡，她就跑到廚房去？」

「她說，因爲她把錢放在那裡，要拿出來清還經紀商的債務。」

「她對每件事都做出了答覆。你有沒有問她，當她離開外交部時，是否遇到或是看見有人在查爾斯街上徘徊？」

「除了員警之外，她誰也沒有看見。」

「好，看來你已經仔細審問過她了。此外你還採取了哪些措施呢？」

「這九個星期來，我們一直都在監視職員格洛特，但毫無結果。我們也找不到關於他的任何證據。」

「其他方面呢？」

「啊，我們已經無法再行動下去了，因爲一點證據也沒有。」

「關於電鈴爲什麼會響，你有什麼想法嗎？」

「啊，我必須承認這件事難倒我了。無論來的人是誰，他敢這樣發出警報，膽子也算是夠大了。」

「是的，這件事確實很奇怪。謝謝你爲我提供的這些情況。如果我需要你去逮捕犯人，我會通知你的。華生，走吧。」

「現在我們要去哪裡呢？」我們離開警廳時，我問道。

「去拜訪霍爾德赫斯特勳爵，這位內閣大臣和未來的英國首相。」

幸運的是，當我們趕到唐寧街時，霍爾德赫斯特勳爵還在他的辦公室裡。福爾摩斯遞進名片，我們立即受到召見。這位政治家按舊式的禮節接見了我們，還特意安排我們坐在壁爐兩旁的豪華安樂椅上，他站在我們中間的地毯上。這個人身材修長而削瘦、輪廓分明、面容親切，一頭捲髮過早地變成了灰白色，看上去就不是普通人的樣子，確實是一位顯赫的貴族。

「久聞你的大名，福爾摩斯先生，」他滿面笑容地說道，「當然，我不能假裝不知道你們的來意，因爲在本部只有一件事能引起你的關注。我能否問一下你是受誰的委託前來調查的？」

「是珀西．菲爾普斯先生找我來的。」福爾摩斯答道。

「啊，我那不幸的外甥！你當然明白，由於我們之間的血緣關係，我更不能對他有任何的包庇。我擔心這次的意外事件對他的事業非常不利。」

「可是如果找回這份檔案呢？」

「啊，那就另當別論了。」

「我還想問你一兩個問題，霍爾德赫斯特勳爵。」

「我很樂意盡我所能的回答你。」

「你是在這間辦公室裡吩咐菲爾普斯先生抄寫檔案嗎？」

「是這樣沒錯。」

「那麼，就是說你們的談話不會被人偷聽吧？」

「絕不可能被人偷聽。」

「你是否對其他人提起過，你打算叫人抄寫這份協定？」

「從來沒有。」

「你能確定嗎？」

「完全可以。」

「好，既然你從來沒說過，菲爾普斯也從來沒說過，而且也沒有其他人知道這件事，那麼，盜賊進到辦公室純粹是偶然了。他看到了這個機會，於是便拿走這份檔案。」

這位內閣大臣笑了。

「你說的已經超出我能力所及的範圍了。」霍爾德赫斯特勳爵說道。

福爾摩斯思考了片刻。「另外還有一點至關重要，我想與你商量一下，」他說道，「據我所知，你擔心這份協定的內容一旦被公開，就會帶來極爲嚴重的後果。」

這位內閣大臣表情豐富的臉上閃過一絲陰影，說道：「後果確實非常嚴重。」

「已經產生嚴重後果了嗎？」

「還沒有。」

「假設這份協定，這麼說吧，落到了法國或俄國外交部手中，你認爲你能得到消息嗎？」

「我一定能得到。」霍爾德赫斯特面露不悅地說道。

「現在已經過去將近十個星期了，一直沒有聽到任何消息，我們不妨假定，由於某種原因，協定還沒有落到法、俄外交部手中。」

霍爾德赫斯特勳爵聳了聳雙肩。

「福爾摩斯先生，我們很難想像，盜賊偷走這份協定只是爲了把它裝進畫框並且掛起來。」

「或許他是在等待高價出售。」

「如果他再等下去，檔案就一文不值了。因爲幾個月之後，這份協定就會解密。」

「這一點非常重要，」福爾摩斯說道，「當然，我們也可以假定，盜賊突然生病了……」

「比如說得了神經失常，是嗎？」內閣大臣迅速掃了福爾摩斯一眼，問道。

「我並沒有這樣說，」福爾摩斯泰然自若地說道，「現在，霍爾德赫斯特勳爵，我們已經占用你太多的寶貴時間，要向你告辭了。」

「祝你能夠成功破案，不管罪犯是誰。」這位貴族把我們送出門外，點頭向我們說道。

「他是個傑出的人，」我們走到白廳街時，福爾摩斯說道，「不過他的職位快保不住了。他雖不富有，但是開銷很大。當然，你一定注意到他的長統靴已經換過鞋底了。現在，華生，我不想再阻止你去做你的正經工作了。除非有人回應我那份尋找馬車的廣告，不然我今天就無所事事了。不過，如果明天你能和我一起乘昨天的同一班車到沃金去，我會非常感激。」

第二天早晨我如約和他會面，一同乘火車到沃金去。他說，他的廣告沒有人回應，而這件案子也毫無新進展。他說話時，盡力把臉孔繃得像印第安人一樣呆板，因此我無法從他的表情推測他對這件案子的進展是否滿意。我記得，他還談到了貝迪永測量法，而且對這位法國學者表示出由衷的欽佩。

我們的委託人依然由他那摯愛的護理人細心照料著，但看起來比之前好多了。我們一進來，他就輕鬆地從沙發站起身來歡迎我們。

「有消息嗎？」他急切地向我們問道。

「正如我預料的那樣，我沒能帶來好消息，」福爾摩斯說道，「我見到了福布斯，也見到了你舅舅，而且親自調查了一兩個可能的線索。」

「那麼說，你還沒有失去信心？」

「當然沒有。」

「上帝保佑，」哈里森小姐高聲說道，「只要我們保持勇氣和耐心，就一定能查出眞相。」

「雖然你沒有帶來太多消息，但我可以告訴你更多的情況。」菲爾普斯坐在沙發上說道。

「我希望你發現了新案情。」

「是的，昨晚我們又經歷了一次驚險，這次是一件很嚴重的事。」他說話時表情顯得非常嚴肅，雙眼露出一種恐懼的神色。「你們知道嗎，」他說道，「我開始相信，我已經在不知不覺中成了某個恐怖陰謀的中心，它的目標不僅是我的榮譽，而且還有我的生命。」

「啊！」福爾摩斯叫道。

「這件事聽起來好像令人難以置信，就我所知，我在世上並沒有仇敵。可是從昨晚的經歷來看，我只能得出有人要謀殺我的結論。」

「請把這件事說給我聽聽。」

「你知道，昨晚是我首次一人獨睡，沒有讓人在房內照顧我。我感覺非常好，自認爲可以不用人看顧了，不過夜晚還是點著燈睡覺。大約凌晨兩點鐘左右，我正感到睡意朦朧，突然被一陣輕微的聲音驚醒，聽起來就像老鼠咬木板時發出的聲音。於是我躺著聽了一會兒，心中確信就是那種聲音。後來聲音越來越大，突然從窗戶上傳來一陣刺耳的金屬摩擦聲。我驚訝地坐了起來，終於肯定當時聽到的聲音是什麼。起初，是有人用工具從窗縫間撬窗戶的聲音，後來是拉開窗閂的聲音。

「接下來，聲音暫停了約十分鐘，好像那人等在那裡，看看這些聲響是否驚醒了我。接著我又聽到一陣輕微的吱吱聲，好像窗戶被人慢慢打開了。因爲我的神經已不像原來那樣脆弱，我再也不能容忍下去，便從床上跳起來，猛地拉開百葉窗。有一個人正蹲伏在窗戶旁，他看見我開窗，便迅速逃走了，我也沒能看清他是誰，因爲他頭上包著蒙面布，連下半臉都遮住了。但有一件事我可以肯定，那就是他手中拿著凶器。我看到那是一把長刀。在他轉身逃跑時，我清楚地看到有刀光閃爍。」

「這一點非常重要，」福爾摩斯說道，「請問你接下來做了什麼？」

「如果我身體再強壯些，我一定會翻越窗戶去追他，然而，我只能按鈴叫醒全家人。這延誤了我一點時間，因爲鈴安裝在廚房裡，而僕人們都睡在樓上。不過，我大聲把約瑟夫喊了下來，他又叫醒了其他人。約瑟夫和馬夫在窗外的花坪上發現了腳印，但由於近來天氣異常乾燥，他們穿過草地後，就再也追蹤不到腳印了。但是有個地方，就在路邊的木柵欄上，發現了一些痕跡，他們跟我說，好像有人從那兒翻過去，而且碰斷了圍欄的頂端。我想我最好先聽聽你對此事的看法，所以還沒有告訴當地的警察。」

我們的委託人這番講述，顯然對福爾摩斯產生了顯著效果。他從椅子上站起來，抑制不住興奮的心情，在房間裡踱來踱去。

「眞是禍不單行。」菲爾普斯笑著說道，很明顯這次的經歷讓他受了點驚嚇。

「你確實承擔了一些風險，」福爾摩斯說道，「不知道你能否陪我一起到宅院四周走走？」

「啊，可以，我也想曬曬太陽。約瑟夫也一塊兒來吧。」

「我也去。」哈里森小姐說道。

「恐怕妳不能去，」福爾摩斯搖頭說道，「我必須請妳留在原地。」

姑娘悶悶不樂地坐回到原來的位置，而她哥哥則和我們一起，共四個人一同出了門。我們穿過草坪來到這位年輕外交家臥室的窗外。正如他剛才所說的那樣，花坪上確實有一些痕跡，但讓人失望的是，它們已經模糊不清了。福爾摩斯俯身看了一會兒，然後站起身來聳了聳肩。

「我看誰也別想從這些痕跡上發現什麼線索，」他說道，「讓我們沿著宅子走走，看看盜賊爲何要特地選擇這間房間。我認爲，客廳和餐廳的大窗戶應該對他有更大的吸引力。」

「可是那些窗戶從大路上看得更清楚。」約瑟夫．哈里森先生提醒道。

「啊，對，當然是這樣。可是這裡有一道門，他原本也可以試一試。這道門有什麼用途？」

「這是專供商人進出的側門，晚上門當然是鎖上的。」

「你以前經歷過這樣的恐嚇嗎？」

「從來沒有。」我們的委託人說道。

「你房間裡有金銀食具或者其他吸引盜賊的東西嗎？」

「沒有什麼貴重的東西。」

福爾摩斯雙手插進大衣口袋，以一種很不尋常的漫不經心模樣，在房屋周圍四處漫步。

「順便說一下，」福爾摩斯對約瑟夫．哈里森說道，「我聽說你發現了一個地方，據我所知，那傢伙就是從那兒翻越過柵欄。讓我們過去看看！」

這個矮胖的中年人把我們引到一個地方，那裡有一根木欄杆的頂部被人碰斷了，一小段木頭還掛在那裡。福爾摩斯把它扯了下來，仔細地檢查著。

「你認為這是昨晚碰斷的嗎？上面的斷痕看起來很陳舊，對吧？」

「啊，可能是這樣。」

「這裡也找不到從柵欄跳到外面的腳印。不，我想在這裡也不會找到什麼線索，還是回臥室去仔細商量一下吧。」

珀西．菲爾普斯由未來的大舅子攙扶著，走得非常緩慢。福爾摩斯和我快速穿過草坪，回到臥室裡打開的窗戶時，他們兩個還遠遠地走在後面。

「哈里森小姐，」福爾摩斯以一種非常嚴肅的口吻說道，「妳必須要一整天都守在這裡。無論發生任何事情，妳都不能離開這裡，這件事非常重要。」

「福爾摩斯先生，如果你要我這樣做，我肯定照辦。」姑娘驚奇地說道。

「在妳去睡覺前，請把房間的門從外面鎖上，自己把鑰匙留下。請答應我務必如實做到。」

「可是珀西呢？」

「他會和我們一起回倫敦去。」

「那我留在這裡嗎？」

「這是為他好。妳能幫上很大的忙。快點！答應我吧！」

她很快點了點頭，表示同意，這時另外兩個人正好走了進來。

「妳爲什麼悶悶不樂地坐在這裡，安妮？」她哥哥高聲喊道，「出來曬曬太陽吧！」

「不，謝謝你，約瑟夫。我有點頭痛，這間屋子挺涼爽的，我覺得很舒服。」

「你現在打算怎麼辦，福爾摩斯先生？」我們的委託人問道。

「啊，我們不能爲了這件小事而失去調查目標。如果你能和我們一起到倫敦去，那對我將是很大的幫助。」

「馬上就動身嗎？」

「對，如果你方便的話，當然是越快越好，一個小時怎樣？」

「我感到身體已經夠硬朗了，我眞能爲你提供幫助嗎？」

「非常可能。」

「或許你要我今晚就住在倫敦？」

「我正想這樣向你建議呢。」

「那麼，如果我那位夜間的朋友再來拜訪我，他就找不到人了。福爾摩斯先生，我們一切聽你的，你一定要告訴我們你到底想怎樣。也許你想讓約瑟夫跟我們一起走，以便能照顧我？」

「啊，不用了，你知道我的朋友華生是個醫生，他會照顧你的。如果你允許的話，我們可以在這裡吃午餐，飯後三個人一起進城。」

一切都照他所說的做了妥善的安排，只有哈里森小姐按照福爾摩斯的建議，藉故留在這間臥室裡。我想不出我的朋友到底要採用什麼樣的策略，或許是他想讓那位姑娘離開菲爾普斯？菲爾普斯因爲身體已經復原，並且能自由行動，現下正高高興興地和我們一起在餐室進午餐。但是，福爾摩斯還做出了一件更讓我們吃驚的事——他陪同我們到車站並把我們送上車後，冷靜地告訴我們，他不打算離開沃金。

「在我離開之前，我要搞清楚一兩件小事情。」他說道，「菲爾普斯先生，你不在這裡，從某些方面講可能對我會有些幫助。華生，你們到達倫敦以後，一定要答應我，立即帶我們的朋友乘車到貝克街去，待在那裡直到我們再次見面爲止。幸運的是你們倆是老同學，一定有許多事可以談。菲爾普斯先生今晚可以住在我空出的那間臥室裡，明天早晨我會乘坐八點鐘的火車趕到滑鐵盧車站，我會準時和你們共進早餐的。」

「可是我們在倫敦的調查該怎麼辦呢？」菲爾普斯神情沮喪地問道。

「我們可以明天再做這件事。我想我現在留在這裡是十分必要的。」

「你回布里爾布雷後跟他們說，我想在明晚返回。」我們的火車剛要離開月臺時，菲爾普斯喊道。

「我大概不會回去布里爾布雷。」福爾摩斯答道。當我們的火車離站時，他笑容滿面地朝我們揮手道別。

沿途菲爾普斯和我一直都在談論這件事，但誰也不能對這個新進展想出一個滿意的理由來。

「我猜想，他是想找出昨天晚上盜竊案的線索，如果確實有盜賊的話。我自己認爲，那絕不是一個普通的盜賊。」

「那麼，你的意見如何？」

「說實在的，無論你是否將之歸因於我的神經衰弱，但我相信，在我周圍正有一些高深莫測的政治陰謀進行著，而且由於某種我無法理解的原因，我的性命成了這些陰謀家的目標。這話聽起來好像有些誇張和荒謬，可是請考慮實際的情況！爲什麼盜賊想從窗戶闖入一個空無一物的臥室？爲什麼手裡會拿著長刀呢？」

「你確定那不是撬門用的鐵撬嗎？」

「啊，不是，那是一把刀。我很清楚地看到刀刃發出的閃光。」

「但他究竟爲什麼對你懷有如此的深仇大恨呢？」

「啊，這正是問題的所在。」

「好，如果福爾摩斯有相同的看法，那應該能夠說明他採取這一行動的原因，對嗎？假設

你的推測是正確的，如果他抓到昨晚威脅你的人，那麼要找出偷海軍協定的賊，也就邁進一大步了。如果硬要假設你有兩個仇敵，一個偷你的東西，另一個卻來威脅你的生命，就太荒謬了。」

「可是福爾摩斯說他不會到布里爾布雷去。」

「我跟他相處已經很長一段時間了，」我說道，「我從未見過他沒有充分理由就去做什麼事情。」說到這裡，我們便轉到了其他的話題上。

這一天我感到非常的勞累。菲爾普斯久病之後身體依然虛弱，他的不幸遭遇使他變得神經緊張。我為他講一些我在阿富汗、印度的往事，聊一些社會問題，講一些讓他心情放鬆的事，努力讓他開心，但一切都是徒勞。他總是回想起那份遺失的協定，他不斷思索、猜想著；他也極想知道福爾摩斯正在做什麼，霍爾德赫斯特勳爵又正採取什麼措施，明天早晨我們會得到什麼消息。夜幕降臨後，他由激動變成痛苦萬分。

「你對福爾摩斯有絕對的信任嗎？」

「我親眼看到他辦過一些很不平凡的案子。」

「可是他從沒有破解過這種毫無頭緒的案子吧？」

「啊，不，我知道他處理過比你這件案子線索還少的案子。」

「但不會是關係如此重大的案子吧？」

「我不清楚。但我確實知道，他曾為歐洲三家王室承辦過非常重要的案子。」

「你很瞭解他，華生。他是如此不可預測，我永遠也不會知道要怎樣才能理解他。你認爲他有希望成功嗎？你認爲他有信心偵破這件案子嗎？」

「他什麼也沒說。」

「這可不是一個好兆頭。」

「正好相反。我已經注意到，他在失去線索時總是說失去了線索，在他查到一點線索但又不能完全肯定的時候，他就非常沉默寡言。現在，我親愛的朋友，我們犯不著爲這件事使自己心神不寧，我勸你趕快上床安睡，無論明天早上的消息是好是壞，我們都能精神飽滿地去對待。」

最後，我說服我的同伴接受了我的忠告，但我從他激動的神態可以看出，他不太能指望睡得著了。實際上，他的情緒也感染了我，我在床上輾轉了大半夜，久久不能入睡，仔細思考這個奇怪的問題，做了無數的推測，福爾摩斯爲什麼要留在沃金呢？爲什麼他要哈里森小姐整天守在病房裡呢？爲什麼他如此小心謹慎，不讓布里爾布雷的人知道他打算留在他們附近呢？我苦思冥想尋找符合所有事實的解答，直到腦力枯竭才漸漸入睡。

早上醒來時已經是七點鐘了，我立即起身到菲爾普斯的房裡，發現他臉色憔悴，一定是徹夜未眠。他第一句話就問福爾摩斯是否已經回來了。

「既然他答應過，」我說道，「就一定會來，而且會準時來的。」

我的話果然沒錯，剛過八點，一輛馬車就疾馳到門前，我的朋友從車上走了下來。我們站在窗前，看到他左手纏著繃帶，面色嚴峻而蒼白。他走進大門，過了一會兒才走上樓來。

「他看起來已經筋疲力盡了。」菲爾普斯喊道。

我不得不承認他說得對。「畢竟，」我說道，「這件案子的線索有可能還是在城裡。」

菲爾普斯歎息了一聲。

「我不明白這到底是怎麼回事，」他說道，「對他回來我抱了很大的希望。不過他的手昨天還好好的。到底發生了什麼事？」

「福爾摩斯，你受傷了嗎？」我的朋友走進屋內時，我問道。

「唉，只怪我手腳太笨拙，割破了點皮，」他一面點頭向我們問候，一面回答道，「菲爾普斯先生，你這件案子與我過去調查過的案子相比，的確是最神祕的了。」

「我擔心你對這案子已經力不從心了。」

「這是一次十分不平凡的經歷。」

「你手上的繃帶就說明了你的冒險，」我說道，「你能否告訴我們究竟發生了什麼事？」

「等吃過早餐再說吧，我親愛的華生。別忘了我一口氣從薩里趕了三十英里路回來。我想那份尋找馬車的廣告還沒有回應吧？好了，好了，我們不能指望每一件事都順利。」

餐桌已經準備好了，我剛想按鈴，哈德遜太太就送來了茶和咖啡。過了幾分鐘後，她又送上了三份早餐，我們一起在餐桌就坐，福爾摩斯狼吞虎嚥地先吃起來，我好奇地看著他，菲爾普斯則神情沮喪到了極點。

「哈德遜太太很善於烹飪，」福爾摩斯打開一盤咖哩雞的蓋子說道，「但她會做的菜不多，不過就像其他蘇格蘭女人一樣，她總能想出很絕妙的早餐。華生，你那份是什麼菜？」

「一份火腿蛋。」我答道。

「太好了！菲爾普斯先生，你想吃些什麼，咖哩雞還是火腿蛋？要不然，你就吃你自己那一份吧。」

「謝謝你，我什麼都不想吃。」菲爾普斯說道。

「啊，來吧！試著吃你面前那一份。」

「謝謝你，我確實不想吃。」

「得了，」福爾摩斯惡作劇般地眨眨眼，說道：「我想你不會拒絕我這一番好意吧。」

菲爾普斯打開蓋子，一打開，他就發出一聲尖叫，臉色像菜盤一樣蒼白，坐在那裡目不轉睛地望著盤內的早餐。盤子正中央放著一小卷藍灰色的文件。他一把抓

起來，雙眼發愣地看著它，然後把那紙卷按在胸前，高興地尖叫著，還在屋裡發狂般地跳起舞來，最後癱在扶手椅上，由於情緒過分激動而筋疲力盡。我們只好灌了他一點白蘭地，以免他不省人事。

「好啦！好啦！」福爾摩斯輕輕拍打著菲爾普斯的肩膀，安慰他說：「這樣子直接把它放到你面前，實在是太糟糕了，不過華生會告訴你，我總是忍不住要讓事情表現得有些戲劇性。」

菲爾普斯抓著福爾摩斯的手吻個不停。

「上帝保佑你！」他大聲喊道，「你挽救了我的榮譽。」

「好啦，你知道，這件案子也關係著我自己的榮譽，」福爾摩斯說道，「我跟你保證，如果我這次辦案失敗，就和你失信一樣，都是會讓人不愉快的。」

菲爾普斯趕快把這份珍貴文件揣進他上衣裡面的貼身口袋中。

「我真的不想再打擾你吃早餐，但我迫不及待想知道你是怎樣拿到它的，在哪裡找到的。」

福爾摩斯喝完一杯咖啡，又把火腿蛋吃完，然後站起身來，點上菸斗，安坐到椅子上。

「我會告訴你們我先做了什麼，後來又做了些什麼。」福爾摩斯說道，「我從車站和你們分手後，就緩步穿過風景優美的薩里區，來到一個名叫利普里的可愛小村落，我在一家小旅店裡吃過茶點，然後把水壺裝滿，再往口袋裡放了一塊夾心麵包。我一直等到傍晚，才動身前往沃金，當我來到布里爾布雷旁邊的公路時，剛好是黃昏時分。

「嗯，我一直等到公路上空無一人——我想，那條公路上一向不會有太多的行人——於是我翻過柵欄，來到屋後宅地。」

「可大門一定是開著的啊！」菲爾普斯突然喊道。

「是的，但我對這種事情有一些獨特的品味。我挑了一個長著三棵樅樹的地方，在這些樅樹的掩蔽下走了過去，屋裡的任何人都不可能看得到我。我蹲伏在旁邊的灌木叢中，從一棵樹爬到另一棵——看看我膝蓋上的褲子破損——一直爬到你臥室窗戶對面的那叢杜鵑花旁邊。我在那裡蹲下來，等候事情進一步發展。

「你房裡的窗簾還沒有放下，我可以看見哈里森小姐正坐在桌旁看書。等她闔上書、關緊百葉窗離開房間時，已是十點一刻了。

「我聽到她關門的聲音，也能確切聽到她用鑰匙鎖門的聲音。」

「鑰匙！」菲爾普斯喊道。

「對，我事先對哈里森小姐說過，在她就寢時，一定要從臥室外面把門鎖上，並且把鑰匙帶走。她嚴格執行了我的每一項命令，可以肯定地說，如果沒有她的配合，你就不會得到你上衣口袋中的那份檔案了。在她離開之後，燈也熄了，我依舊蹲伏在杜鵑花叢中。

「夜色很好，但守在這裡依然讓人覺得厭倦。當然，那種興奮的心情，就像漁夫躺在河邊守候一條大魚一樣。不過，等待時間非常久，華生，幾乎就像你我在調查『帶斑點的帶子』那個小問題時，在那間沉悶的屋子裡等候的時間一樣長。沃金教堂的鐘聲每過一刻鐘都會響一聲，我不只一次地想著，可能這件事不會發生了。但是，凌晨兩點鐘左右，我突然聽到拉開門閂和鑰匙轉動的輕微聲響。過了一會兒，供僕役出入的門打開了，約瑟夫．哈里森先生走在月光中。」

「約瑟夫！」菲爾普斯突然喊道。

「他沒戴帽子，可是肩上披著一件黑斗篷，讓他在遇到警報時能立刻把臉矇上。他踮著腳尖走到牆壁陰影下，靠近窗戶後，他用一把長刀插入窗框，並且撥開窗閂。隨後他撬開窗戶，又把刀子插進百葉窗縫，用力把百葉窗打開。

「我藏在那裡，可以清楚看到室內情況和他的一舉一動。他把壁爐臺上的兩支蠟燭點著，動手捲起門旁地毯的一角。一會兒後，他彎腰取出一塊小方木板，那通常是鉛管工在修理煤氣管接頭時用的。事實上，這塊木板底下蓋著丁字形接頭，連著可以把煤氣送往樓下廚房的管子。約瑟夫從這隱蔽之處取出了一小捲紙後，重新把木板蓋上，然後把地毯鋪平，吹熄了蠟燭。因爲我正站在窗外等著他，他逕直地撞進了我的懷裡。「啊，約瑟夫比我想像的要凶狠得多！他持刀向我撲來，我兩次都抓住了他，在我占優勢之前，我的指頭被劃傷了。我們打完後，由於他只能用單眼看人，看上去像個凶犯，可是我最終說服了他，讓他把檔案交了出來。拿到文件後，我就把他放走了。不過我今早發給福布斯一份電報，把案子的全部細節都告訴了他。如果他行動夠快就能抓住他要的人，那就太好了。但如果按我所想的那樣，等他趕到那裡時，人恐怕早就逃走了，呃，那正是政府最希望的結果。我想，首先是霍爾德赫斯特勳爵，再來是珀西．菲爾普斯先生，都寧願這件案子不經法庭審理才好呢。」

「我的天啊！」我們的委託人氣喘吁吁地說道，「你是說，在我極其痛苦的十個星期中，這份失竊的檔案一直在那間屋子裡嗎？」

「確實如此。」

「那麼約瑟夫！約瑟夫是一個惡棍和盜賊了！」

「唉！恐怕約瑟夫是一個比他外表看來更陰險，也更危險的人物。從他今天早上的言談來看，我猜想他已經在股票交易中賠進了血本，爲了讓自己換換運氣，他什麼壞事都準備去幹。做爲一個極端自私的人，一旦機會出現，他根本不會顧及妹妹的幸福，也不會考慮到你的名譽。」

珀西．菲爾普斯坐回椅中。「我的頭都暈了，」他說道，「你的話讓我覺得頭昏眼花。」

「你這件案子最主要的困難，」福爾摩斯用一種說教的方式說道，「就在於線索太多。最關鍵的線索往往被毫不相關的假象遮掩了。對擺在我們面前的所有事實，我們必須從中選擇那些眞正重要的，並按順序把它們連起來，以便串連這齣怪事的各個環節。我開始對約瑟夫產生懷疑，所依據的事實是，你曾打算事發當晚和他一起回家，因此我很自然地想到，他必定會來找你，因爲他對外交部很熟悉。後來我聽你說有人急於想進入那間臥室，我想，只有約瑟夫才可能在那間臥室裡藏了什麼東西——你對我們說過那天你和醫生一起回來後，約瑟夫搬出臥室的事——到那時我所有的懷疑都變成了確定的事實。特別是第一次沒有人照顧你的那一夜，就有人企圖闖入，這正說明了這位不速之客非常熟悉房子的情況。」

「我眞是瞎了眼！」

「我破案後，發現事發經過是這樣的：約瑟夫．哈里森從通往查爾斯街的那個旁門進了外交部，因爲他對路線很熟，所以在你離開辦公室後，他便直接走了進去，發現辦公室裡沒有人，便順手按響了電鈴，這時，他掃了一眼桌上的檔案。一瞥之間，他覺得他遇上了一個絕佳機會，可以得到一份價值連城的國家檔案，他立刻把它藏到口袋裡，轉身就離去了。你還記得，過了幾分鐘剛睡醒的守衛才提醒你注意鈴聲，這一點時間已經足夠盜賊逃跑了。

「他乘第一班車回到沃金，檢查了贓物，肯定它確實極其珍貴，便把那份協定藏到他認爲非常安全的地方，打算在一兩天後取出，把它送到法國大使館或者他認爲可以賣到高價的地方。可是你突然回到家裡，他事先沒有任何準備，就被迫搬出了那間臥室。從那時候起，始終有至少有兩個人在房裡，他無法拿回他的珍寶，這種情況簡直讓他急得發瘋。不過他終於抓住了機會。他設法潛入屋裡偷竊，但是因爲你失眠，他沒有成功。你可能還記得，那天晚上你沒有服用平常吃的那種藥。」

「我記得。」

「我想，他一定在那藥上做了手腳，因此他認爲你一定不會發覺。當然，我知道，無論何時，只要他認爲可以安全行動，那他還是會再次嘗試的。你能離開臥室正是最好的機會。我讓哈里森小姐一整天都守在屋裡，以便他不會趁我們不在時先下手。我一方面盡力讓他誤認爲沒有危險，另一方面，就像我剛才說過的，我一直監視著他的行動。我早就知道檔案很可能就藏在臥室裡，但我不願拆毀所有的地板和壁腳去搜查它。我讓他自己從藏匿處把文件拿出來，這樣就省去了我許多麻煩。還有什麼地方需要我進一步解釋嗎？」

「爲什麼第一次他要撬窗戶呢？爲什麼不從門口進去？」我問道。

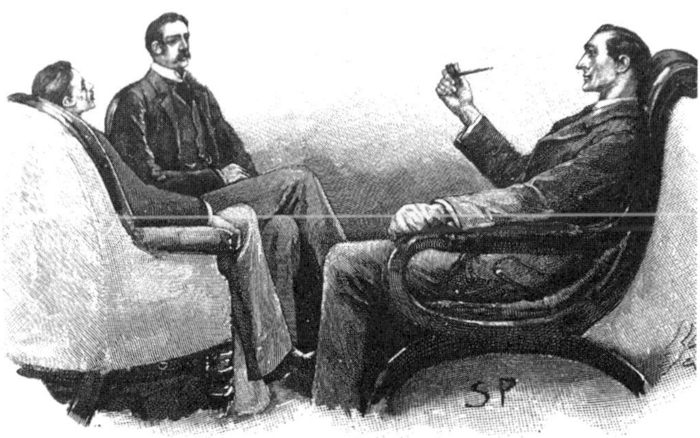

「從門口進去的話，他必須路過幾間臥室，另一方面，他從窗戶就可以輕易跳進草坪。還有什麼問題嗎？」

「你難道不覺得，」菲爾普斯問道，「他有行凶意圖嗎？你提到那把刀子只不過是用來當作撬窗工具。」

「也許是這樣吧，」福爾摩斯聳了聳雙肩回答道，「我只能肯定地說，約瑟夫·哈里森先生絕不是一個仁慈的紳士。」

第十一篇 最後一案

我懷著沉重的心情提筆寫下這最後一案，記錄我的朋友夏洛克·福爾摩斯與眾不同的非凡才能。雖然在寫作順序上很不連貫，我也深知表達得很不充分，但我還是盡力記錄下我們兩人共同的奇異經歷。從「血字的研究」我們初次合作開始，一直到他介入「海軍協定」一案——毫無疑問，他的介入阻止了一場嚴重的國際爭端。我本來打算就此停筆，絕口不提那件讓我一生都感到空虛惆悵的案件。兩年過去了，依然未能塡補我空虛的心靈。然而，最近詹姆斯·莫里亞蒂上校在幾封公開信中爲他已故的兄弟辯護，我別無選擇，只能把事實眞相完全如實地公諸於眾。我是唯一瞭解整個事實眞相的人，並且我也覺得該是公布它的時候了，再把它埋在心裡是沒有任何用處的。據我所知，這件事只在報章雜誌上報導過三次：第一次是在一八九一年五月六日《日內瓦雜誌》；另一次是一八九一年五月七日發表在英國各報刊上的路透社快訊；最後一次就是我剛剛提到的那幾封信。前兩次報導都太過簡略了，而最後一次報導，正如我現在要指出的，則完全顚倒了事實。我有責任首次向公眾澄清莫里亞蒂教授和福爾摩斯之間所發生的事實眞相。

大家可能還記得，我結婚以後，便開始了私人行醫業務，福爾摩斯和我之間的親密關係變得有些疏遠了。當他在調查案件中需要助手時，仍會不時地來找我，不過這種情況已經越來越少了。最後我發現，在一八九〇年，我保存記錄的只有三件案子。這一年冬天到一八九一年初春，我從報上看到福爾摩斯正為法國政府調查一件極為重要的案子。我收到福爾摩斯的兩封信，分別發自那爾邦和尼姆，由此，我猜想他可能會在法國待很長一段時間。然而有些出人意料的是，在四月二十四日晚間，我卻看見他走進我的診療室。尤其讓我感到吃驚的是，他看起來比平時更為蒼白和削瘦。

「不錯，這些日子我已經耗盡了自己的精力，」他看到我的臉色，沒等我開口，就搶先說道：「最近我有些緊張過度。不介意我關上你的百葉窗吧？」

我看書用的那盞燈擺在桌上，屋裡只有一點燈光。福爾摩斯沿著牆走過去，猛地關上百葉窗，然後上了插銷。

「你是在害怕什麼東西吧？」我問道。

「是的，我害怕。」

「怕什麼？」

「怕被槍襲擊。」

「我親愛的福爾摩斯，你這是什麼意思呢？」

「我想你應該非常瞭解我，華生，你知道我絕不是一個膽小怕事之輩。可是，當危險來臨時，如果還是不以爲然，那就太不明智了。能不能給我一根火柴？」福爾摩斯抽著菸，似乎在享受著香菸帶給他的鎮靜作用。

「我很抱歉這麼晚還來打擾你，」福爾摩斯說道，「而且，我必須請你破例允許我現在翻越你的花園後牆，離開你的住所。」

「可我不明白，這一切是怎麼回事呢？」我問道。

他伸出手來，藉著燈光，我發現他的兩個指關節受了傷，正在流血。

「你看，這可不是我無中生有，」福爾摩斯笑道，「尊夫人在家嗎？」

「她外出訪友去了。」

「眞的！就你一個人在家嗎？」

「對。」

「那這樣就方便多了，我想請你和我一起到歐洲待上一個星期。」

「到歐洲什麼地方？」

「啊，什麼地方都行，對我來說沒什麼差別。」

所有這一切看起來都非常奇怪，依福爾摩斯的個性，他不會毫無目的去度假，而他那蒼白、憔悴的面容讓我感到他的神經已高度緊繃。福爾摩斯從我的眼神中讀出了我心裡的疑問，便把手指交叉在一起，手肘頂在膝上，向我講述即將面對的形勢。

「你可能從來沒聽說過莫里亞蒂教授的事吧？」他說道。

「從來沒有。」

「啊，眞是奇事遍天下！」福爾摩斯大聲說道，「這個人的勢力遍及整個倫敦，但居然沒有一個人聽過他。這就是他的犯罪活動鼎盛的原因。華生，我可以鄭重地告訴你，如果我能戰勝他，把這個敗類從社會中清除，那麼，我就可以說我的偵探事業也達到了巔峰，然後就能準備去過一種相對安靜的生活了。有件事我們倆知道就行，近來我為斯堪地那維亞皇室和法蘭西共和國承辦的那幾件案子，他們提供了很好的條件，讓我得以去過一種最適合我的安靜生活，並且可以集中精力進行我的化學研究。可是，華生，如果我覺得還有莫里亞蒂教授這樣的人在倫敦街頭橫行霸道，那我是無法安心的，我絕不會靜坐在安樂椅中不聞不問。」

「那麼，他都做了哪些壞事呢？」

「他的經歷非同一般。他的家庭出身良好，也受過極好的教育，在數學方面有非凡的天賦。二十一歲時他寫了一篇有關二項式定理的論文，曾一度在歐洲引起轟動。憑藉這篇論文的影響力，他在我們這裡的一些小學院獲得了數學教授的職位，從表面上看，一個光輝燦爛的前程就在等著他。可是這個人卻遺傳了極爲凶殘、有如惡魔般的天性，他血液中流淌著的犯罪根源，非但沒有因爲超人的智慧而減弱，反倒因此助長，而且變得極度危險。大學區也流傳著他見不得光的傳言，最終他被迫辭去教授職務，來到了倫敦，打算當一名軍事教員。外界對他的情況也就瞭解這麼多了，不過我現在要告訴你的是我所發現的情況。

「你也知道，華生，沒有人比我更瞭解倫敦那些高級犯罪活動了。過去這些年來，我一直都知道在那些犯罪分子背後存在著一股勢力，這些深層組織的勢力總是和法律作對，庇護著那些犯罪分子。在我受理的各種案件中——僞造案，搶劫案，凶殺案——我三番兩次地感到這股勢力的存在，我從許多還未破獲的案件中推理出這股勢力的活動，雖然我並沒有親自辦理這些案子。多年來，我竭盡全力要揭開這股勢力的面紗，時機終於到來了。我抓住線索、跟蹤追擊，經過無數次迂迴曲折的查訪，我終於鎖定了那位數學界的知名人士，退職教授莫里亞蒂。

「他是犯罪界的拿破崙，華生。倫敦城中有一半犯罪活動都是他的組織所做，而幾乎所有沒被偵破的案件都和他有關。他是一個奇才、哲學家，還是一個深奧的思想家。他有個一流的頭腦。他只是安然地靜坐在那裡，像一隻蜘蛛蟄伏於蛛網的中心，可是蛛網有千百根放射線，他能感覺到每一根絲的輕微顫動。他很少親自出馬，只是對行動進行策劃。他手下人數眾多，而且組織嚴密。比方說，如果有人準備作案，想盜竊文件，要搶劫一戶人家，要暗殺一個人，只要通知教授一聲，這件犯罪活動就會有組織地開始執行。犯罪分子可能被抓獲，那樣的話，他也會花錢保釋他的黨羽，或者爲他進行辯護。可是指揮這些犯罪行動的核心人物卻從未緝拿到案——甚至連嫌犯也找不到。這就是我對他們的組織情況進行的推斷，華生，我一直在全力以赴地揭露和破獲這一組織。

「可是這位教授在他周圍布置了異常嚴密的防範措施，設計得非常巧妙，儘管我想盡各種辦法，仍不能有充足證據把他送上法庭。你是知道我的破案能力的，我親愛的華生，可是三個月之後，我不得不承認，我終於遇到了一位與我智力相當的對手。我欽佩他的犯罪手段，勝過厭惡他的罪惡。但他終於出現了漏洞，儘管只是一個很小很小的紕漏，不過，我把他盯得非常緊，這點紕漏也會讓他付出極大的代價。我抓住機會，開始從這一點查起，到現在爲止，我已在他周圍布下法網，一切都已準備就緒，就等收網了。三天之內——也就是說在下星期一——等時機成熟了，教授和他那些主要的犯罪成員，就會全部落入警方手中。到時，就會有本世紀最大規模的犯罪審判，澄清四十多宗未結的疑案，把他們全部處以絞刑。可是，如果我們在行動中稍有不愼，那麼你知道，即使在最後關頭，他們也會從我們手中溜走的。

「唉，如果我能在莫里亞蒂教授毫不知情的情況下做完這件事，那就萬無一失了。不過莫里亞蒂實在是老奸巨猾，我在他身邊設下的每一個圈套，他都一清二楚。他一次又一次地竭力逃脫，而我每次都阻止了他。我可以告訴你，我的朋友，如果能詳細記錄我和他之間這場無聲的鬥爭，那必然會成爲偵探史冊中最光輝的一頁。我從未達到過如此的境界，也從來沒有被對手這樣猛烈壓制過。他做起事來異常精準，而我只剛好勝他一籌。今天早晨我已經布下了最後的一步棋，只要三天的時間就能完成這件事。我正坐在屋裡仔細考慮這件事，房門突然打開了，莫里亞蒂教授就站在我面前。

「我的神經還算是夠堅強的，華生，不過我不得不承認，在我看到那個讓我耿耿於懷的人站在門檻時，也禁不住吃了一驚。我已經非常熟悉他的相貌，他個子異常高瘦，前額向外突出，雙目深陷，鬍子刮得乾乾淨淨，面色蒼白，一副苦行僧的樣子，依然保持著幾分教授的風度。由於學習過度，他的肩背看上去有些佝僂，他的臉向前伸著，身子不停地左右輕擺，樣子既古怪又可悲。他瞇著著雙眼緊盯著我，顯得非常好奇。

「『你的前額並沒有我想像中的那樣明

顯，先生，』他終於說道，『在睡衣口袋裡擺著已經上膛的手槍，這可是一個危險的習慣啊。』

「事實上他一進來，我就立刻意識到我正面臨巨大的人身危險。因爲對他來說，唯一可行的逃脫方法，就是把我滅口。所以我連忙從抽屜裡抓起手槍偷偷塞進口袋，並且從衣服裡面對準了他。聽他說了這些話，我便拿出手槍，放到桌上。他依然面帶笑容，細瞇著眼，但從他的眼神中可以看到一種異常的表情，使我暗自慶幸手裡有這把手槍。

『你顯然對我還不瞭解。』他說道。

『恰恰相反，』我答道，『我認爲我非常瞭解你。請坐。如果你有什麼話要說，我可以給你五分鐘時間。』

『所有我要說的你應該已經想到了。』他說道。

『也就是說，你也知道我會怎麼回答你了。』我回答道。

『你不肯讓步嗎？』

『絕不讓步。』

「他猛地把手伸進口袋，我也拿起桌上的手槍。但他只是掏出一本備忘錄，上面潦草地記著一些日期。

『一月四日你妨礙了我的行動，』他說道，『二十三日你再次阻礙了我；二月中旬你爲我製造了很大的麻煩；三月底你完全破壞了我的計畫。快到四月底時，我發現由於你連續不斷地煩擾，我已經處於喪失自由的危險境地。這種情形快讓人無法忍受了。』

「『那你打算怎麼做？』我問道。

「『你必須放棄，福爾摩斯先生！』他搖晃著腦袋說道，『你要明白，你眞的必須住手。』

「『等過了星期一再說。』我說道。

「『嘖，嘖，』他說道，『我相信，像你這樣的人應該明白，這種事只能有一個結果。那就是你必須撤出。你把事情做到了這種地步，我們只剩下一種辦法可用了。看到你把事情攪成這個樣子，這對我確實是一種智力上的挑戰。我可以坦誠地告訴你，如果我被迫採用了任何極端的手段，那將是令人痛心的。你可以笑我，先生，可是我向你保證，事情的結果就是這樣。』

「『做我們這一行，就肯定有危險。』我說道。

「『這不是危險，』他說道，『是不可避免的毀滅。你阻礙的不只是某一個人，而是一個強大的組織。儘管你很聰明，但你不會瞭解這個組織的整個勢力範圍。你必須閃開，福爾摩斯先生，否則你會被踩死的。』

「『恐怕我只顧談話，』我站起身來說道，『卻忘了還有一些重要的事情等我去辦。』

「他也站起身來，默不作聲看著我，悲傷地搖了搖頭。

「『好，好，』他終於說道，『太可惜了，不過我已經盡力而爲了。我對你的把戲瞭若指掌，星期一以前你將會一無所得。這是你我之間的一場決鬥，福爾摩斯先生。你想把我送上被告席，我告訴你，我絕不會站到被告席上的。你想打敗我，我也告訴你，你絕不會打敗我的。如果你的聰明足以致我於死地，你只管放心，我會與你同歸於盡的。』

『你這樣說算是恭維我了，莫里亞蒂先生，』我說道，『做爲報答，我也送你一句話，如果我眞能把你毀滅掉，那麼，爲了公眾的利益，我也心甘情願和你同歸於盡。』

『我答應和你同歸於盡，但你是毀滅不了我的。』他咆哮著，便轉身走出了房間。

「這就是我和莫里亞蒂教授之間那場奇特的會面過程。我承認，它在我心中蒙上了一層陰影。他說話時是那麼平靜、明確，使人相信他一定會言出必行，這不是一個簡單的惡棍辦得到的。你當然會說：『爲什麼不讓警察來防範他呢？』因爲我確信他會叫他的手下來傷害我。我有最充分的證據，可以證明一定會如此。」

「已經有人襲擊你了嗎？」

「我親愛的華生，莫里亞蒂教授是一個決不放過任何機會的人。我中午到牛津街去辦事，剛走到本廷克街到韋爾貝克街十字路口的轉角，一

輛高速騁馳的雙馬貨車閃電般地向我猛衝過來。我連忙跳到人行道上，在千鈞一髮之際救了自己。貨車一轉眼便衝過馬利本巷飛馳而去。這事過後，當我走到維爾街時，一塊磚頭突然從一家屋頂上飛落，在我腳旁摔成了碎片。我找來警察，檢查了那個地方。屋頂上堆滿了爲維修而準備的石板和磚瓦，他們對我說是風把磚頭吹下來的。我心裡當然明白是怎麼回事，卻找不到任何證據。這之後，我便叫了一輛馬車，到貝爾梅爾街我哥哥家裡待到晚上。剛才我來你這裡，途中我又遇到暴徒用棍棒襲擊。我打倒了他，後來警察把他拘留了。我的手打在那個人的門牙上，指關節擦破了。不過我有十足的把握告訴你，絕對查不出這位被拘留的襲擊者和那個離職的數學教授之間有什麼關聯。我敢肯定，那位教授正在十英里以外的一塊黑板前面解答問題呢。華生，我一走進你的房間就先關好百葉窗，然後又請你答應我從後牆離開你的家，以便不招人耳目，這下你不會感到奇怪了吧。」

我一向很敬佩我朋友的勇氣，但從未像今天這樣佩服過。他就這麼平心靜氣地坐在那裡，講述一整天下來經歷的一系列毛骨悚然的恐怖事件。

「你今天在這裡過夜嗎？」我問道。

「不，我的朋友，你會發現我是一個非常危險的客人。我已經擬定了計畫，一切都會平安無事的。迄今爲止，事情已經發展到不用我幫忙他們也可以行動，甚至可以逮捕那些不法之徒的程度了，儘管將來還需要我出庭作證。所以，在他們展開捉捕行動之前，很明顯，我最好離開幾天，以便警察能夠自由行動。如果你能陪我到歐洲去一趟，我將會非常開心。」

「我的醫務很清閒，」我說道，「而且又有一位樂於助人的好鄰居，所以我很願意和你一起去。」

「明天早晨出發可以嗎？」

「如果需要的話，沒有問題。」

「啊，這就好，非常需要。那麼，有些事情我要對你說清楚。我親愛的華生，我請你一定要嚴格執行，因爲現在我倆正聯手與最狡猾的無賴以及歐洲最強大的犯罪集團搏鬥。現在聽好了！所有你打算攜帶的行李，今夜可以派一個信得過的人送往維多利亞車站，而且上面不要寫發送地址。明天早晨你可以派人去雇一輛雙輪馬車，但一定要囑附他，不要雇第一輛和第二輛自行送上門的馬車。你跳上馬車後，把地址寫在紙條上交給馬車夫，讓他載你到勞瑟街斯特蘭德盡頭處，告訴他把紙條丟掉。你要事先準備好車費，車一停，你要馬上穿過街道，在九點一刻準時到達街道另一端。你會見到路邊停著一輛四輪轎式小馬車，車夫身披深黑色斗篷，領子上鑲有紅邊，你上了車後，便能及時趕到維多利亞車站，搭上前往歐洲大陸的快車了。」

「我在哪裡和你碰面？」

「在車站。從前面數來的第三節頭等車廂，我已經訂好了座位。」

「那我們就在那節車箱裡會合了？」

「對。」

我請福爾摩斯晚上住在這裡，但他拒絕了。很明顯，他認爲住在這裡會帶給我麻煩，這就是他不得不走的原因。匆忙間他談了幾句我們明天的計畫，便站起身來和我一起來到花園，翻牆到了莫蒂默街，立刻招呼來一輛馬車，我聽見他乘車離去。

第二天早晨，我按照福爾摩斯的指令開始行動，小心謹愼地雇來一輛馬車，以防它是專門爲我們設下的圈套。早飯後，我立刻驅車趕往勞瑟街。我以最快的速度穿過了這條街。看見一輛四輪小馬車正等在那裡，上面是一位身材魁偉的車夫，身上披著一件黑斗篷。我一踏進車裡，他立刻策馬趕往維多利亞車站。在那裡我一下車，他便調轉車頭疾馳而去，甚至沒看我一眼。

到目前爲止，一切都進行得毫無破綻。在我來之前，我的行李已放到了車上，我毫不費力就找到了福爾摩斯預先指定的車廂，因爲在所有的車箱中，只有這一節標著「預定」的字樣。現在唯一讓我著急的就是福爾摩斯還沒有出現。我看了一下車站上的鐘，離我們出發的時間只剩下七分鐘了。我在旅客和告別的人群中尋找我朋友那瘦長的身影，但只是白費功夫，根本找不到他。我花了幾分鐘幫助一位年老的義大利牧師，當時，他正用蹩腳的英語向搬運工解釋，他的行李要運往巴黎。然後，我又向四周看了一下，才回到車廂裡，卻發現那個搬運工也不管車票對不對，竟把那位年老的義大利朋友領進了我這個車箱。儘管我向他解釋，說他不應該搶占別人的座位，但根本沒有作用，因爲我的義大利語比他的英語更糟，我只好聳聳肩，繼續焦急不安地向外張望，尋找我的朋友。我想他到現在都還沒來，可能是昨夜遭到了襲擊，想到這裡，我不禁打了一個冷顫。火車的門都已經關了，汽笛也響了起來，就在這時……

「我親愛的華生，」一個聲音傳來，「你還沒有向我說早安呢。」

我吃驚地轉過身來，那個老牧師已向我轉過臉來。他滿臉的皺紋突然之間被抹平了，鼻子變高了，下嘴唇不再突出了，嘴也不癟了，呆滯的雙眼重新變得炯炯有神，無力的身軀也舒展開來。但接下來，他整個身軀又衰頹下去，福爾摩斯就像他來時那樣突然，轉瞬之間又消失了。

「天哪！」我高聲叫道，「你太讓我震驚了！」

「必須要嚴加防範才行，」福爾摩斯低聲說道，「我有理由認爲他們正在緊跟著我們。你看，那人就是莫里亞蒂教授。」

福爾摩斯正說著，火車已經開動。我扭頭看了一眼，只見一個身材高大的人正急促穿過人

群，他不停揮手，彷彿希望火車能夠停下來。不過已經太遲了，列車已經加快速度，轉眼之間就出了車站。

「你看，由於事先作了安排，我們才能順利擺脫他。」福爾摩斯笑著說道，他站起身來，脫下化裝用的黑色教士衣帽，把它們塞進了手提袋裡。

「你看了今天的晨報了嗎，華生？」

「沒有。」

「那麼，你沒有留意到貝克街的事嗎？」

「貝克街？」

「昨夜他們縱火燒了我的房子。不過損失並不大。」

「我的天哪！福爾摩斯，這簡直讓人無法容忍！」

「自從那個用棍棒襲擊我的人被捕之後，他們就完全找不到我的行蹤了。否則他們也不會以為我已回家。不過，他們顯然早就在監視你了，這就是莫里亞蒂來到維多利亞車站的原因。你來的路上沒有留下一點漏洞嗎？」

「我完全按照你說的行動。」

「你找到那輛雙輪馬車了嗎？」

「對，它就在那裡等著。」

「你認出那個馬車夫了沒？」

「沒有。」

「那是我哥哥麥克洛夫特。在這種情況下，最好不要依靠雇用的人，不過我們現在必須計畫好怎樣來對付莫里亞蒂。」

「我們坐的是快車，我認爲我們已經成功擺脫他了。」

「我親愛的華生，我曾對你說過這個人擁有和我同樣的智力水平，你顯然並沒有意識到這些話的意思。如果我是那個跟蹤者，你肯定會想，我絕不會被這麼一點小小的障礙所阻擋。那麼，你又怎麼能這樣輕視他呢？」

「他會怎麼做呢？」

「我會怎麼做，他就會怎麼做。」

「那麼，你要怎麼辦呢？」

「雇一輛專車。」

「但已經爲時太晚了。」

「根本不晚。這趟車會停在坎特伯里車站，平常至少要耽擱一刻鐘才能上船。他會在那裡抓住我們的。」

「那別人還以爲我們是罪犯呢。我們等他到來後，乾脆先逮捕他。」

「那我三個月來的成果就全毀了。我們雖然抓住了大魚，可是那些小魚就會游來游去，脫網而逃。如果等到星期一，我們就可以把他們一網打盡了。所以現在還不行，絕不能逮捕他。」

「那我們該怎麼辦呢？」

「我們可以在坎特伯里站下車。」

「然後呢？」

「啊，然後我們做一趟橫越全國的旅行到紐黑文，再前往法國的蒂艾浦。莫里亞蒂在這種情況下會做出和我一樣的打算，他會到巴黎去認出我們的行李，在車站等上兩天。與此同時，我們可以買兩個毛氈睡袋，就當是贊助一下沿途國家的睡袋商，然後悠閒自得地經過盧森堡和巴塞爾到瑞士去。」

因此，我們在坎特伯里站下了車，卻發現還要等一小時才能搭上去紐黑文的車。

望著那節載著我全套行李的火車疾馳而去，我依然是心情沮喪，這時福爾摩斯扯著我的衣袖，沿著鐵路線向遠處指著。

「你看，他已經來了。」他說道。

在遠處，從肯特森林中升起了一縷黑煙，一分鐘後，一輛引擎牽引的列車爬過彎道，向車站方向開來。我們剛在一堆行李後面藏起來，那列車就鳴著汽笛，卡嗒卡嗒地急馳而過，迎面撲來了一股熱氣。

「他走了，」我們見那列車飛快地越過幾個小丘，福爾摩斯說道，「你看，我們的朋友畢竟是智力有限。他要是推斷出我想的事，並採取相應行動，那可就非常高明了。」

「如果他趕上我們，他會怎麼做呢？」

「毫無疑問，他一定會置我於死地。不過，這是一場勝負難以預料的搏鬥。現在的問題是，我們是先在這裡吃午餐呢，還是先到紐黑文去，不過那樣可能就會挨餓了。」

當夜我們趕到了布魯塞爾，在那裡待了兩天，第三天來到史特拉斯堡。星期一早晨福爾摩斯往蘇格蘭場發了一封電報，當晚我們回旅店就拿到了回電。福爾摩斯打開電報只看了一眼，便狠狠咒罵一聲，把它扔進壁爐了。

「我早就應該想到這一點！」福爾摩斯歎了口氣說道，「他逃了。」

「莫里亞蒂嗎？」

「除了他之外，蘇格蘭場抓獲了整個犯罪集團，但他還是溜掉了。當然，我不在英國，沒有人對付得了他，可是我以為他們一定能穩操勝算。我想，你最好還是回英國去吧，華生。」

「為什麼？」

「因為現在你和我在一起已經很危險了。那個人的老巢已經被抄了，如果他再回到倫敦去，同樣也會被捕。假如我沒有錯看他的話，他一定會全力找我報仇。在上次我們的簡短會面中，他已說得很清楚了。我相信他會言出必行的，所以我勸你還是回去行醫吧。」

我是他辦案時的老搭檔，又是他的老朋友，因此很難同意他這項建議。為此我們還坐在史特拉斯堡飯館爭論了半小時，但當夜我們繼續踏上旅行，並平安到達了日內瓦。

一週以來，我們一直徘徊在迷人的隆河峽谷，然後，從羅伊克轉而前往吉米山隘，山上依然覆蓋著厚厚的積雪，因此，我們取道音特拉肯前往邁林根。這是一次迷人的旅行，山下春光明媚，綠樹成蔭，山上卻白雪皚皚，一幅寒冬景象。但我心裡很清楚，福爾摩斯片刻也沒有忘記橫在他心上的陰影。無論是在樸實親切的阿爾卑斯鄉村，還是在人跡罕至的山間小道，他對每一個經過我們身邊的人都快速打量著，好像在仔細審查每一張臉。從這件事我能看出，無論我們走到哪裡，他都認為有被人跟蹤的危險。

記得有一次我們通過吉米山隘，沿著令人壓抑的道本尼山邊界步行，一塊大石頭突然從我們右方的山脊上墜落，咕咚一聲滾落在我們身後的湖中。福爾摩斯快步跑到山脊上，站在高高的山頂，向四周觀望。儘管我們的嚮導向他保證，春季這個地方有山石墜落是常有的事，依然是白費脣舌。福爾摩斯什麼也沒說，但他微笑著看著我，臉上露出他早已料到會發生此事的那種神情。

儘管他十分警惕，但從不顯得氣餒。正好相反，我還從未見過他如此精力充沛的樣子。他不只一次提到：如果他能爲社會除掉莫里亞蒂教授這個禍害，那麼，他會高高興興地結束他的偵探生涯。

「華生，憑心而論，我可以說完全沒有虛度此生，」福爾摩斯說，「即使今夜我的生命旅程到了盡頭，我也可以問心無愧地面對。由於我的存在，倫敦的空氣變得更加清新。在我受理的一千多件案子裡，我相信，我從未把能力用錯地方。我對研究那些膚淺的社會問題不感興趣，那是我們人爲造成的，相較之下，我更喜歡研究大自然提出的問題。華生，在我把歐洲最危險而且最有能力的罪犯抓獲的那一天，我的偵探生涯也就圓滿結束了，而你的回憶錄也可以收尾了。」

我應該要簡明扼要，又毫無保留地講完這個故事。我本意上並不願細敘這件事，但我總覺得有一種責任感，不容許我遺漏掉任何細節。

五月三日，我們來到了荷蘭邁林根的一個小村鎮，住在老彼得·思泰勒開的「大英旅館」

裡。店主人是一個很有才智的人，曾在倫敦的格羅夫納旅館當過三年侍者，能說一口漂亮的英語。在他的建議下，四日下午，我們兩人一起出發，打算翻山越嶺到洛森羅伊的一個小村莊過夜。不過，他建議我們絕不要錯過半山腰上的萊辛巴赫瀑布，可以去欣賞一番。

那確實是一個凶險之處。融雪匯成的急流落進萬丈深淵，水花飛濺，如同房屋失火時冒出的濃煙。谷口有河流注入，是個極大的裂縫，山壁兩邊排滿了發光黑煤一般的山岩，裂罅而下，逐漸變窄，乳白色的水流奔騰流入無底深淵，迸發出一股激流，從豁口流下。永不停息的綠波咆哮著，傾瀉而下，厚厚的水簾不停晃動，發出連綿聲響，水花往上飛濺，湍流與喧囂使人眼花繚亂。我們站在山邊，凝視著下方撞擊著黑岩的浪花，傾聽著深淵中的水花發出的，宛如怒吼一樣的隆隆聲響。

環繞瀑布的半山坡上，中途闢出了一條小徑，讓人可以看到瀑布全景，可是小徑突然中斷，遊客只好按原路返回。我們也跟著轉身返回，忽然看到一個瑞士少年手拿一封信沿小路跑了過來，信上蓋有我們剛剛離開的那家旅館的印章，是店主人寫給我的。信上說，我們剛走沒幾分鐘，店裡就來了一位英國婦女，她已經處於肺結核末期，在達沃斯普拉茨過冬，現在到盧塞恩旅遊訪友。想不到她突然咯血，這樣下去，她可能活不了幾個小時，如果能讓一位英國醫生為她診治，她將感到非常欣慰，問我是否可以回來一趟等等。好心的店主人思泰勒還在附言中說，這位夫人斷然拒絕瑞士醫生為她診治，他別無選擇，只能承擔這份重責大任。如果我能答應，他本人也會萬分感激。

這種請求是不能置之不理的，我不可能拒絕一位生命垂危的女同胞的請求。但想到要離開福爾摩斯，我又開始猶豫不決。然而，最後我們商定，在我返回邁林根期間，他把這位送信的瑞士少年留在身邊做嚮導和旅伴。福爾摩斯說，他要在這地方稍做逗留，然後緩步翻過山頭，前往洛森羅伊，晚上我在那裡和他會面。我轉身走開時，看見福爾摩斯背靠著山石，雙手抱臂，俯瞰著奔湧而下的水流。想不到這竟是我今生和他見的最後一面。

快到山底時，我回頭望去，這時已經看不到瀑布，不過仍可看到山腰通往瀑布的彎曲小路。我記得，當時有一個人沿著小徑快步走上去。在他身後綠蔭的襯托下，我能清楚地看到他的黑色身影。我注意到他走路時精力充沛的樣子，但因爲我有事急著趕路，很快就忘掉了他。

大約一個多小時後，我回到了邁林根。老思泰勒正站在旅館的門口。

「喂，」我急忙走過去說道，「但願她

病情沒有惡化吧？」

他臉上頓時出現驚訝的神色，我一看到他雙眉向上一揚，心裡不由得沉重起來。

「你沒有寫這封信嗎？」我從衣袋裡掏出信來問道，「旅館裡難道沒有一位生病的英國女人嗎？」

「當然沒有！」他大聲說道，「可是這上面怎麼會有旅館的印章呢！哈，這一定是那個高個子的英國人寫的，你們走後他就來到了這裡。他說……」

可是我沒等店主把話說完，就大驚失色地沿著村路跑了回去，一路奔向剛才下山時走的那條小徑。我剛才下山時用了一個多小時，這次我竭盡全力，還是花了兩個多小時才跑回萊辛巴赫瀑布。福爾摩斯的登山杖依然靠在我離開時的那塊岩石上，可是他本人卻不知去向了，我大聲呼喊著他的名字，可是除了四周山谷傳來的回聲外，什麼也聽不到。

一看到登山杖，不由得使我不寒而慄。那麼說，他沒有到洛森羅伊去了，在遭到仇敵襲擊時，他一直站在這條一邊是峭壁、一邊是深淵的三英尺寬的小路上。那個瑞士少年不見了，他可能是莫里亞蒂花錢雇來的，事後留下這兩個對手就走開了。然後發生了什麼事？有誰可以告訴我後來發生了什麼事呢？

我被這件事嚇得頭昏腦脹，站在那裡呆了一兩分鐘，努力使自己靜下心來，然後我想到了福爾摩斯所用的方法，於是開始竭力調查這場悲劇。這看起來並不難，唉，我卻做不到。我們談話時，還沒有走到小徑的盡頭，登山杖指出了我們當時所站的位置。略顯黑色的土壤由於經常受到水花不停的濺灑，總是顯得很鬆軟，從我的腳下方，兩排清晰的腳印一直延伸到小徑盡頭，而且誰也沒有返回。離小路盡頭幾碼的地方，地面被踩成了一片泥濘，裂縫邊上的荊棘和羊齒草已經被扯亂，倒伏在泥水中。我把臉貼在裂縫邊，低頭查看，水花在我周圍噴濺。我離開旅館時，天色已經黑了下來，現在我只能看到黑色峭壁上的水珠閃閃發光，還有峽谷遠處浪花衝擊的閃光。我大聲呼喚，但只能聽到猶如人聲的瀑布奔騰。

不過命中註定，我畢竟還是找到了我的朋友和戰友的臨終遺言。我剛才說過，他的登山杖斜靠在小徑旁的一塊突出岩石上。在這塊圓石頂上，我看到有一件東西閃閃發光，我伸手把它取了下來，發現那是福爾摩斯過去常常帶在身邊的銀菸盒。我拿起菸盒，下面壓著的一張疊成小方塊的紙飄落到地面。我打開它，發現是從筆記本上撕下來的三張紙，是寫給我的。它完全顯露出福爾摩斯的性格，指示仍然準確，筆法剛勁清晰，就像在書房寫成的一樣。信上寫道：

我親愛的華生：

承蒙莫里亞蒂先生的好意，我寫下了這幾行字，他正等著最後討論我們之間存在的一些問題。他已向我大致講述了他擺脫英國警察並查明我們動向的方法。這更加肯定了我對他的能力所下的極高評價。一想到我能爲社會除掉因他而帶來的禍害，我就非常高興，儘管這恐怕要讓我的朋友們感到痛苦，特別是你，我親愛的華生。不過，我已經對你說過，無論如何，我的偵探生涯已經到了決定性時刻，而對我來說，再沒有比這樣的結果更使我感到心滿意足的了。實際上，我毫無隱瞞地對你說，我完全知道邁林根的來信是一場騙局，而我藉故讓你走開，是因爲我確信，以及還會發生一系列類似事件。請告訴警長派特森，他用來給那個匪幫定罪的文件放在字首爲M的資料架裡，裡面有一個藍信封，上面寫著「莫里亞蒂」。在離開英國時，我已將薄產作了安排，並把它交付給我的哥哥麥克洛夫特。請代我問候華生夫人，我的朋友。

你忠誠的夏洛克．福爾摩斯

剩下的事幾句話就可以交代。經過專家對現場的勘察，毫無疑問，這兩人之間進行過一場搏鬥，在這種情況下，結果只能是兩人緊緊扭打在一起，搖搖晃晃地墜入了深淵。他們的屍體根本不可能找到，而在這個激流洶湧、泡沫沸騰的無底深淵中，將永遠埋葬著當代最危險的罪犯和最傑出的法律捍衛者。後來再也沒有找到那個瑞士少年，他分明是莫里亞蒂雇用的爪牙之一。至於那個匪幫，讀者可能都還記得，福爾摩斯蒐集了十分完整的罪證，從而揭露了他們的組織，揭露了死去的莫里亞蒂的鐵腕對他們有多麼強大的控制力。在訴訟過程中，很少涉及到他們那可怕首領的詳情，而我現在不得不對他的罪惡勾當做一個完整的說明，這是因為那些不明智的擁護者妄想攻擊福爾摩斯，以此紀念莫里亞蒂，而我將永遠把福爾摩斯看作我所認識的最好的人，最聰明的人。

福爾摩斯延伸探索

蕭仕涵

年代	作者柯南・道爾大事	年代	年代大事記
一八五九	出生於英國蘇格蘭愛丁堡附近的皮卡地普拉斯。	一八五九	
一八七六	進入愛丁堡大學攻讀醫學系。	一八七六	英國維多利亞女王兼任印度女皇。愛迪生在美國建立了美國第一個工業研究實驗室，即「愛迪生發明工廠」。
一八八一	畢業於愛丁堡大學醫學院。	一八八一	達爾文（Charles Darwin，一八〇九～一八八二）逝世，遺體被安葬於西敏斯特大聖堂。
一八八五	開始醫生的工作，取得愛丁堡大學醫學院醫學博士學位。並與露薏絲・霍金斯小姐結婚。	一八八五	中法戰爭，並簽訂《中法新約》，法軍被迫撤出台灣。 法國著名的紅磨坊夜總會落成。 著名的英國作家D・H・勞倫斯（David Herbert Lawrence一八八五～一九三〇）出生於英國諾丁漢市。
一八八六	完成《血字的研究》。	一八八六	法國為慶祝美國建國一百週年，送給美國自由女神像。
一八八七	沃德・洛克公司出版《血字的研究》。	一八八七	法國為了世界博覽會，建造艾菲爾鐵塔。
一八九〇	《四簽名》問世。	一八九〇	印象派畫家梵谷（Gogh,Vincent van 一八五三～一八九〇）自殺身亡。
一八九一	短篇《波希米亞醜聞》在《岸邊雜誌》上發表。	一八九一	英國著名《岸邊雜誌》於一八九一年創刊。

一八九二	《波希米亞醜聞》、《紅髮會》、《失蹤的新郎》、《波思克姆比溪谷祕案》、《致命的橘核》等短篇集結成《冒險史》出版。另外以《銀色馬》開始的十二個故事陸續在《海濱雜誌》發表。	一八九二	膾炙人口的《魔戒前傳—歷險歸來》（The Hobbit or There and Back Again）、和《魔戒》（The Lord of the Rings）的作者，英國文學家托爾金（J.R.R.Tolkien，一八九二～一九七三）誕生。
一八九四	以《銀色馬》開始的十二個故事匯集成《回憶錄》出版。柯南・道爾決心停止寫作這類故事，因此讓福爾摩斯在一次戲劇性的時刻，墜入深淵中淹死，而讓華生來結束《最後一案》這個故事。	一八九四	日本向朝鮮發動侵略，並對中國海陸軍進行挑釁，爆發中日甲午戰爭。
一九〇〇	柯南・道爾以軍醫身份到南非參與布爾戰爭（The Bore War）。	一九〇〇	英國與南非爆發布爾戰爭（The Bore War）。因中國義和團事件，慈禧太后向八國宣戰，八國聯軍入侵中國。
一九〇一	以福爾摩斯早期生活為題材的偵探小說《巴斯克維爾的獵犬》出版。	一九〇一	八國聯軍戰爭中，中國大敗，慈禧太后與各國議定條約，為「辛丑和約」。
一九〇二	為英國在南非戰爭的政策辯護而被冊封為爵士。	一九〇二	一九〇二年埃及博物館開幕。
一九〇三	柯南道爾在《空屋》這一故事裡使福爾摩斯死裡逃生，從而開始了另一組故事，《歸來記》出版。	一九〇三	莫里斯・盧布朗（Maurice Leblanc）開始偵探小說的創作，第一篇作品〈亞森・羅蘋被捕〉甫刊出，立即造成轟動，引起讀者廣大迴響，而「怪盜亞森・羅蘋」這個小說人物更使作者一夕成名。

一九一五	完成第四部長篇《恐怖谷》	一九一五	愛因斯坦創立廣義相對論。
一九一七	《最後致意》出版。	一九一七	俄國爆發十月革命，成立以列寧為首的蘇維埃政府。
一九二七	《新探案》出版。	一九二七	美國奧斯卡前身，『美國影藝學院』The Academy of Motion Picture Arts and Sciences，正式成立。
一九二八	所有關於福爾摩斯的故事在英國出版為《福爾摩斯探案全集》。	一九二八	希臘發生大地震。
一九三〇	七十三歲的柯南道爾與世長辭	一九三〇	國際足協決議每四年會舉行一次世界盃（World Cup）比賽。。
一九九五	紐約公共圖書館為慶祝其成立一百周年，挑選並展出對本世紀具有影響力的一百五十九本經典書籍「世紀之書」（Books of the Century）的展覽，亞瑟·柯南道爾（Arthur Conan Doyle, 一八五七～一九三〇）的《巴斯克維爾的獵犬》（The Hound of the Baskervilles）榮獲一九〇二年通俗文化和大眾娛樂類圖書。	一九九五	

一、抽絲剝繭亞瑟．柯南．道爾（Arthur Conan Doyle，一八五九～一九三〇）

提到偵探小說，相信首屈一指的代表性作家非柯南．道爾莫屬，雖然在柯南．道爾之前有一位更具權威的美國作者——愛倫．坡，但是柯南．道爾將夏洛克．福爾摩斯帶入讀者的日常生活當中，讓這位活在現實與虛幻中的主角，成爲偵探界家喻戶曉的大人物，因而柯南．道爾被譽爲英國的「偵探小說之父」。亞瑟．柯南．道爾，一八五九年五月廿二日出生於英國蘇格蘭愛丁堡附近的皮卡地普拉斯。父親是政府建築工部的公務員，他還有兩位姐姐，在家排行老三。從小柯南．道爾即展現出相當豐富的文采，十四歲時已能閱讀英國、法國等文學作品，創作上的表現也相當傑出，中學時曾擔任學校校刊主編。一八八二年畢業於愛丁堡大學醫學院，並開始醫生的工作，一八八五年取得同校醫學博士學位。十九世紀的英國，醫生的待遇很差，柯南．道爾的診所收入並不多。於是他開始找尋兼職的副業，文采豐富的他以醫學與文學的雙重背景，踏入創作的領域，寫作開始成爲他業餘的收入。柯南．道爾在廿九歲時寫出第一部偵探小說《血字的研究》，首度把夏洛克．福爾摩斯與華生醫生介紹給讀者。柯南．道爾將演繹學、偵探學、犯罪學、心理學、地質學、解剖學等學問應用於推理辨案中，更藉由書中配角——華生醫生，以第一人稱回憶的方式道出主角福爾摩斯對於案件的解讀與推論，以一位曾經歷案發現場的人，敘說給讀者的故事手法，不僅增加故事的眞實性，更讓讀者有身歷其境之感。這部中篇小說當初投稿時並不被看好，曾被許多出版社退稿，最後由沃德．洛克出版公司錄用，於柯南．道爾三十歲那年出版。《血字的研究》初試啼聲之後，英國著名的《利平科特雜誌》的編輯開始向柯南．道爾邀稿。兩年之後，柯南．道爾再次出版了《四簽名》這部長篇小說，「夏洛克．福爾摩斯」開始聲名大噪，在英國讀者中成了眾所皆知的英雄人物。因此各家雜誌競相向柯南．道爾約稿，到了一八九一年柯南．道爾正式成爲專業作家，全力投入寫作。一九三〇年七月七日，七十一歲的柯南．道爾與世長辭，但他筆下的福爾摩斯卻仍然活在讀者的心中。數以萬計的讀者來到英國倫敦貝克街，尋訪故事中的福爾摩斯；各國爭相出版《福爾摩斯探案全集》，該書已經被翻譯成數十種語言的版本，總印數多達五百萬冊以上。許多喜愛文學或著推理的讀者，談起福爾摩斯，就像談論自己的老朋友。福爾摩斯並且還從書中走上影視舞臺，有關福爾摩斯的神奇故事影響了一代又一代，至今依舊膾炙人口。

二、活在現實與虛幻中的主角——夏洛克．福爾摩斯

夏洛克．福爾摩斯於一八八七年在小說家亞瑟．柯南．道爾《血字的研究》一案中首次粉墨登場。他和他的醫生伙伴約翰．華生一起活躍在維多利亞時代的迷霧之都——倫敦。一八七七年「福爾摩斯偵探社」正式開業。最初偵探社位於大英博物館附近的蒙塔格街，後來福爾摩斯經

濟稍爲寬裕時才與華生合租貝克街二二一號B座的公寓。福爾摩斯辦案，華生行醫，從一八八一到一九三○年，在倫敦貝克街二二一號B座那幢小樓裡解決了許多疑難案件。夏洛克·福爾摩斯會乘坐大家熟悉的馬車或火車，出現在倫敦的大霧當中，他在眾所周知的博物館出沒，閱讀《每日電訊報》和其他當代流行的書報，與社會上各個階層的人們往來接觸。他所偵辨的各種探案，也都涉及到當時現實中的英國社會，使讀者很容易相信他是現實社會中的一員。福爾摩斯擁有詳細的家庭生活與求學經歷，他利用一切有關偵探的經驗和科學去推理案件，也因此他所進行的各種偵探都合乎邏輯；他對各種案件的解釋和判斷，有條不紊，使讀者容易接受並相信。福爾摩斯就活生生的生存在現實生活裡面，難怪所有的讀者，都以為他是一位有血有肉的人物啊！

三、親臨事件現場——倫敦貝克街二二一號B座

解決無數奇案的英國名偵探，總是帶著一頂獵帽的福爾摩斯，在柯南道爾（Arthur Conan Doyle）塑造下成爲聞名全球的名偵探，與他的助手華生醫生在維多利亞時代的英國，屢屢偵破連警方也束手無策的案件。在這一系列的小說中福爾摩斯所居住的地方爲貝克街（Baker St）二二一號B座，就成爲相當著名的觀點景點。

來到英國倫敦，走出地鐵貝克街站的牆上即是由瓷磚拼貼而成福爾摩斯側面像，一走出地鐵

站更可看到一位身著福爾摩斯裝的偵探散發名片，博物館對面也有福爾摩斯紀念品店。買票之後博物館給的收據就是一張由韓德森太太出具的住宿證明，是相當特別的票據。

一九九〇年時在貝克街（Baker Street）二二一號B座這個地點成立了福爾摩斯博物館（Sherlock Holmes Museum），館內的布置擺設都以小說中描述的情節爲主，更增添福爾摩斯舊居的眞實性。

小說中福爾摩斯和華生住在貝克街二二一號B座的二樓，前方是他們共用的書房，後端則是福爾摩斯的臥室，書房中陳列著許多福爾福斯的日常用品，如獵鹿帽、放大鏡、菸斗、煤氣燈等。博物館三樓是華生醫生的臥室，擺設也是充滿維多利亞時代的風格。四樓則是呈現不同小說中的知名場景的情節展示區，許多故事中的經典場景都精采的重現了小說中的片段，讓福爾摩斯迷對此驚喜不已。

之後是小說中福爾摩斯的房東——韓德森太太（Mrs. Hudson）的住處，這裡是熱門的紀念品販售區，總是擠滿了欲罷不能的福爾摩斯迷。在這裡提供了所有關於福爾摩斯的產品，如各種不同版本的書籍、還有他身上的所有物品，特別是他手上的招牌菸斗，更是許多讀者不可或缺的珍藏。

年代	夏洛克・福爾摩斯大事記
一八五四	出生於英國，祖母是法國人。有一個哥哥，名為麥克羅夫・福爾摩斯。比他年長七歲。
一八六七	福爾摩斯進入貴族學校就讀。
一八七二	進入英國牛津大學主攻化學。
一八七七	「福爾摩斯偵探社」開業，設於大英博物館附近的蒙塔格街。福爾摩斯一邊研究科學，一邊接辦同學介紹的案件。
一八七九	偵辦「馬斯格雷夫禮典」案，此案使福爾摩斯邁出成功的第一步。
一八八一	與華生醫生共同承租貝克街221號B座的公寓。
一八八二	接辦「血字的研究」案。福爾摩斯獨特的辦案法，在這一案之後，廣為人知。
一八八三	接辦「帶斑點的帶子」案。
一八八七	福爾摩斯因操勞過度而病倒，前往薩里郡的賴蓋特休養。因而接辦「賴蓋特的鄉紳」一案。
一八八八	於一月接辦「恐怖谷」案。福爾摩斯的宿敵莫里亞蒂教授首次露面。 七月時接辦「四簽名」案。透過華生的記述，福爾摩斯首次公開他辦案所採用的「演繹邏輯法」的精髓。 接辦「希臘譯員」一案。福爾摩斯首次透露他的身世背景，以及成為私家偵探的緣由。 十月，接辦「貴族單身漢」案。 福爾摩斯為刺激頭腦思考，開始染上服用古柯鹼的惡習。
一八八九	接辦「波希米亞醜聞」案。案中艾琳・艾德勒，使得一向看不起女人的福爾摩斯改變了想法。 接辦「聖科賴爾失蹤」案。 六月接辦「駝背人」案。 六月接辦「證券經紀人的書記員」案。

一八八九	六月接辦「波思克姆比溪谷」案。 七月接辦「海軍協定」案。 七月接辦「工程師大拇指」案。 九月接辦「致命的橘核」案。 華生的妻子回娘家，華生再度成為貝克街的常客。 十月接辦「巴斯克維爾的獵犬」案——發生在英國某個小區域沼澤地帶的傳奇故事，是福爾摩斯探案中少見的帶有靈異色彩的案件。
一八九〇	接辦「失蹤的新郎」案。 接辦「紅髮會」案。 十二月，接辦「鵝肚裡的寶石」案。
一八九一	福爾摩斯受法國政府之託，於一八九一年冬天開始追捕倫敦犯罪集團首腦莫里亞蒂教授。接辦「最後一案」時，與宿敵莫里亞蒂教授一同墜瑞士萊辛巴赫瀑布中，從此生死不明。
一八九四	福爾摩斯失蹤三年後，以老藏書家的偽裝面貌出現。他向華生交代了自己在墜入萊辛巴赫瀑布之後獲救的始末，以及其後在世界各地浪遊的經過。同時接辦「空屋」案。八月接辦「諾伍德的建築師」案。期間因華生的妻子過世，福爾摩斯請求華生搬回貝克街，與福爾摩斯合住。並在華生協助下戒除服用古柯鹼的惡習。 十一月接辦「金邊夾鼻眼鏡」案。
一八九五	四月時福爾摩斯與華生在某大學城住了幾週，研究英國早期憲章並在當地接辦「三名大學生」一案。 四月同時亦接辦「孤單的騎車人」一案。 六月接辦「黑彼得」案 十一月接辦「布魯斯－帕汀敦圖紙」案。 同年福爾摩斯獲維多利亞女王接見，並獲授綠寶石領帶別針一枚。
一八九六	接辦「戴面紗的房客」案、「失蹤的中後尉」案。

一八九七	接辦「格蘭奇莊園」一案。 接辦「魔鬼之踵」一案。 由於日夜操勞，福爾摩斯健康轉壞。在辦案過程中，福爾摩斯坦承從未戀愛過。
一八九八	接辦「跳舞的小人」案、「退休的顏料商」案。
一九〇二	五月接辦「修道院公學」一案 此案結束後，福爾摩斯獲賞六千英鎊。 六月接辦「三個同姓人」一案。 九月接辦「不尋常的委託人」一案，但是在辦案的過程中，福爾摩斯因遇襲而受傷。 接辦「紅圈會」案，本案的空間幅度與所涉入人物的身份之複雜，空間橫跨歐洲、美洲，時間從第一次世界大戰中直到戰後。不單純的僅只是謀殺案，同時還牽扯到國際犯罪，諜報活動，幫會、特務、政變。可說是福爾摩斯最具難度的一次演出。 同年，福爾摩斯獲爵士勛位封號，但他卻拒絕受封。
一九〇三	一月接辦「皮膚變白的士兵」案。 華生再婚離開貝克街，此案由福爾摩斯親自撰寫。 接辦「皇冠被盜」一案。 九月接辦「爬行人」一案，案子結束後，福爾摩斯即宣告退休。
一九〇七	福爾摩斯離開倫敦，到塞克斯研究養蜂、享受退休後的田園生活。但仍是有許多案件，等待福爾摩斯解決。 接辦「退休案」。 七月接辦一起發生在福爾摩斯隱居地附近的命案「獅鬃毛」一案，由福爾摩斯親自撰述。
一九一二	在首相的力邀下重出江湖接辦「最後致意」案，花了兩年之久，在美國、愛爾蘭各地展開調查，最後一舉殲滅德國間諜集團。此時福爾摩斯已高齡五十三歲，這也成為他真正的「最後一案」。 結案後，福爾摩斯到英國南部鄉間隱居，專心研究養蜂事業。
一九一四	福爾摩斯出版《養蜂實用手冊，兼論隔離蜂王的研究》。此後音訊全無，也未傳出死訊。

本書《回憶錄》11篇故事連載時間

英文原名	中文篇名	英國《岸邊雜誌》連載時間
Silver Blaze	銀色馬	1892年12月
The Yellow Face	黃面人	1893年2月
The Stockbroker's Clerk	證券經紀人的書記員	1893年3月
The "Gloria Scott"	「格羅里亞斯科特」號三桅帆船	1893年4月
The Musgrave Ritual	馬斯格雷夫典禮	1893年5月
The Reigate Squire	賴蓋特的鄉紳	1893年6月
The Crooked Man	駝背人	1893年7月
The Resident Patient	住院的病人	1893年8月
The Greek Interpreter	希臘譯員	1893年9月
The Naval Treaty	海軍協定	1893年10-11月
The Final Problem	最後一案	1893年12月

福爾摩斯探案系列全集（柯南・道爾著）一覽表

連載時間	英文書名・中文書名・好讀出版冊次
1887	A Study in Scarlet **血字的研究（中篇故事）** 好讀出版／收錄於福爾摩斯探案全集 01《血字的研究》
1890	The Sign of the Four **四簽名（中篇故事）** 好讀出版／收錄於福爾摩斯探案全集 01《血字的研究》
1891-1892	The Adventures of Sherlock Holmes **冒險史（十二篇短篇故事）** 好讀出版／收錄於福爾摩斯探案全集 02《冒險史》
1892-1893	The Memoirs of Sherlock Holmes **回憶錄（十一篇短篇故事）** 好讀出版／收錄於福爾摩斯探案全集 03《回憶錄》
1901-1902	The Hound of the Baskervilles **巴斯克維爾的獵犬（長篇故事）** 好讀出版／收錄於福爾摩斯探案全集 05《巴斯克維爾的獵犬》
1903-0904	The Return of Sherlock Holmes **歸來記（十三篇短篇故事）** 好讀出版／收錄於福爾摩斯探案全集 04《歸來記》
1908-1917	His Last Bow **最後致意（八篇短篇故事）** 好讀出版／收錄於福爾摩斯探案全集 07《最後致意》
1914-1915	The Valley of Fear **恐怖谷（長篇故事）** 好讀出版／收錄於福爾摩斯探案全集 06《恐怖谷》
1921-1927	The Case-Book of Sherlock Holmes **新探案（十二篇短篇故事）** 好讀出版／收錄於福爾摩斯探案全集 08《新探案》

國家圖書館出版品預行編目資料

福爾摩斯探案全集．3：回憶錄／柯南．道爾著；王程祥譯．
——三版．——臺中市：好讀，2019.2
面：　公分，——（典藏經典；5）

譯自：The Memoirs of sherlock holmes

ISBN 978-986-178-479-3（平裝）

873.57　　107022272

好讀出版

典藏經典 5
福爾摩斯探案全集 3
回憶錄【收錄原著插畫】

原　　著／柯南．道爾
翻　　譯／王程祥
總 編 輯／鄧茵茵
文字編輯／莊銘桓
行銷企劃／劉恩綺
發 行 所／好讀出版有限公司
台中市407西屯區工業30路1號
台中市407西屯區大有街13號（編輯部）
TEL:04-23157795 FAX:04-23144188 http://howdo.morningstar.com.tw
（如對本書編輯或內容有意見，請來電或上網告訴我們）
法律顧問　陳思成律師

填寫線上讀者回函
獲得更多好讀資訊

讀者服務專線／TEL：02-23672044 / 04-23595819#212
讀者傳眞專線／FAX：02-23635741 / 04-23595493
讀者專用信箱／E-mail：service@morningstar.com.tw
網路書店／http：//www.morningstar.com.tw
郵政劃撥／15060393（知己圖書股份有限公司）
印刷／上好印刷股份有限公司
如有破損或裝訂錯誤，請寄回知己圖書更換

三　　版／西元 2019 年 2 月 15 日
三版三刷／西元 2023 年 1 月 15 日
定價／ 169 元
如有破損或裝訂錯誤，請寄回台中市 407 工業區 30 路 1 號更換（好讀倉儲部收）

Published by How-Do Publishing Co., Ltd.
2023 Printed in Taiwan

ISBN 978-986-178-479-3